NISHIGAKI Toru

Cyber-pet: Life Information in the Web

西垣通

サイバーペット

ウェブ生命情報論

千倉書房

サイバーペット／ウェブ生命情報論

目次

第Ⅰ部

サイバーペット

第一章　プロローグ

輪廻転生なんてものは信じない。絶対に信じない。

死んだら無になるのだ。というか、無になってほしいというピュアな希望が、僕の内部でまるで、ペットボトルの深層水のように揺れている。想像力がむかう方向に逆らって、どうしても転生を信じたくないと叫んでいる。

もちろん、希望すればそうなるわけじゃない。でも逆に、信じこめば現実になってしまうこともあるらしいし。

たとえば死んでから芋虫に生まれかわるとは？

床に寝ころんだ姿勢のまま体を反転させる。ごろん。まるでちっぽけな葉っぱにとりついている黄色っぽい芋虫そのもの。

僕は小太りで身長一六七センチだから、どのくらいスケールダウンすればいいのだろう。百分の一くらいかな。いつだったか、人間が芋虫になって、バーチャルな森で冒険をするCG映画を見たことがあった。そんな感じかもしれない。でも芋虫に変身したとき、人間だった過去のことなんて思いだしそうにないけれど。

急にゾクリとした。とすれば、今この瞬間の「僕」とはいったい誰だ？　大切な過去を忘れてはいないのか？いったいどこのメモリーに蓄積してある、どんな記憶断片を寄せ集めれば、たしかな「僕」が見つかるというのか？

背中が汗ばんでいる。体の急な動きにすこし遅れて、意識が藻のようにゆるゆると脊椎から脳髄にまつわりついてくる。まるでウェブのなかで神経の森がざわめいているみたいに感じられる。でもここにはパソコンが無いので、ばらばらに解体していく自分の意識の粒度がはっきり測れない。

僕の体はデジタルな情報。

いま何時頃だろうか。

ドアのすきまからわずかに灯りが漏れてくるだけで、あとは真っ暗闇。規則では夜九時就寝なのだけれど、なかなか眠れない。よどんだ空気を針で縫うように、どこかから細い口笛がひびいてくる。去年はやったバラード風の曲のイントロだ。ちょっと調子はずれ。音は小さいのだが、まわりが静かなせいか、しつこく耳につく。

死後の世界を知っている人間なんているはずないのに、たくさんの人が語りたがる。それも妙に自信たっぷりに。作家やエッセイストだけじゃなく、宗教家や学者も、輪廻転生についてあれこれと語っている。いつだったか、ウェブで検索したら読み切れないほどたくさんページがあらわれた。そうだ、ウェブと輪廻転生とは、もしかしたら相性がいいのかもしれない。

あの人たちは、いったいどこでそんな知識を仕入れてきたのだろう。まるで見てきたように、霊界の様子をくわしく精密に描写する人もいる。エラい人よりごく普通の人の体験談のほうがリアリティがあるし、具体的で面白い。

臨死体験というのだろうか。顔に白い布をかけて病院のベッドの上にあおむけに横たわっている自分がいて、その周りで家族がみんな泣いているのを天井くらいの高さから見下ろしていた、とか。これを幽体離脱と呼ぶらしい。

しばらく半透明の可愛いクラゲみたいにフワリフワリと空中を漂っていたのだが、どうした弾みか、もとの自分の体にパチンと戻ってしまった、で、今こうして話しているわけです——なんて書いてある。

寝ている自分を上から見下ろしている自分、か。まるで昔のありふれた娯楽映画か、手早くでっちあげたアニメのシーンみたいじゃないか。ちょっと安易すぎる。

もし「心」っていうソフトがあって、それを体に再インストールすることができたら便利なんだけれど。輪廻転生。いずれにしても転生と言うからには、かならず地上に舞いもどってくるのだろう。それでもういちど誰かの体に入って、また、うんざりするほど長い一生を生きることになる。かったるいことじゃないか。つまり、綿毛だかクラゲだかのかたちでフワリフワリと空中を漂っていられるのは、ほんのいっときにすぎないのだ。

さて、じゃ、いったい誰の体に？

古代インドには五火二道説というのがあったそうだ。火葬された霊魂は煙になって空にのぼり、祖霊の世界である月まで行き、それから風になり、雲になり、やがて雨になって地上にもどってくる。雨は米だの豆だの胡麻だのの穀物に吸収され、それを食べた男の精液に混じって女の胎内にやどる。それでまた、この世に生まれでるという。

でもただそれだけじゃない。ここが恐ろしいところなのだけれど、その生まれかわりのルートが、この世でどういう行いをしたかで全然ちがうらしい。正しい修行をした人の霊魂は、もう一度生まれかわらずに天にのぼる。天界行きが理想だそうだけれど、これは輪廻からの解脱の道、えらい仏さまの道で、僕みたいな凡夫にはどう逆立ちしても無理というもの。次はまあまあ善行をつんだ者の霊魂で、なんとか人間の女の胎内にもどることができる。最低でも、ひきつづき「人権」くらいは保証してくれるというわけだ。

最悪なのは悪行をつんだ霊魂。これは人間ではなくて犬とか猫とか豚なんかの胎内に入ってしまう。たとえば猫に生まれ変わったとしよう。下手をするとたちまち人間につかまる。犬みたいにつながれることはないにしても、「猫権」なんて認められていないから、およそ自由なんかありはしない。よってたかってなぶり殺されるかもしれない。怖くないと言えばうそになる。

……サイコ。

思わず、膝をたたいてむくりと起きあがる。

二度ともう考えまいと決心していたのだが、スーッとシャム猫のほっそりしたまぼろしがまた、僕の間近をとおりすぎていった。うん、あれは三毛猫のネネとはちがう。

寝るときはいつもサイコと一緒だったのだから、こうして夜中にときどき現れるのは仕方がないか。手をのばして、背中や横っ腹をなでまわす真似をしてみる。てのひらに蘇るなつかしい手ざわり。

まぶたを閉じていても、その様子が黒地に白抜きのシルエットのようにくっきり浮かびあがる。全体の毛並みは青みがかった白銀色だったけれど、手足と顔はチョコレート色の翳りをおびていた。

胸のはげしい動悸がわかる。頬がひくひくしてきたので、おもいきり両手でたたいた。もう涙はながさない。泣くかわりに、きちんとケリはつけた。あれは僕の神聖なつとめだった。

サイコの霊魂はどこから来たのか。ネネは僕が中学生のときに死んだけれど、ネネの生まれかわりがサイコだということは、絶対にないのだろうか。

いや、これ以上くよくよ思いめぐらすのは厳禁。冷静に、科学的に、客観的に思考し、行動する。これが僕のモットーじゃないか。

ふたたび枕に頭をよこたえる。

……僕は何に生まれかわるんだろうか。

怖い。どうしようもなく怖い。死刑になるのは覚悟しているけれど、こういう宙ぶらりんの状態で生かされているのはつらい。何もできず、死後のことを考えるだけの生活。

外は雨が降っている。

だから今日は運動ができなかった。運動というのは、三〇分ほどこの建物の中庭を歩き回ること。運動をしないとどうしても食欲がでない。食べられないのに肥る。

あの雨水の一滴一滴のなかに、死んだ人の霊魂が溶けこんでいるのだろうか。DNA遺伝子の溶液。いったい何人くらいのDNA遺伝子の溶液なのかしら。

だがもし人間が犬や猫に生まれ変わるのなら、犬や猫が人間に生まれ変わることもあるはずだ。そうでないと、たぶん悪人のほうが多いだろうから、人間の数はどんどん減っていく。まあ、人間と動物のDNA遺伝子はそんなに違わないと聞いたことがあるし、うまいプログラムをつくれば簡単にシフトできるのかもしれない。善行をつんだ犬を人間にするプログラムだとか。

犬が善行をつむ、ってどういうことだろうか。盲導犬なんかは人間になれるのかな。あの忠実さも賢さも、並の人間なんて軽くこえている。だがあれは人間にとっての善行だ。逆に、酔っぱらいが猛犬にちょっかいを出して怒った犬にかみ殺されたら、犬は保健所で殺されるだろう。妙なことだ。人間にとっての善悪は犬にとってのものじゃない。犬にとっての善悪とは？

いやそもそも、善行っていったい何なのか。わからない。

僕のことを世間の人たちは、とんでもない悪人だと思いこんでいる。大学をでて三年以上もたつのに定職もなく、とんでもないことをしてしまった独身男。途《と》んでもないこと。……「途《と》」って「道」のことか？　道に外れたことをやらかした犯人が僕、多々《ただ》納《の》蔵人《くろうど》。こういう名前の男は、世間から見るともう、どうしようもない極悪人の典型なのである。死刑にされても仕方がないのだ。

だが考えてみてほしい。そう思っている僕が本当に悪人だとすれば、自分のことを悪人だなんて思えるはずないじゃないか。

じゃあ、僕は善人なのですか？　来世には、少しはまともな人間に生まれかわれるのですか？　ところで、まともな人間って、いったいどういう人なの？　誰か教えてください。

ああ、頭のなかがだんだん、絡みあったジャングル・コードみたいになってきた。善悪なんて、実体はどこにある。

生きものは本来、ただ「生きているだけ」ではないのでしょうか。

……ダメだ。もっと身近なことを考えなくては。


拘置所。

刑務所は裁判で有罪ときまった囚人の入るところ。ここは未決囚の入る拘置所というところ。だからたぶん刑務所よりましなのかもしれない。でも独居房のなかはひどく狭いし、よけいな物なんて何一つ置いていない。すべてが安物のコンピュータ・ゲームみたいに簡潔すぎるのだ。三畳くらいの空間に洗面台と便器だけ。あとは小さな窓が一つ。

空間だけじゃなく時間も簡潔すぎる。

たとえば起床は七時、就寝は九時で、食事の時間も決まっている。朝飯が八時、昼食が一二時半、晩飯がけっこう早くて午後四時半。食事は麦飯で、だいたいみそ汁がついている。今日の昼飯は親子丼。晩飯は塩鮭と野菜の煮物だった。……ん？　あ、いやそうじゃなかった、それは昨日のこと。ええと今日はピラフとアジの塩焼きだった……かもしれない。ま、どうでもいいけれど。

小さいときから、僕はあまり食べることに興味がないのだ。自分でも料理はほとんどしないし、えんえんとグルメ談義をする奴らには虫酸がはしる。むろん僕だっておいしいものは嫌いじゃない。要するにたぶん、おいしいというのは性的興奮と同じで、単なる感覚的なものじゃなく、もっと別の、なにか深い共感とつながっている感情なのだろう。僕はそういう体験と無縁だった。たとえば、幼いころ、ママのつくったごちそうで家族パーティをしました、なんてホームドラマめいた想い出もまったくないし。

だからここの食事がとくにまずいとも思わないでいられる。何しろ、ぜんぜん働かなくても上げ膳据え膳なわけだからね。ただ、何もすることがなくて運動不足なので、プラスチックの食器にもられた三度の食事がひどく味気ないのは事実。それで、食べたあとは食事のことはさっそく忘れることにしている。掃夫《そうふ》さんという、頭のはげた四十がらみの小太りのおじさんが、ドアの脇の小さな金属窓をとおして食事をくばってくれ、あとで残飯の回収もしてくれる。

掃夫というのは未決囚ではなくて、ここが職場の懲役囚。彼ははたらきものなのである。それにしてもこの人は僕のほうを絶対に見ようとしない。食事をくばるとき「配食《はいしょく》う」、残飯を回収するとき「皿《さら》あげえ」と絶叫するだけ。いちど偶然目があったらおびえたようにブルルと肩を震わせた。なぜだろう。向こうのほうがずっと強そうなのに。

僕はここで退屈している。

やって来た頃は、毎日のように取り調べがあった。尋問室に連れていかれ、検事だか取調官だか知らないけれど鼻の大きな中年女《オバサン》が前に座って、陰気なかすれ声でアホみたいなことをえんえんと何時間も質問する。僕はあったことだけ最小限の返事をして、あとは何もしゃべらなかった。二つの鼻の穴からほんの少しのぞいている毛先を眺めながら、ただじっと黙っていた。だが中年女《オバサン》は書類ができたので満足したらしく、しばらくして取り調べはなくなった。

以来、僕はここで退屈している。

「退屈している」なら「死ぬことを怖がってはいない」ことにならないのだろうか。掃夫さんみたいに山ほど仕事があればどんなに気が楽だろう。何もしないでいると、過剰な思考がぎりぎりとラセン状の不安を形づくって、脳髄を破壊しそうになる。まるで何も出力せずに猛烈な速度で計算をつづけるコンピュータのようなものだ。

もし今、手もとに進化論だの宇宙論だのバイオ・エンジニアリングだのの啓蒙書があれば、すこしは不安を忘れることができるかもしれない。僕は英文科出身のくせに、文系だけじゃなく理系の啓蒙書をあさるのが趣味なのだ。

いやいや。……そんな幸福はもう遠い過去のもの。

拘置所なんかにいると気分がくさくさしてくるだろ、とみんなが言う。ぶらぶら散歩にでも行けば気が晴れるのだろうが、もちろんそんなことが許されるはずもない。拘置所は、だからこそ拘置所なのだ。

まあそうは言っても……よけいな物のない殺風景な場所はべつに嫌いじゃないし、ほとんど他人と口をきかないですむのは有りがたいのだけれども。

外は雨が降っている。

なぜそれが分かるかというと、小さな窓のガラスに、幾筋も水滴が流れ落ちていくからだ。小窓には金属製の格子がぴったりはまっている。独居房のなかは暗いけれど、戸外には弱い光があるので様子がわかる。

むしょうに外が見たい。雨が夜の街をおおうように降っている様子を見たい。ネオンが濡れ光っている路面や、ひねりのきいた展示のあるショーウィンドウや、けたたましく行き交っていく傘なんかを見たい。生きているうちにもう一度。

借りていたワンルーム・マンションは今頃どうなっているだろう？　家賃不払いでもう荷物ごとほうりだされ

てしまっただろうか。あのマンションにはすてきな大きい窓があった。南側には古い木造二階屋がぎちぎちに建っていて風通しは悪かったけれど、その窓は西側の道路に面していたので、僕はよくベランダに動物園の珍獣みたいにはりついて夕焼けを眺めたものだった。

ではベランダがないからこんなに気分がくさくさしてしまうのか？　いや、冷静に考えると実はどうやらそうじゃないようだ。なぜなら、窓をあけて外を眺めるのはせいぜい一日のうちほんの数十分だけだったのだから。

シャバにいたときの僕はいったい何をしていたのか。

……突然、心のなかでぽっかり口をあけている暗い穴の底めがけて、僕自身がはげしく旋回しながら落ちていく感じがした。まるでマトリョーシカのように、自分の外皮をくるくる脱ぎ捨てながら。

よそう。下手に過去をふりかえるのは禁物。でもやっぱり、「窓」というのはワンルーム・マンションのけちくさい窓のことじゃなくて、パソコンのスクリーンのことだったのだ。

ああ、ネットにアクセスして、ブログを読んだり書いたりできれば、この宙ぶらりんの時間に意味づけをすることができるのに。耐えがたい時間を上手にぬりつぶすことができるのに。

窓があいていないから、時間がとまっている。前に進めない。

あてもなくウェブの宇宙を漂流していく、きれぎれの「僕」。そういう「僕」が飛び立つ基地《ベース》がパソコンだったとすれば、基地を奪われた状況でできることは、こうして籠のなかのオウムのようにじっとして、いわば背景にとけこんでいること。ほかに何ができるだろう。

このあいだ接見に来た弁護士の卜部さんが、ここの生活は自由がないから君にはずいぶん辛いだろうね、と言った。裁判は長引くかもしれないが、どうか頑張ってくださいと真剣な顔で言う。妙な人だ。いったいここで何を、どうやって頑張れというのだ？　僕はずっと黙っていたが、何度も繰り返すので、べつに自由なんてほしくないし、辛くなんてありません、満足してますと答えた。そうすると卜部さんはへんな顔をして、ちょっと脇をむいてへろへろっとインテリっぽい含み笑いをした。なぜだ?

たしかに自由は無いといえば無い。僕は汗っかきで冬でも朝晩シャワーを浴びないと嫌なのだが、ここでは入浴は週二回。酒もタバコもだめ。アルコール抜きはなんとか我慢できるが、タバコを一本もすえないのには正直まいった。今はだいぶ慣れたけれど。それにここでは、何ごとも刑務官にお願いしなければいけない。

服を取りかえるのも、菓子だの文房具だの雑誌だのを買ったりするのも、すべて「願い事」。自分のお金で買うのに、である。以前は毎日スピーカーからがんがんラジオの音が流れてきて、いい加減うるさくなったので、スイッチを切るように「願い事」をしたが、切ってもらえるまでに何日も待たなくてはならなかった。

でも、そんなことが何だろう。僕は平気だ。

拘置所に長くいると、頭がおかしくなる人もいるらしい。そもそも有罪ときまったわけでもない未決囚が拘置所にいなくてはならない理由は、証拠隠滅や逃亡のおそれがあるからだそうだ。それに、たとえそういうおそれが無い場合でも、保釈金というものを積まないとここから出してもらえない。

いつだったか、平《たいら》先生がやってきて、保釈金なら何とかするけど、卜部さんに聞いたら申請してもたぶんだめだろうって言っていた、と縁なしメガネの奥から充血した目でこちらを見すえて陰鬱にささやいた。

ちなみに、平崇子《たいらたかこ》先生というのは僕を産んだ母親のこと。彼女は都心の大きな病院に勤めている外科のお医者さんで、杉並の実家でも週に二日、診療所をひらいている。だから僕がもの心ついたときから、平先生という呼び名なのだ。親子なのになぜ僕が「多々納」で彼女が「平」と苗字がちがうのか。理由は知らない。僕の父親はもと人材派遣会社勤務、いまは小さな食品加工会社の庶務係をしている多々納悦郎というサラリーマンで、二人は離婚も別居もしていないけれど夫婦別姓なのである。

そんなことはつまらないことだ。どうでもいい。ともかく、いったいなぜ、平先生が保釈金を積んでくれるのに僕は拘置所から出られないのだろうか。卜部さんによると、重大な犯罪や特異な犯罪の場合は、保釈申請しても却下される可能性が高いそうだ。

重大な犯罪。特異な犯罪。

しかし卜部さんは、方法がないわけでもないと繰りかえす。いま知り合いのいい精神科医に君を診てもらうように手配している、と言うので、ちょっと待ってほしい、僕はそんなお医者さんに診てもらうのはいやだ、と答えた。昔から医者は苦手なのだ。外科医も精神科医も同じようなものだろう。

でも卜部さんはまた、脇をむいて含み笑いをしていた。どうしても診察させて、僕を精神病患者にしたてあげるつもりなのかもしれない。

精神病患者なら死刑はまぬがれる。

僕は自分ではとりあえず、まともだと、正常だと思っている。だがこれは微妙な話だ。人間は自分が精神病かどうか判断できない。もし、まともじゃない、とはっきり思えるなら、それはむしろまともな証拠だろう。本当に頭がおかしければ、自分自身ではまともだと固く信じているはずなのだから。

ある人間がまともかどうかを、他人しか判断できないというのは恐ろしいことではないだろうか。

だから僕はそのことは考えないのだ。

ただ不思議なことが一つ。ここでは時間が止まっているのではないかしら。時間が前に進んでいるという実感がぜんぜんない。

いつから僕はこの拘置所にいるんだろう？　それもぼんやりしているし、考えたくもない。どっちみち同じじゃないか。明日も、明後日も、一ヶ月後も、半年後も、一年後も、みな今日と同じこと。

輪廻とはこういうことなのか。もしすべてが永遠に回転しているなら、時間の経過なんて意味がないだろう。べつの言い方をすると、僕のなかでは昔の時間がギーギーヒュルヒュルうなりながら、いきおいよく渦まいている。繰りかえし、繰りかえし、堂々めぐりをしている。

ネットから離れた生活。

時間の経過とネットとが直結していることが、ここに入ってはじめて実感できた。ウェブを通じたコミュニケーションのなかでこそ、僕の時間は流れはじめる。ウェブなしの慣れない生活をしていると、ダイナミックに化学反応していた僕のどろどろの熱い脳味噌が、いつのまにか底なしに冷えこんでいくようだ。

今ここに残っているのはちっぽけな、ネットから切れた肉体。二十何年か使いふるした高分子化合物の鋳型。

ああ、三度の食事を一度にへらしてもいい。三日に一度でも、パソコンにさわらせてもらえれば……。拘置所でパソコン禁止の理由を教えてください。刑務官の先生、ネットとつながりたいという僕の切なる「願い事」をどうか、却下しないでください。

もしキーボードが手元にあれば、僕はさっそくブログを打ち始める。なぜか？　――ブログを打っていると、自分がした「大それたこと」について世間に説明できるからか。そうすればもしかしたら、死刑にならないですむからか。いやそれとも単に、安売りショップみたいにごちゃごちゃしている頭のなかを、水平線みたいにすっきりさせたいからか。

……嬉しいことに少し眠くなってきた。

僕が眠りこむと、かわりに起きあがって、活動し始める存在。それはナイチンゲール。同じ体のなかに棲んでいる僕の分身のナイチンゲール。

そうだ、ようやくまた、僕は恋人に遇うことができるのだ。

ナイチンゲール、君はボランティア活動に熱心な、看護師志望のバーチャルな女の子。独居房にとじこめられているいま、君を恋人と見なしてさしつかえないだろうか。

君は決して裏切らない。たとえ残酷なほど峻厳であるとしても。

卜部先生の連れてくる精神科医がどう診断するか知らないが、僕がまともな人間として、君を愛していることを否定できる人間なんて誰もいない。

心のスクリーンのうえで「僕のウィンドウ」が閉じて、「ナイチンゲールのウィンドウ」がぱっと立ち上がる。あのナースの白いキャップは、いつ見ても色っぽい。

僕は幻想のキーボードにむかう。下腹部のリビドーがうごめき、その律動とともに、どんどん指が動く。そう、どんどん、どんどんどん、どんどん……。

気がつくと、すこし下着がぬれていた。射精したのかもしれない。

生命の体液がリアル空間とサイバー空間をわかつ隔膜にしみこみ、両者はたがいに溶けあいはじめる。まるで自分がばらばらに解体されていくようだ。

だがいま、僕の頬にながれているのは、感激の涙。なぜならさっき、ナイチンゲールの声をはっきりと耳にしたような気がしたからだ。

ノートにブログ用の原稿を書きなさい、起きた事件の一部始終を書き留めなさい、と。いつか必ず、その言葉はネットで広まる。それがあなた、多々納蔵人さんの最後の仕事なのだ、と。

僕の脳のなかで、幻想の生命電子回路のなかで、彼女の声が繰りかえしこだましている。

尊敬するナイチンゲール、君がそんなメッセージを持ってきてくれるとは。

僕はむっくり起きあがり、棚のわずかな私物のあいだを手探りして、売店で購入したノートをとりだす。何かのメモにと、頼んで買ってきてもらったのだ。

世間はみんな誤解している。誤解されてもどうってことはないけれど、命がけの抵抗を気まぐれな狂気にまちがえられるのは悲しい。

そう、事件は起こるべくして起こったのだ。

まず、偶然のように思えたあの出会いから、語りはじめなくてはならない……。

第二章　雲井アオイという新入生

妙な水曜日だった。

僕はいつものように午後三時に起きて、インスタントコーヒーを淹《い》れ、昨夜コンビニで買ってきた肉まんを電子レンジで温めようとした。まずしい独身男にふさわしい、つつましい朝食なのだ。——午後に「朝食」はおかしいだろうか？　でも、テレビ局の挨拶は時間によらず「おはようございます」だそうだし、今はテレビ番組が日本語会話の事実上のお手本になっている。とすれば、ベッドから起きた直後の食事を朝食とよんでも罰金はとられないだろう。

水曜日はきっかり三時四五分にワンルーム・マンションを出る。ふつうに歩いても四時五分前に興英セミナーに到着することができる。そうすれば教員ルームで同僚のインストラクター相手によけいな雑談をしなくてもすむ。四時から八時まで、休憩をはさんで三コマ、中学生相手に英語を教える。受講生が一〇人くらいの小人数クラスだからそれほどきつくはないけれど、どんな珍奇な質問にもバカていねいに答えなくてはいけない。辛気くさい仕事だがこれが僕の生命線だ。

ところが、ふとケータイを眺めると、もう午後四時一〇分を過ぎている。瞬間、体内にただよっていた優しいノイズのざわめきがぷっつり切れて、けたたましい非常信号がどこかで炸裂した。

急に上体をおこそうとしたとき、かたわらで眠っていたサイコのしっぽをひじでグリッと押さえつけてしまった。ミャオーン。不機嫌そうにブルーの瞳でこちらをひとにらみすると、彼女は音もなくベッドからとびおり、するするっとキッチンのほうへ行ってしまう。ごめんね、サイコ。

ケータイの目覚まし機能が正常動作しなかったのかもしれない。だが、これまでそんな経験はしたことがなかった。見ると、そう、やはり三時にちゃんとセットしてある。三時きっかりに、ヨーヨー・マの弾く『リベルタンゴ』、あの歯切れのいいチェロのメロディーが景気よく鳴りだすはずだったのだ。

誤動作したのではないとすれば、寝ぼけながら自分で『リベルタンゴ』をとめ、また眠りこんでしまったのだろうか。

そういえば、いつもとは違う、へんな夢をさっきまで見ていたような気もする。夢といっても、困った事件がおきたとか、誰かに脅されたとか、そういうはっきりしたストーリーではない。何だかよくわからないけれど、自分が人間でなくなってしまったような不思議な感覚だった。

皮膚が樹木のようにザラザラして、手も足もない奇妙な塊になって、何億年も前のくらい海の底をゆっくりゆっくり転がっていくような感じ、とでもいうか……。目も耳もないのに、なぜか幽暗な世界はあたたかくて、低くうねっていく旋律とリズムに身をゆだねながら、睡眠と覚醒の境界を行きつもどりつ、うっとりと忘我のひとときを過ごしていたのだ。

もし、こうして感覚器官がみんな退化していくとしたら、それも悪くない。面倒なことなんか何もかも消えてしまうし。

明け方までいろんなブログを読んでいたが、そのあと妙に頭の芯がほてって、なかなか寝つかれなかった。やがて夢うつつの状態になっていたのかもしれない。

それにしても、いったいどんなブログを読んだのだろうか。内容をぜんぜん思いだせないのだ。奇妙な記憶の欠落。その黒い落とし穴にすっぽりはまりこんで、いつのまにか無意識に指が動いてケータイを操作したのだろうか。とすると、これも誤動作の一種なのかもしれない。機械と一体になっている「僕というシステム」の誤動作だ。

首をひねっているうちに突然ケータイが鳴った。

「多々納君か」

紳士風に落ち着いているくせに、こちらの神経をいやでも逆なでする下品さをあわせもった、低い声。興英セミナーの校長にまちがいない。

「え……はい、そうですが」

「どうしました？　ちょっと用事がありましてね、大事な用事。さっきから心配してあなたをずっと待っているんですが……体でも悪いんですか」

この校長とはそりが合わない。もう六十に手がとどく小太りのハゲ親爺だが、雑居ビルで生まれたドブネズミみたいにすばしこくて元気がいい。団塊世代は多かれ少なかれそうなのだろう。自分が現実社会のスペースに描きだしている輪郭の野太さに気づいていない。生存競争の偉大なる効果。サヨクの闘士だったという学生時代に身につけた習性なのか、どなりだす直前にはかならずバカていねいな口調になる。いったん膝を折って身を沈めてから、思いきりゲバ棒をふるって飛びかかるわけだ。

だからこのまま問答をつづけるのは禁物。

「いえ、大丈夫です」

「大丈夫って？」

「もう、すぐ近くまで来てますから」

「…………」

「すみません、急ぎますから失礼します」

タイミングをのがさずピッと電話を切って、てきぱきと身じたくする。グレーのチノパンに黒っぽいTシャツ。ここのところ、ずっと同じスタイルで通している。ひどく地味で、どこに行っても目立たず背景にとけ込めるからいいのだ。もう九月の下旬で、残暑も終わりかけているが、いまの気候にも合っている。

それにしてもいつもなら、遅刻したときはかならず事務のアルバイトから確認の電話がかかってくるのだ。なぜ今日は校長じきじきなのだろうか。僕に「大事な用事があります」っていったい何だろう？

その疑問は脚にねばねば絡まることはなく、むしろ猛スピードで興英セミナーまで僕を引っぱっていく吸引ポンプのような役目を果たした。

マンションの玄関を飛びだし、混雑した夕暮れの駅前商店街を走りぬけ、くるしい呼吸をこらえて公園を突っきれば、お目当ての四階建てビルが見えてくる。一階はリサイクルショップ。二階に駆けあがる。白地に赤で「興英セミナー」と書いた文字が少し剥げかかっているドアの前にたどりつき、息せき切って時刻をたしかめる。まだ四時二〇分にもなっていない。

秋だといってもむやみに走ったので、顔だけじゃなく、胸からも背中からも、どうしようもなく汗がふきだしてきた。汗まみれで教室にはいっていくと、露骨にいやな顔をする受講生がいる。とくに女の子に多い。顔だけでもすっきりさせようとポケット・ティッシュをさがしたが、あいにく忘れてきた。

ドアの前で深呼吸する。

校長はたぶん、こちらの住所なんか確認していないだろう。べつに嘘を言ったわけじゃない。もともと僕は勤め先のすぐ近くに住んでいるのだ。しかしこうむやみに急いだところからすると、やっぱり心のどこかの層に、ドブネズミ校長の心証を悪くしてはまずいという卑小な打算プログラムが巣くっているのだろうか。かなしい。

都心の北、王子近くのこのあたりは以前、町工場が多かったという。だがもはや、すっかりサラリーマンのベッドタウンになってしまったので、近ごろは大手の進学塾があちこちに進出してきている。

興英セミナーは二〇年くらい前からある補習塾だそうで、校長は創立時からのメンバーとのこと。地元の評判はまあまあ。百人以上の受講生を集めていた時期もあったそうだけれど、大手にはとてもかなわない。大手進学塾はカリキュラムだけじゃなく、インストラクターの質がちがうのだ。受験技術の化け物みたいな連中のなかから凄いのが選抜される。塾経営者も親も受講生もみんな異形愛好家《フリーク》だから、化け物にほれこむのだ。受講生を軒並みとられて、中小の塾はどんどん潰れていく。ところで興英セミナーが潰れないのは、この町の有力な人脈にたくみにかかわる校長の政治力のおかげだという。これは噂。

いずれにしても、僕のようなふつうの人間、つまり名もない大学の英文科をひどい成績で卒業した人間などは、とても大手進学塾のインストラクターになんかなれっこない。興英セミナーにたまたま欠員があったのは実にラッキーだったということ。だからこそ、ドブネズミ校長の機嫌をそこねたりしたら、もう絶対にオシマイなのだ。

ドアをあける。

ただの人いきれではなくて、子どもから大人に変身しつつある受講生たちのもつ、どこか不安定でセクシュアルな独特のにおいが鼻をつく。これが興英セミナーのにおいだ。するりと中に滑りこんだが、幸い校長の姿は見あたらない。事務のアルバイトもいない。大急ぎで廊下をぬけ、トイレにかけこむ。

トイレットペーパーで顔の汗をぬぐう。Tシャツの襟から手を突っこんで、胸や背中の汗をごしごしとふきとる。

鏡をながめる。

頭でっかちで筋肉がないくせに、胴まわりにはもちもちと余計な脂肪がついているから、全般にバランスの悪いボディだ。しばらくカットしていない髪の毛が四方八方に突っ立っている。細長いフレームのメガネの奥から、腫れたまぶたの男が僕をにらんでいる。

「お前なんか、僕じゃない」

「……僕じゃない」

向こうもそう言いかえす。意見が一致したが、この自己言及的循環にはなんの進展もなく不毛だ。

とりあえず髪を手ぐしで何度か整え、肌にはりついているTシャツを両手でぴんとのばした。これでインストラクターとしての最低限の身だしなみはできただろうか。

トイレから教室まではほんの四、五メートル。誰にも見つからないようにすばやく移動しようとしたとき、

「あ、多々納さん」と、背後から女性の声がした。

振りかえると、甲斐《かい》妙乃《たえの》が立っている。

僕は仕方なくへへへえと無意味な笑い顔をつくった。

この甲斐というのは数学のインストラクターで、同僚ということになる。僕にたいしてはなぜか、妙になれなれしかったり、逆につんつんしたそぶりをしたりする。中庸適切とか、ちょうど頃合いとかいうことがない。今年のバレンタインデーのあたりには、特にそういう1か0かのデジタルな二値的態度の変化がはげしくなって、こちらは対応にくるしんだ。

「さっき、教員ルームに校長がいらして、多々納君はいないか、いつ頃くるのかって何度も……なぜか分からないけど、真剣にさがしてたみたい」

甲斐がつかつかと近づいてきて、いきなりすぐあごの下から見上げたので、僕は思わずのけぞった。

ブラウスの半袖から、脂肪のかたまりのような二の腕がはみだしている。背はおそろしく低いが、重量がたっぷりあるためか、迫力も存在感も十分だ。それにしても、これほどぶ厚い化粧をする必要があるのだろうか。顔がまるごと異物のマスクと化している。

「校長とはさっき連絡つきました」

「え？　どうして」

「電話がかかってきたんです、校長から」

「あの……」

「すいません、これから授業なんで」

まだ何か言いたそうな甲斐に会釈して、くるりと背をむけ、さっさと教室にむかう。


ドアをあけたとき、ふしぎな気配があった。

いつもとは違う気配。あきらかに受講生ひとりひとりの意識というより、教室の全体がまるで生き物のように、そのことを鋭敏に感じている。

ふつう教室のなかには、一種の調和というか、場の均衡のようなものがある。それがゆらいでいる。そして、一〇人ほどの受講生は多かれ少なかれ、その出来事に気づいているのだ。

家庭教師に匹敵するような、きめこまかい個人指導、でも料金は家庭教師より割安――それが興英セミナーの宣伝文句。校長から同じ文句を何回聞いたことだろう、「与えられたカリキュラムにしたがって効率よく教えこむなら、大手の進学塾のほうがずっとすぐれているが、それは規格品の教育だ。ひとりひとりの疑問を解決し、その能力を個別に伸ばしていくことこそわが興英セミナーの目的なのだ」と。

僕がやっていることが、「きめこまかい個人指導」なのかどうかは分からない。けれど、教室をまるで一つの子宮みたいにしたいのは確かだ。そこでは一つの受精卵がいくつかの細胞に分化していく。大ざっぱなイメージとしてはつまり、ひとりひとりの受講生はそれぞれ、分化した細胞のひとつひとつというわけだ。

もし受講生が完全に自立した個人だとすれば、自分で生きていけるわけだからべつにコミュニケーションの必要なんかない。必要がないのにコミュニケーションのまねごとをしたって英語が身につくはずはない。

だから This is a pen. なんて無意味な文句を丸暗記させるのはまちがいなのだ。だいたい、目の前にペンがあるとき、「これはペンです」なんてわざわざ言う人間がいるだろうか。見ればわかることだ。I am a boy. はもっとひどい。およそ、自分を指さして「ボクは少年です」と言う人間が地上に存在するなんて、とても想像できない。女装でもしていればべつだけれど。

ところで、子宮のなかの分裂した細胞群のあいだでは猛烈なコミュニケーションがおこなわれる。成体をつくりあげるために連携しあう必要があるから当然だけれど、自然なコミュニケーションって、本来そういうものじゃないか。僕はなんとか教室のコミュニケーションをそういうものにしたいと思っている。どんなに下手な英語だって、ほんとうにコミュニケートすれば、そのフレーズは受講生の脳味噌にきざみこまれる。要するにインストラクターの役目は何かといえば、動機をあたえて少しでもそれに近い状況をつくりだすこと。教室を子宮に近づけること。ちがうだろうか。

僕は自分なりにそういう場を教室のなかにつくろうと努力してきた。けっこううまく行っていた。ところが、いま何かが起こっている。もわっと温かかった空気が冷たくなって、あちこちに亀裂がはいりかけているような感じ。

でも僕は何も気づかないふりをして、ずんずん教壇にあがる。

「I am sorry. I got up too late this morning.」

いつものように、一単語ずつゆっくり区切って話しかける。起きたのは朝でなく午後だったが、まあいいだろう。正直に I got up too late this afternoon. ではちょっとまずい気がしたのだ。

一番前列に座っている神奈《かな》石舞《いしまい》が、その単語の区切りにあわせるようにいちいち首をふってうなずく。ただ、表情はみょうに固い。僕が何か言ったときは、どんなカタコトでも返事をするのがこの子の常なのだけれど、今日はじっと黙っている。優等生の舞らしくない言動だ。

三〇分近く待たせたためかもしれない。

何か言おうとして、喉の奥でつっかえた。不完全性が口のなかで膨れあがる。頭のディスプレイのなかに、真っ白い画面がひろがっていく。突然、I am sorry to have kept you waiting for such a long time. という決まり文句がいきおいよく唇にのぼってきたが、あわてて呑みこんだ。中学生には構文がむずかしすぎる。

うつむいて沈黙している受講生たち。

教壇で立ちすくんでいる僕。

もしかしたら、さっき校長が教室に入ってきて、僕をさがしていたのだろうか。これは十分ありうることだ。そして受講生から巧妙に何か聞きだそうとしたのかもしれない。あるいはもっとダイレクトなやり方。つまり、あいつがときどきやるように、申し訳ないと口先で謝りつつ、遅刻インストラクターの怠慢を顔をひきつらせて責めたてたのかもしれない。あの途方もない迫力なら、受講生たちはみんな縮みあがってしまうだろう。

いやいや。

僕は何という小心者なのだろうか。むろん、教室を子宮みたいに温かくするというやり方を攻撃する奴らはたくさんいる。つまり、コミュニケーションから始めるという、僕のやり方はまちがっているというわけだ。This is a pen. や I am a boy. を丸暗記させることが補習塾の使命なのだ、受験に役立つこと以外は絶対にやるな、という奴らだ。

で、それが何だ？

英語はクイズじゃない。コミュニケーションがたのしくなれば、文法なんて自然におぼえるし、単語も熟語もすらすら頭にはいってくる。このクラスでも、ただ英語で話し合っているだけじゃなくて、指導要綱できめられた単語や熟語はきちんと教えるようにしているんだ。それで、僕の教え子の英語の成績は模試でも上位をしめている。校長だって文句はないはずだ。

気を取り直して教室を見わたす。そのとき、みんなと離れて最後列にすわっている受講生の姿が目にはいった。うつむいているし、長目のストレートヘアがかかっていて、よく顔が見えない。白いブラウスに紫のネクタイ、グレーのジャンパースカート。どこかの女子校の制服のようだけれど、このあたりでは見かけない格好だ。小ぶりの顔。まるい額が空間のなかでくっきりと際だっている。机の上にはこのクラスのテキストが広げておいてある。だが、その視線は床の一点をつきさしたまま、微動だにしない。

受講生の入れかえは珍しくないけれど、事前に連絡があるのがふつうだ。何しろ、家庭教師に匹敵する個人指導が売りものなのだから。だが、新入りがくるという話はきいていなかった。

いったい誰だろう？

……そのとき、「Why?」という素っ頓狂な叫びが教室中にひびいた。

「Pardon?」

「Why? …… Why you …… you late? ええっと、You sleep? ひるね。Or you …… you drink beer, no? …… much beer. のみすぎ」

くすくす笑いが教室のあちこちで起こった。言った本人も楽しそうにけたけた笑っている。乾翔一《いぬいしょういち》だ。

「Oh, no. Shoichi, I didn't drink anything today.」

「Then, why?」

翔一はトリックスターである。いわゆる秀才ではないが、この受講生のおかげでどれほど教室のコミュニケーションが活性化されたかわからない。

翔一の質問にどううまく答えようかとちょっと思案していると、舞が口をはさんだ。

「He said, he got up late.」

「Yes. I got up too late. Thank you, Mai」

僕は舞にむかって精一杯わらいかける。容姿や才能にそれほど恵まれていなかろうと、想像力がとぼしかろうと、この娘はたくましく前進していくだろう。鈍感さとか凡庸さというのはまぎれもない武器なのだ。

舞のスマイルとともに、クラスの空気がゆっくり温まっていく。

もう大丈夫だ。

わからないように、僕はひそかに安堵のため息をつく。舞や翔一だけじゃなく、受講生みんなが、いつも通りの顔にもどっている。

「OK. Are you ready? Open the text.... let's begin at page 45.」

…………

こうして、授業は平常通りすすんだ。

そう、最後列に座っている新入受講生をのぞいて。

この受講生だけは、僕が何を言おうが、まったく無反応だった。大事なポイントを強調しようが、下手なギャグをとばそうが、相変わらず、うつむいて床の一点を見つめているだけ。まるで人間の外皮をかぶった中立の物体という感じだ。

教室は子宮のように脈打っているが、最後列の一角だけが鉛色の異物となって凍っている。いくら初めてで緊張しているといっても、こういう新入りは見たことがない。いったいどうなっているのだ？

新入りに声をかけ、仲間にひきいれるのはインストラクターの役目にちがいない。でも、そのかたくなな態度のために何となく気がひける。

たちまち時間がすぎた。あと五分で、終了時刻の午後五時。さすがに新入受講生をまったく無視したまま、授業を終えるわけにはいかない。形だけでも声をかけておくことにしよう。

ゆっくり最後列まで歩いていき、そばで立ち止まる。教室はしんと静まりかえった。相手はこころもち前屈みになったまま、その姿勢をまったくくずさない。僕が見下ろしていても、こちらと目を合わすわけでもない。だからといって、恥ずかしがっているとか、緊張しているといった様子もない。まるで僕が脇に立っていることに気づかないかのように、ただうつむいて座っている。感覚器官が麻痺した人間というより、センサー回路を遮断されたロボットみたいな様子。

机の上のテキストは、今日の授業とは無関係なところが開いていた。ノートはとじている。放りだされたように横たわっているボールペン。両掌はひざのうえできちんと重ねられている。近ごろは派手なマニキュアをしている中学生もいるが、爪をきりそろえただけの清楚な白い指先だ。ただその指の重なり具合が、血も骨もないプラスチックのような、人工的な感じがする。

一息ついて、話しかけた。

「Hello, are you a new student?」

「…………」

「What is your name?」

「…………」

何も理解できないのだろうか?

「ええと、ごめん。初めてでびっくりしたかもしれないけど、片言でいいからできるだけ英語で話すようにしてください。すぐ慣れます。まず、名前からお願いします」

僕は一つ一つ単語を区切って、大きな声をはりあげた。「……What, is, your, name?」

「…………」

新入りだけでなく、受講生も全員、急に押し黙った。

みるみるうちに、ふたたび、教室の空気が変わっていく。もどってきたのは、僕がさっき教室にはいったときのような異様な気配。そうか、あれはこの新入りがもたらしたものだったのだ。

それじゃ僕がこの教室にやって来る前、いったい何があったのか? たぶん、この新入りとその他の受講生とのあいだに何かが起きたにちがいない。

……そのときだった。

男女が何かにぎやかに話している大声。と同時に、いきおいよく教室のドアがひらいて、校長が入ってきた。

「授業終わった? ちょうどこれから休み時間だよね。ご苦労さま、多々納君。いや、今日は来てくれないのかと心配したよ」

おどろいたことに上機嫌である。でも、いったい校長はなんのご用でここに? と僕はたずねようとしたのだが、その間もなく急に背後で、がたんと椅子がなった。振りかえると、新入りがすっと立ち上がっている。背が高い。僕とほとんど同じくらい。すくなくとも一六七センチはあるだろう。

「How do you do, sir?　My name is Aoi Kumoi…and just call me Aoi, or even A-one, that's my nickname which sounds good.」

ネイティブに近い、流れるような発音。

単に英語がうまいというのではない。声音のなかに独特の光沢とリズムがあって、どこかの宇宙からここにワープしてきたような、みょうに異質な感じがした。

教室中にざわめきがひろがっていく。こちらはあっけにとられて、かるく頭をさげるのが精一杯。へえ、エーワン（A-one）とはね。帰国子女の参入というわけか。しかしそれなら、なぜずっと黙っていたのだろう？

「そう、雲井アオイさんだ。今日からこのクラスで勉強することになった。多々納君、よろしく頼みます」

そう言いながら、ずんぐりした校長は嬉しそうにアオイを見上げた。ついでくるりと横を向いて、

「ほら、ここで授業をするんです。徹底した小人数教育でね。まあ費用なんて度外視した個人指導みたいなもんですよ。親切ていねい、規格品じゃない手作りの教育です」

と、言葉をつづける。

そのとき初めて、僕は校長のとなりに立っている女性に気づいた。どうやら教室まで案内されてきたらしい。何気なくそちらに目をやって、一瞬、訳がわからなくなった。

アオイが二人いる――そう思えたのだ。もちろん、すぐに母親だとわかったのだが、それほどに二人の類似はきわだっている。

もちろん、アオイのようにノーメイクで中学生のかっこうをしているわけじゃない。ヘアサロンから出てきた

ばかりのようにきれいにセットされた髪、すきのないメイクをして、あじさい色の高級スーツをきっちり着こなしている。小づくりで整った顔立ち、やせぎすで長身なところは親子共通。アオイの母親なのだから、歳は三〇代半ばにはなっているはずだが、若いというより、どこか年齢不詳という感じがする。

つまり、親子に共通しているのは、みょうに人間離れしていて、ショーウインドウのマネキンめいたところなのだ。表面的に顔立ちが近いというより、もっと深いところで――いわば「種」として近い、とでもいうような印象。

素人がそっくりさんを演じるとき、たいてい本人と同じ服装をする。けれど外見だけをまねると、かえって微妙な違いが拡大強調されてしまうのだ。ほんとうの物まね名人は、違った服装をつけることで、キャラクターとしての深い同一性がうかびあがらせるものだ、と聞いたことがある。この二人の類似性は、たぶんそういったたぐいのものなのだ。

……ぼんやりしている僕を見て、校長は何を誤解したのか、ふいにクククと含み笑いし、ぽんとこちらの背中をたたいた。

「うちじゃ、どの受講生の方にも、インストラクターが相談員というかたちで一対一で面倒を見ることになってます。責任をもつわけです。それでお嬢さんの担当が、この多々納君というわけで」

「多々納です、よろしくお願いします」

会釈すると、相手はごく軽く頭をさげた。

それにしても、どうしたことだろう。さっきまで校長と如才なく談笑していたはずなのに、この母親は僕にたいしてはまったく愛想がない。頭をさげたとき、ほんの少しにこりとしただけ。こちらに視線を向けようともせず、そろったまつげを伏せて脇の一点をじっと見つめている。三流塾の雇われインストラクターなど、愛嬌をふりまく値打ちもないということか。だがすくなくとも、この教室は僕のテリトリーなのだ。

一方、驚いたことにアオイのほうは今や、やたらにニコニコしている。壊れた人形のようなさっきまでとは大ちがい。ジャンパースカートの制服を通して、キラキラした微粒子が周囲にとび散っていくようだ。

母親が現れたからとたんに元気づく理由はわからないでもない。甘ったれはみなそうだ。けれど、この相違はおおきすぎる。充電完了直後のロボットじゃあるまいし。

「せんせ、よろしくお願いしまーす」

はじけるように言って、アオイはペコンと頭をさげる。

「あのさ、ニックネームなんていったっけ」

立花朋絵《たちばなともえ》が大きな声で割ってはいった。アオイの英語を聞いて、すっかり陶酔したような目をしている。

「エーワン。おぼえやすいでしょ」

「うん」

「そうだ、立花さん、お友だちになってあげてよ」と、校長が相好をくずした。

「はーい。……じゃ、つぎの数学、どこからか教えてあげる」

体格のいい朋絵がどかどかとアオイの席に近づいていく。

僕はちらっとアオイの母親のほうを眺める。

相変わらずまったく冷たい無表情。プライドが高いといったレベルを通りこして、非人間的な感じがする。なかなかユニークな親子だ。

「ご推察のとおり、あの子は帰国子女でね」

二人で廊下を教員ルームへ向かいながら、校長は意味ありげに目配せした。

「……英語はうまいんだろう。たぶんうますぎるんで、クラスで孤立したらしい。いじめられたんじゃないかな、お母さんはあんまりはっきり言ってなかったけど」

「いつ日本に戻ってきたんですか」

「半年前だよ。で、東京の有名私立の女子校にいれたんだけど、一時は不登校になっちゃった。まあ、なんとかこの九月からは通ってるらしいんだが」

そうか、あの制服はそこの女子校のものなのか。

「ああいう調子じゃ、教室で孤立するかもしれませんね。それにしても、なぜ……」

なぜこの興英セミナーにと、言いかけて、僕はちょっとためらった。この町にはほかに、あの親子が好みそうなレベルの高い進学塾はいくらでもある。

そういうこちらの心中を見透かしたように、校長はぶ厚いくちびるの上に薄気味悪い笑いをうかべた。

「実はね、あのお母さんはやり手のキャリアウーマンで、このあたりの塾についていろいろ調べたらしいんだが、うちの個人指導が気に入ったらしい。それに君のコミュニケーション授業もさ」

そう言いながら、ぽいと名刺を手わたす。「Qリサーチ　代表取締役社長　雲井《くもい》翠《みどり》」と、しゃれたフォントで書いてある。

「どういう会社なんですか、これ」

「さあな。……ともかく、この町のおえらがたとは仲がいいみたいだ」

「………」

「ここでは勉強より、まず友だちをつくって、っていうことじゃないか。よろしく頼むよ。じゃ、わたしはこれで」

せかせか去っていく校長の後ろ姿を見送ってから、教員ルームのドアをあける。

タバコのにおいがする。

教室は絶対禁煙だが、校長がヘビースモーカーなので教員ルームは喫煙OKなのだ。僕にはありがたいけれど、甲斐妙乃をはじめとする禁煙派には評判がわるい。

このスペースを僕はあまり好きじゃない。でもインストラクターは一五分の休み時間にいったんこの教員ルームにもどって、授業の準備をすることになっているのだ。整理されていない手狭なスペースに、いくつかのデスクや教材類がごちゃごちゃと並び、古いエアコンが肺病患者みたいにゼイゼイうなっている。

甲斐がすぐ僕に気づいて愛想よく目くばせした。

「新入生の担当になったっていうの、ほんと？」

イエスともノーとも言わず、あいまいに微笑しただけで自分のデスクの前にすわる。だが、もう噂はひろまっているらしい。

「校長の覚えめでたいからな、多々納さんは」

茂手木《もてぎ》勝《まさる》が吸いかけのマールボロをもてあそびながら、すぐ側にやってきた。この男は僕より二つほど年上の国語のインストラクター。今日はどうも僕にからんできそうだ。こちらは返事をしない。

「……勝ち組の親子だっていうじゃないか。ついてるよな。うまくすればさ、プレゼントもどんどん期待できるぜ、おい」

嫌みったらしく、口を僕の頭のすぐわきに持ってきて、煙をフッフッフッと顔にふきつけてくる。茂手木はチェーンスモーカーなので、一時間タバコなしで我慢をしていたぶん、休憩時間には猛烈ないきおいで吸いまくる。嫉妬深い上にひどい気分屋だから、どんな小さな出来事でもこの男を不機嫌の絶頂にするには十分だ。

「帰国子女だから英語の先生を担当にしたのよ」

甲斐が割ってはいった。

「なぜよ。帰国子女なら英語できるんだろ？　じゃ、問題ないじゃん。勉強しなくちゃいかんのは日本語だぜ」

国語力はたぶんまあまあで、英語ができすぎるのが問題なのだ。まちがいない。僕はそう思ったが、何もいわず黙っていた。

僕が相手にしないので、茂手木はオールバックの頭をふりたてながら自分の席にもどっていく。怨念《ルサンチマン》だらけのつまらない奴だ。

英語ができすぎるために、仲間はずれにされた帰国子女。……そのとき、ようやく僕には謎がとけた。

教室にはいっていったときの異様な空気はやはりそれだったにちがいない。

お互いに英語で簡単なあいさつし合うというのが、僕のクラスのやり方である。だからきっと、新入りの雲井アオイに誰かが話しかけたのだ。舞か、翔一か、朋絵か――まあ、誰でもいい。そして、アオイはそれに英語で答えたのだ。あまりにレベルが違いすぎる返答だったので、親密に新入りをむかえようとした教室の空気が一挙に白けてしまったのだろう。

英語のとくいな帰国子女。

でも、そんなこと自体はたいしたことじゃない。気になったのは、あのマネキンめいた親子の奇妙な態度だ。授業中は抜けがらみたいに意気消沈していたアオイは、母親があらわれるとなぜ急に元気になったのか。そして母親のほうは、なぜ無愛想になったのか。

もちろん、理由は思いつく。白けておびえていた娘は母親の顔をみて自信をとりもどし、母親のほうは興英セミナーのどこかに不満な点を見いだしたのだ。
で、その「不満な点」というのは僕にたいする第一印象なのか……。

第三章 進化シミュレーション・ゲーム

ソファの上でおちつかない様子のサイコが、さっきからモーションをかけてくる。ブルーのひとみが「遊ぼうよ」としきりにさそう。

チョコレート色の鼻面をチョチョンとひざに押しつけたり、ぴょんと床にとびおりて白い腹を見せ、ミャオミャオと甘えた声をあげながら手足をばたつかせたりする。無理もないな。僕が興英セミナーで仕事をしている何時間ものあいだ、ひとりでじっと留守番していたわけだから。よしよし。

つやのある灰茶色の毛皮のかたまりを抱っこしてやる。

だが、今晩はいつもとはちがって、どうも愛猫とのふざけあいに熱がはいらないのだ。左手でサイコを抱きながらも、右手はキーボードのうえをいそがしく動く。視線はじっとパソコン画面をみつめたまま。

そのブログは次のような出だしで始まっていた。

飛び切りすてきなことがありました、今日は。だからこうしてパソコンに向かっていても、胸がはずんで、もうどうしようもないくらい。本当です。

自分がビッグマザーになって、この世に生まれてくる新たな命に祝福されている。そんな感じかな。命といっても、コンピュータのなかの生き物だけれど、どうしてこんなに愛しいのか、自分でも不思議なくらいです。今度うまれた鳥は、大空を飛びまわるかわりに、サイバー空間をのびのびと飛びまわっている。その姿が目にうかびます。

名前はまだありません。とりあえずミニ・クジャクR27号としておきます。どんなにすてきな鳥か、ここにイメージ写真をのせたので、どうぞじっくり鑑賞してみて見てくださいな。

画面の右下のすみに、びっくりしたように目を見はり、金色まじりの碧緑の翼をおおきく広げた動物R27号の合成写真がはめこまれている。合成技術は高いが、一部はコンピュータ・グラフィックスだろう。頭には黄金色の冠毛が一房。肩と尾羽はすっきりした白銀色、目のまわりはあざやかな紅色。ど派手な色合いだ。大きさはどのくらいだろうか。比べるものがないのでよくわからないが、ニワトリくらいかな。羽根に目玉模様があるので、たしかに全体の印象はクジャクにちかい。でも羽根のかたちはクジャクとは違うし、「飛びまわる」というだけあって、もっと小ぶりで敏捷そうな感じがする。

ただ、よくよく眺めていると、なんだか妙だ。たしかに表面的には華麗な鳥の一種に見えるが、どことなく繊細な温かみがなく無機的で、メカニックな様子だ。そのせいか、ハチュウ類のようでもある。

このミニ・クジャクR27号を、ブログの制作者であるベルデさんがつくりだしたのだろうか。つくると言っても、いったいどのようにして？

このブログを読むのは初めてだ。いったいベルデさんというのはどんな人なんだろう。なかなか凝ったデザインのブログだ。柔らかなうぐいす色を基調にして、赤や紺のアールヌーボー風蔓草の装飾がほどこしてある。オシャレで都会風な人にちがいない。

ざんねんながら顔写真はなし。プロフィールを眺める。

「生物研究家。美しくて賢いものなら何でも好きな、自称エコロジカル・キャリアウーマン。ビジネスと家事と子育ての三位一体という不可能事をまがりなりにも実現すべく、毎日ドタバタと奮闘中。得意技はパソコン。いまパソコンをつかった動植物の進化シミュレーション・ゲームにはまっています」とある。

ははあ。近ごろは三、四十代の女性でも、パソコンおたくは少なくないからな。

なるほど、たぶん彼女は「進化シミュレーション・ゲーム」でこのミニ・クジャクをつくりだしたのだろう。進化シミュレーションなるものの中身はよくわからないけれど、いろいろな動植物が生まれたり絶滅したり、生存競争をつづけながら進化していくようなプログラムなのかしら。けっこう面白そうだ。ヒーローや悪者が剣をぬいてあばれ回るちゃちなゲームなんかより、ずっと脳細胞が刺激される。

僕だったら、どう設計するかな……。

たとえば、気温とか降雨量とか起伏がどのくらいあるとか、土地の様子をきめておく。そういう環境のなかで、生息できる草や木があるだろう。それを食べる昆虫や草食獣。昆虫を食べる鳥たち。草食獣を食べる肉食獣。いろんな生物種が共生したり食い合ったりしてうごめいている。そのなかでうまく環境に適応した生物種がさかんに子供をつくる。やがて新しい生物種がうまれていく。そんな感じだろうか。

でも、具体的に新種の鳥が生まれるメカニズムというのは、よくわからない。まさか、ただ羽根の色が派手な鳥をプログラムで定義して、それをコンピュータのなかに入力しただけじゃないはず。進化となれば、遺伝とか突然変異なんかのメカニズムも本格的に組みこまなくちゃいけない。そうなると、専門知識が必要だ。

生物学といっても、分子生物学とか、遺伝学とか、動物行動学とかいろいろな分野があるのだろう。でもこのベルデさんという女性はたぶん、大学や研究所にいるような、やたらにむずかしい専門用語をふりまわすだけの退屈な、つまり普通の生物学者ではなさそうだな。そういう感じがする。

とはいえ、プロでないとするとどういう人だろう。

ええと、職業は、と……。

〝生物研究家〟とある。いったい何だ、これは。僕は腕をくむ。人間研究家。平和研究家。宇宙研究家。そういうエラそうな人たちは、みんなどことなくいかがわしい。ところが、そういう人のブログにかぎって、へんに説得力があるし、なかなか読ませるのだ。ベルデさんのブログに僕はふたたび目をやる。


どうですか、このR27号。頭から尻尾にかけてのエレガントな形といい、深みがあって華やかな体色といい、完璧にちかいでしょ。正直な話、このレベルの理想型を生みだすために、半年前からかかりきりの作業だったのです。トライアル・アンド・エラーのくりかえし。失敗した回数は数え切れないほど。

まあ、当然のことかもしれません。プログラムは信じられないくらい込みいったもので、しょっちゅうバグ（誤り）が出る。それだけじゃなくて、プログラムは正常動作しても、結果はいやになるくらい偶然に左右されるんですから。そのあたり、本当の鳥の進化もそうなのかな。

R27号が生まれるまでの長い話や、細かい処理の全部はとてもここで書けませんし、また書く気もありませんけど、ちょっとだけ苦労話を披露させてくださいね。

一言でいうと進化ゲームの一種なのです。近ごろ若い女の子のあいだで「ひよこっぴエボリューション」というケータイをつかった遊びがはやっているそうですね。なつかしい「ひよこっぴ」の復活版かしら。「ひよこっぴ」とのちがいは、ただヒナを育てるだけじゃなくて一種の進化ゲームである点だと、マスコミでは言っています。私のやっていることも、「ひよこっぴエボリューション」に似ていると言えるかもしれません。でもたぶん、中身の処理はぜんぜんちがうと思いますけれど。

簡単にいえば、羽根の色や形をきめる遺伝子のプログラムが決め手になるんです。といっても、羽根の色は一つの遺伝子がきめるわけではなくて、複数の遺伝子がからんでいます。大きさや形態はもちろんべつの遺伝子群が関係します。それらの遺伝子群が複雑に作用して、羽根ができあがるのですが、そういった関係を全部プログラムに反映させなくてはいけない。だからなかなか大変。

それに、遺伝子型と表現型の区別もあります。つまりたとえば、羽根の色がすてきなエメラルド・グリーンになる遺伝子を母親からもらったとしても、子の羽根の色がそうなるとはかぎりません。父親からもっさりした灰色の遺伝子をもらって、そちらが優性だったら、子の羽根はもっさりした灰色になってしまう。でも、その子から生まれた孫のなかには、鮮やかなエメラルド・グリーンが現れたりしますけどね。色や形のケースがたくさんあると、天文学的といっていいくらいの数の組み合わせが出てきて、それはそれはめんどうなんです。

ちょっと深入りしすぎてしまいましたね。専門的なことは、このブログではバッサリ省略しますので……。

とにかく、シミュレーションのなかで、うっとりするような体色を出現させるのは大変なんですよ。今回は奇跡的にうまくいきました。

ところで、子から孫へと世代が進むごとに、色彩がいっそう華やかになり、洗練されていくのはなぜだと思います?

それは〝性淘汰〟のせいなのです。ざっくばらんに言えば、羽根がきれいでカッコいいほうが異性にもてるから子孫をたくさん残せる、ということ。

これは、ある環境のもとで簡単には死なないこと、つまりたくましい生きざまで生存確率が高いという、ふつうの自然淘汰とはちょっとちがいます。短命でもたくさん子供を残せるなら、そういう形質はひろがっていくんですね。美人薄命、ハンサム若死でも、赤ちゃんさえできればOKなんですよ。逆にいうと、異性に全然もてなければ、いくら長生きしても仕方がない、その形質は淘汰されてしまうということ。

よく考えてみると、カッコよくて目立つということは、生きていくにはそれほど有利ではないんじゃないかしら。何より、敵に捕食されやすい。どんなに弱い動物でも、環境の色調に溶けこんでいれば食べられなくてすむのです。一方また、強い動物のほうは、目立ちすぎると獲物を捕らえにくい。あんまりカッコよすぎたら、近づく前にすぐ感づかれて逃げられてしまいますよ。

だからホニユウ類はだいたい目立たない色をしている。茶色とか灰色とか……。虎や豹の毛皮は派手にみえるけれど、森のなかではあの模様はかえって目立たないのです。赤だの青だの黄色だのがまじった極彩色のホニユウ類なんて、とても考えられません。

じゃ、カラフルな鳥がいるのはなぜ？

捕食のされやすさ、しやすさの影響より、性淘汰のほうが効くからではないでしょうか。鳥は飛べるし、動きがすごく速い。だからヒナの時期をのぞけば、そう簡単に肉食獣に捕まることはありません。獲物を捕まえるときも、上空から急降下して襲うなら、どんな羽根の色をしていようとほとんど関係ないはずです。

となると、あとはいかに綺麗なかっこうで、目立って、いい伴侶をみつけるか、ということになる。ふつうはメスがオスを選ぶんじゃないかしら。となるとオスの羽根が美しく進化するはず。R27号もオスなのです。

あのね、鳥類っていうのは、ホニユウ類とくらべても遜色ないどころか、ある意味ではまさった生きものだという学者もいるの。

心肺機能だって、循環器能力だって、体重のわりには筋力だって、空を飛べる鳥類のほうが、地をはうだけのホニユウ類よりずっと上。頭脳にしても、渡り鳥みたいに地磁気を体感しながら長距離を移動するなんて離れわざを、ホニユウ類ができるでしょうか。まあ、人間は長距離飛行用の道具をつくれるからいちばんエラいと言われれば、それまでだけれど。

という次第で、私はいま、すてきな鳥類を進化させることに興味があるのです。ミニ・クジャクR27号も、その祖先がたくさんのメスに愛された結果、こういうみごとな羽根を身につけたという次第。今日は大成功のご報告でした。ではおやすみなさい。

なるほどね。ベルデさんはコンピュータ・シミュレーションできれいなR27号をうみだして、大成功だとすっかり舞いあがっている。それにしても、鳥類がホニュウ類より優れているというのは、面白い仮説だ。

待てよ。人間が生物のなかでいちばん「優れている」という説は、たしか間違いではなかっただろうか。いつだったか、アザラシに似た進化生物学者が、テレビでそんなことを力説していた。

――以前は進化と進歩という概念が混用されており、もっとも進歩した生物は大脳の発達したヒトだと考えられていた。ダーウィン自身、そう述べている。だが、現在では、そういう単線的な進歩は生物進化とはまったく無関係だということが、学問的にみとめられている。脳の容量だけなら、イルカのほうがヒトより大きい。それに生存能力という点ならゴキブリのほうが優れている。

はっきり覚えてはいないが、たしかそんな内容だった。

アザラシに似た大学教授は、ラフなかっこうをしてヒゲをうごめかし、自分が高等生物でないことが自慢のようだった。みずからをおとしめる作業に倒錯的なよろこびを感じるタイプらしい。

ともかく、進化と進歩はちがう、というのはもう生物学の常識なのだ。でも下等生物から高等生物が生まれるのでなければ、進化からいったい何が出てくるのか？

大昔はバクテリアのような単細胞生物しかいなかった。今はいろいろな生物がいる。新種の生物が生まれるというのは、ヒトとチンパンジーが同じ祖先から出てきたみたいに、枝分かれしていくことだ。それなら、進化とは多様化だ、という気もしてくる。うん、そうだ。多様化し、種類がふえていくということだろう。「多様化」っていうのは、いまどきはやりのフレーズだからな。

いや、これもおかしい。新種の生物がうまれるかわりに、絶滅する生物もいる。それに絶滅のしかたもハンパじゃない。新種の生物がどんどん出てきて、そのなかでうまく環境適応できなかったものが少し歯抜けになっていく、というくらいなら多様化といえるだろう。でも、現実はそんな生やさしいものじゃないはずだ。気候の大変動なんかがあると、ほとんどの種が死滅してしまうこともあるらしいし。

つまるところ、進化なんて、単に一種の「変化」にすぎないんじゃないか。

要するに、生存競争をつづけたあげく、何かが達成される、なんてことはないのだ。どこかに向かっている、なんてこともないのだ。歴史や科学の進歩なんて信じているのはおめでたい誰かさんだけで、そんな実体はどこにもない。生き物はただ、食い、食われ、セックスし、われがちに遺伝子を残しながら、みにくく争っていくだけの存在なのだ。そういう無益な行為が、この地上で生き物が誕生した四〇億年前から、だらだらとくり返されてきただけなのだ。ただそれだけの、じつに退屈な話じゃないか。

僕はパソコン画面から目をそらした。

じっとおとなしくしていたサイコが、もの言いたげにこちらを見あげている。左耳のうしろからノドにかけて、薄青い星形の斑点がある。そこをなでてやると喜ぶのだ。

——お前はこのむなしさを理解してるのか？

斑点をなでながらサイコの顔をながめていると、急に切なくなってきて、僕は彼女をだいたまま立ちあがった。ベランダのほうへいく。

このマンションはそれほど広くはないけれど、けっこう交通量のある道路に面している。僕の部屋は二階なので、窓のそばに立って街路を見下ろすと、人や車の往来がすぐそこまで迫ってくる。まだ午後九時すぎ。人通りは減ってはいない。

つい一週間ほど前まではこの時間でもむし暑かった。でも、もう秋風がひんやりして、なかにはコートをはおっている姿もある。

一〇メートルほど向こうでは、スポーツタイプの真っ赤な乗用車が斜め気味に停車している。ドライバーがなかからスーツケースやらゴルフバッグやらをとりだそうとしているが、引っかかってうまくいかない。後ろの工事用の軽トラックがいきなりクラクションを鳴らした。遊び人風のドライバーは不愉快そうに顔をしかめる。下手をすると口論になるだろう。

この町では、だいたいの人たちが気ぜわしく、苛立っている。時間と空間の崖っぷちを前のめりに歩いている。何のために、何をあせりながら急いでいるのだろうか。

あるのはただの「変化」だけなのに。

それにしてもベルデさんは、生物の進化は進歩ではない、常に優れたものを生みだすとはかぎらない、っていうことを知らないのだろうか。

いやいや、たぶん、そうじゃない。

ベルデさんは、生物学の常識はちゃんと知ったうえで、あえて優劣にこだわっているのだ。その基準はたぶん、美しいこと。

サイバー空間のなかで、つまりコンピュータのつくるバーチャル空間の世界で、何とかして美しい生物をつくりあげること、それがベルデさんの野望にちがいない。彼女にとってそれが「進化」なんじゃないのだろうか。

たしかに鳥のなかには、クジャクだけじゃなく、オナガだのカワセミだのハチドリだの、びっくりするほど鮮やかな体色のものが多い。ホニュウ類とのちがいは明らかだ。だからベルデさんは鳥が好きなんだろう。

それにしても、ベルデさんの進化シミュレーションは「ひよこっぴエボリューション」とどこが根本的にちがうのだろうか。よくわからない。遺伝とか淘汰のしくみなんかをプログラムで細かく実現しているというところかしら。でもそれは単にレベルのちがいにすぎない。コンピュータによる鳥の生態シミュレーションという点では、まったく共通しているじゃないか。

僕がベルデさんのブログを読むことになったきっかけは、そもそも「ひよこっぴエボリューション」だった。ウェブ検索ソフトで、「ひよこっぴエボリューション、ゲーム」とキーワードを入力したら、ベルデさんの書いたブログのアドレスがリストアップされたのだ。それで何となくそのウェブページにアクセスしたら、たまたまベルデさんの力作と遭遇したというわけだ。

僕はあまりゲームにのめりこんだことはない。人並みにやったことはあるけれど、すぐにあきてしまうからだ。でも、ひよこっぴエボリューションはただのゲームではないらしい。

雑誌で紹介されていたのをチラッと見た程度だけれど、ひよこっぴエボリューションは新種のゲームで、女子中高生のあいだで知る人ぞ知る静かなブームになっているという。

「ひよこっぴ」というデジタル・ペットが爆発的に流行したのはもう一〇年くらい前のことだったかな。

玩具メーカーが売りだした、てのひらに入るくらいの可愛らしいゲーム機だった。大騒ぎしていたのは女の子で、僕は持っていなかったからよく知らないけれど、卵からヒナをかえして、そのキャラの世話をしてやる子育て遊びだ。よくエサをやったりフンを始末したり、愛情をかけて世話してやると喜んですくすく育つ。冷たくしてほうっておくと、だんだん元気がなくなって、下手をすると死んでしまう。たしかそんな、奇妙にリアリティのあるゲームだった。

もうとっくに、ひよこっぴは過去の遺物になったと思っていたのだけれど、どうもそうではなく、また復活しているらしい。そのことを知ったのは、ほんのつい数時間前、興英セミナーでの出来事だった。

いつものように今日も、僕は授業がはじまる五分前に教室にはいった。

これは以前からの習慣。教員ルームで甲斐や茂手木とムダ話をかわすのは気づまりだし、遅刻はきらいなのだ。さっさと教室にやってきて、受講生たちの冗談でも聞いているほうがまだましじゃないか。

教室にはいってみると、いつになく受講生たちが集まってがやがやと騒いでいる。とくにカン高くひびいてくるのは、立花朋絵の金切り声。

「ほらほら、お食事ですよ……。あれ、へんねえ。なんで食べないのかな」

大柄な体格の朋絵は、そのがっしりした肩をすぼめるようにして、しきりに手にのせた小さなゲーム機を操作している。

「食事じゃなくて、おやつにしたら？」

そう提案したのは、朋絵と仲のよい久保田慶子。

「だめだよ、おやつはさっき食べたばっかりなんだから」

すげなく拒否して、朋絵は
「ちゃんと栄養バランスをとらないと病気になりますよ」

と、さとすように言う。

「ぜーんぜん食わねえじゃん。だめだ、こりゃ。反抗期なんじゃねえの？」

と、陽気な声をだしたのは乾翔一。

一群の受講生たちが見入っているのは、朋絵の手の上のちいさなディスプレイ。そこでは漫画のようなキャラがぴょこぴょこ動いている。

「そうなんだ。あんまり言うことききかないの。幼児期のときは可愛かったんだけどさ」

「あんたのお母さんも同じこと言ってるよ」

神奈石舞が口をはさんだ。朋絵はそこにあるトゲに気づかないふりをして、

「でも、反抗期をすぎないと思春期にはいれないからね。お利口さんはいつまでたっても恋人ができないんだ」

と、やりかえす。

「立花さん、これ何？　ひよこっぴとはちがうの」

僕はたずねた。ひよこっぴに似ているが、少しちがうようにも見える。

「ひよこっぴじゃなくて、ひよこっぴモア。せんせ、知らないんですかぁ」

翔一がかわりに答える。

「モア……？」

「ひよこっぴの新製品。ひよこっぴ同士で通信とかできる。いつだったかな、出たの。いま、女の子のあいだですごく流行ってますよ。少しはトレンドくらい勉強してくださいよ、先生」

と舞。この娘は何かにつけて知識をひけらかす。

「それで、ひよこっぴ星にワープして、そこで仲間とあそぶこともできるんだよ。面白いだろ。きゃはは」

女子プロレスラーのように両足をふんばって、朋絵のボルテージはいっそうあがる。

「ほんと。可愛いわ。……ね、こんど私にも世話させてくれる？」

突然はっきりした声がひびいた。

高笑いしていた朋絵がふりむくと、なんと雲井アオイである。いつになく、いたずらっぽい微笑をうかべている。横幅は朋絵よりずっと狭いが、背はだいたい同じくらい。

「うん、エーワンならいいよぉ……」

朋絵の顔が、いったん戸惑ったような表情になってから、得意そうにたちまち紅潮した。

「ありがと。そのかわり、私のゲームやらせてあげるから」

アオイは自分のケータイをとりだすと、ぱちんと画面をひらいてすばやく操作し、朋絵の前にずいとつきだした。

そこにはカラフルな鳥の画像がおどっている。風をきって空を飛んでいるようなイメージだ。翼がうごくたびに、画面に優美なカーヴがながれる。

朋絵のもっているゲームとはかなり感じがちがう。ひよこっぴのキャラは漫画的にデフォルメされていて、それがカワイイということになっているのだけれど、こちらははるかにリアルだ。

「へえ、きれいねえ」

慶子が感きわまったような声をあげた。

「すげえな。……これ、ひよこっぴじゃねえよ」と翔一。

「あったりまえでしょ」

舞がうんざりしたように翔一をながめた。あちこちで吹きだす声。ところが、アオイはおおきくかぶりを振る。

「ううん、ひよこっぴなのよ、これも」

「ええっ、それ……どういうこと？」

さすがに舞もぽかんと口をあける。おどろいたのは受講生だけじゃなく、僕もだった。

「ひよこっぴエボリューション。モアとはちがって、ケータイ専用の進化ゲームなの」

「進化ゲームって何？　面白いの、それ」

朋絵がさっそく割ってはいった。この娘はゲームマニアなのだ。

「あたしも始めたばっかりでそれほど詳しくないけど、好みのタイプの子供をつくるゲームなのよ」

アオイは言葉をつづける。

「……モアでも、うまく育てたら結婚させてやれるでしょ。エボリューションだと、ただ結婚させるだけじゃなくて、相手えらびがすごく重要なの。ほら、ひよこっぴには〝性格〟や〝能力〟があるじゃない。優しさとか、オシャレ度とか、賢さとか……。そういう項目がもっとたくさんあって、うんと詳しくなった、っていう感じかな。それでね、相手えらびのときは、二羽の鳥の項目同士をいろいろお互いにくらべあわせて、結婚しようかやめようか、って判断するのよ」

はずんだ声とともに、アオイを中心にして教室の空気がくるくる渦をまく。まるで光の微粒子がつぎつぎに体内から湧きだして、あたりに放散していくようだ。目にみえない波動ベクトルがつぎつぎに教室中にひろがっていく。

アオイというのは不思議な娘だ。

いつも授業中は陰気で、口数がすくなく、うつむいている。英語はペラペラのはずなのに、僕が質問しても何も答えず、黙っていることのほうが多い。試験をしても、平気でほとんど白紙の答案をだす。

ふだんは大人しいのを通りこして重苦しく凍っているのに、ときおりフィラメントを燃やしたようにパアッと輝く。そうなると、周囲をたちまち圧倒してしまう。

はじめて興英セミナーにやってきた日もそうだった。ブラックホールさながら無気力に沈みきっていたのに、母親があらわれたとたん、うってかわって、キャラのモードが変わったように輝きだしたのだ。

これは単に気まぐれといった次元の話じゃない。何かもっと深い理由があるはずだ……。

そんなことを考えこんでいる僕の隣で、アオイのソプラノがひびきわたる。

「だからね、相性っていうか、バランスがあるの。すてきな母鳥と父鳥が結婚すれば、すごくきれいで性格も能力もいいヒヨコがうまれるのよ。そこでまた、その子をうまく育てて、すてきな相手と結婚させれば、もっといい孫鳥がうまれるってわけ。だからいま、いろいろためしてるの」

アオイはしきりに親指で何か操作している。それをのぞきこみながら、

「そっか……はは……エーワンのはすごいな。それが進化かぁ」

と、朋絵は感嘆のあまり、ため息をつく。

「でもさエーワン、ルックスのいい夫婦からは、あんまり可愛くない子がうまれるっていうじゃない」

と、舞が割ってはいった。

「へえ、じゃ神奈石、お前の両親カッコいいのか」

まぜかえす翔一を無視して、アオイはまじめに反論する。

「それはたぶん、期待が大きすぎるからでしょ。……だいたいの傾向としては、可愛い子の両親って、ふつう、いい顔してるよ」

「でもさ、好きずきとかはないの？」

舞も負けてはいない。いやに真剣な表情である。

一瞬、アオイはわけがわからない、という顔をした。舞がつづけて
「……だって、相性って、好きずきのことじゃない」

と、斬りこむ。

「鳥が相手を好きになるってこと？」

「うん」

上気していたアオイの頬を、シニカルな翳《かげ》がさっと横ぎった。

「それはだから……賢さとか、オシャレ度とか、あるていど客観的に比べられると思うけどな」

そのあと受講生のあいだでどんな会話があったか、僕はおぼえていない。雑談をやめさせて、授業を始めてしまったような気もする。ただ〝客観的〟というアオイの言葉が、のどに刺さった魚の骨のような、長くつづく不快感をもたらしたのだった。

客観的って、何だろう。

育てあげた鳥を結婚させるとき、相手にたいする好き嫌いは客観的にさだまるものなのだろうか。ゲームじゃなく、本当の鳥だとしたら、その鳥同士の判断で主観的に好き嫌いがきまるはずだけれど、ひよこっぴエボリューションの場合は、人間がゲーム機に入力するパラメータ値の比較できまる。人間がきめれば客観的になるのだろうか。

でも、人間がくだす評価だって、人によってさまざまじゃないか。客観的評価の保証なんかありっこない。もしかしたら、人間のあいだには共通の判断基準があると信じられていて、それは、鳥の判断と関係ないという意味でも〝客観的〟とされているのかもしれない。

……ああ、なぜ僕は、どうでもいいことばかりを考えているんだろうか。

サイコを抱いたまま、もう一度、ベルデさんのブログが表示されているパソコンの前にもどった。どうも気になって仕方がない。

ギャオーッと、いきなりサイコがうなった。毛をさかだて、R27号にむかって歯をむきだしている。ライバルだと思っているのかしら。

美しい鳥はいかにして生まれるのか。美しいと思うのは誰か？

まあ、たかがゲームではある。

いや、ひよこっぴエボリューションのことだけじゃない、ベルデさんのもっと本格的な進化ゲームも同じことだ。進化シミュレーションでほんとうに性淘汰を実現してみたいなら、鳥の判断を真似しなくちゃいけないはずだ。

ミニ・クジャクR27号のようにきれいな羽根のオスは、本当にメスに好かれるんだろうか？

鑑賞しているのは、ベルデさんや僕、つまり人間だ。メス鳥が同じように鑑賞しているかどうかは分からない。

つまり、「きれいな羽根」というのは、あくまで人間にとってきれいなだけ。鳥にとってもきれいで魅力的かどうかを確かめる方法なんて、そう簡単にみつからないだろう。鳥になってみるわけにはいかないのだから。鳥のオスとメスは、互いの羽根の色や形から魅力を評価しあって、つがいをつくる。その出会いをコンピュータのなかで真似するとき、実は鳥じゃなくて、こっそり人間が評価しているわけだ。だから、まるで人間が神様になって、〝客観的〟に性淘汰をするということになる。

……それじゃこのベルデさんのシミュレーションはまやかしだろうか？

まやかしだったらことは簡単だけれど、実はそうでもなくて、真実味をおびているところが問題なのだ。ことは進化ゲームだけじゃない。社会とはそういうもの。

ほんとうは人間の好き嫌いは一人一人ちがうのに、美人とかハンサムといった基準は、やっぱり社会のなかで、氷山みたいに厳めしくそびえたっている。僕をハンサムという人はいないし、アオイを美少女じゃないという人も、たぶんいないだろう。

客観的評価なんて存在しない、個性があればみんな美しいなんて説教するほうが、偽善者のうそ。ルックスさえ抜群なら、モデルでも食っていけるしなぁ。

つまり、〝客観的〟っていうのは、神様——いや、ほんとうは、神様みたいな権力をもってる誰かが、きめることなんだ。

で、その誰かはどこにいるのか。

「おい、いったいどこにいるんだ？」

僕の問いかけに、腕のなかのサイコはまったく無表情。耳のうしろの星形の斑点をなでてやろうとすると、プイと横をむいて床にとびおり、行ってしまった。

第四章　ネネとサイコ

フヒュー ッ、ゴッ、フヒュー ッ、ゴッと、寒風が耳のまわりで壊れかけのエアコンのような音をたてた。

どれだけ歩きつづけてきただろう。三時間前からだろうか。それとも、六時間前からだろうか。忘れてしまった。ただただ、空中を泳ぎながら前進しているような気がする。

夜なのに奇妙にひかるオレンジ色の汚れた空気が視界いっぱいにひろがり、そのために世界がゆがんで見える。上を見あげると月も星もいやにくっきりとリアルで、しずまりかえっているのに、地上はもろく乱れ、建物も電信柱もぐにゃぐにゃに崩れ、あんぐり口をあけて頼りなく踊っている。まるでシュールリアリズムの絵みたいだ。

もうヒザからふくらはぎにかけて、ほとんど感覚がない。スニーカーの裏底だけが冷たいアスファルトを頼りなく、ぺたぺたと叩いていく。ふと心臓や肺の中身が空中にシュワッと泡をふいて溶けだしていくような感じがする。

でも、コートの下には確かに「あいつ」の感覚がある。

僕は「あいつ」を守らなくてはならない。何としても……。

フヒュー ッ、ゴッ、フヒュー ッ、ゴッ。

目深にかぶっている制帽のひさしをできるだけ引き下げて、つよい風をよける。中学の制帽ではなく、毛糸の帽子にすればよかった。これは失敗。家をとびだしてくる時あせっていたし、習慣でつい制帽に手をだしてしまった。いまは何より、知っている人には誰にもぜったいに見られないこと。

コートの下でもぞもぞ動いている温かい毛皮のかたまりを、ふるえる指でなるべく目立たないように胸の奥におしこむ。ぎゅっと力をいれた瞬間、ミャオという小さな鳴き声がもれたので、僕はあわてて辺りを見まわした。

さいわい誰にも聞かれなかったようだ。

——いいか、行けるところまでいくんだ、できるだけ遠くまで行くんだ。

自分に言いきかせる。

もう真夜中ちかいだろう。

よじれまがった街路のうえを、B級ホラー映画の幽霊のようにひしゃげた人影が、音もなく行き交っていく。誰も僕の顔をまっすぐ見ないけれど、こっそりコートの下をのぞき込んであざ笑っているような気がする。そのたびに、いやな衝撃が体をつきぬける。

ぺたぺたぺた。ただただ歩く。

「あいつ」のために歩く。

どこを目ざして歩いているのか、自分でもわからない。オレンジ色の酸味をおびた空気がチクッとのどを刺して、おもわず咳きこんだ。

さすがに東京なので、僕みたいな中学生がこんな遅くにひとりで歩いていても、とびきり珍しいというわけでもない。

同じ年ごろで朝までコンビニでたむろしている連中はいくらもいる。でも、ああいう開きなおった脳神経回路は、僕の頭蓋骨のなかにはない。彼らの脳神経回路は仲間同士のネットワークと連結しているからしぶといのだ。それで大人もうっかり手をだせない。

ところで、僕の脳神経回路は誰と連結しているのだろうか？　うっかり他人を信頼するなかれ、という格言を僕は日ごろ、そうやすやすと手放したりしない。では人間以外の生きものと連結しているのか？　いやいや、それは無理というもの。

——なあ、お前。お前は僕がなぜこうして急いでいるのか、わかりゃしないよな。

僕がお前だったら、たぶんわけがわからないだろう。

おっと、顔を出すなよ。どうせここはお前がぜんぜん知らない街、嗅いだことのないにおいで満ちている街だ。なつかしい家からはずいぶん遠いんだぜ。

「いったいここはどこなの？

いったいなぜこんなところまで連れてこられたの？

いったいこれからどこに行くの？」

たぶん、お前はそう思っているんだろうな。かわいそうに。

抱いて散歩につれていったことは幾たびもあったけれど、それは天気のいいあたたかな午後にきまっていた。コートの奥に押しこまれたまま、夜更けの散歩なんて、お前にはまさに生まれてはじめての経験なんだから。

だが、僕の皮膚のすぐ間ぢかでいま、うごめいているこの生きものは、もしかしたら僕の脳神経回路といちばんつよく連結されているのかもしれない。

そうだ。これまで、心《しん》からそう痛感したことがいったい何回あっただろうか。学校から帰ったとき、僕がおそろしく落ちこんでいると、ふだんわがままなお前はかならず近くにすり寄ってくる。指をなめたりする。なぜわかるんだろう？

鈍感な平《たいら》先生なんかとは大ちがいだ。人間なんかよりよっぽど気持ちが通じるんだ。

……そのときだった。

背後でグゥイーという、すごい猛犬のうなり声。

おどろいてふりかえると、僕をみとめたのか、とたんにドドドドッとあしおとが乱れた。

――いたぞおっ。

そういう叫びが聞こえたような気がした。一群の犬をつれた人々が、真っ黒いかたまりになって凄いいきおいではしって来る。

まさか……あれは平先生がつれてきた追っ手じゃないか。

瞬間、僕もはしりだした。

小さな横町にとびこむ。

みょうな看板やゴミ容器などが危なっかしく積みあげられている、入りくんだ路地。ゴミ容器につまづいて派手に蹴飛ばしたが、かまうことはない。視界は真っ暗。どこへ向かっているのかわからないが、そんなことは言っていられない。ともかく右に左に方向をかえて、力いっぱい逃げる。

グゥオン、グゥオン、グゥオンという立て続けのほえ声。人間のわめき声、金切り声が耳を打つ。

コートの下ですくんでいる「あいつ」をしっかり押さえ、猛烈にダッシュする――いや、いけいけダッシュ、とたかぶるのは気持ちだけ――脚の動きはやたらにスローで、まるでマシュマロの上をぶかぶかのブーツで散歩しているみたいだ。

もともと僕は脚がおそい。運動会じゃ、団体競技専門なんだからな。

さんざん歩いて疲れきった脚は、ぜんぜん言うことをきかない。右脚も左脚も、それぞれカキカキと勝手な踊りをはじめる。たちまち息があがった。心臓も肺も、胸の下でなさけなくピーピーという異常音を発している。

だが、ここで捕まったら「あいつ」は殺されてしまう。

はしれ、はしれ……。

カキカキ、ピーピー。

はしれ、はしれ……。

ふと気づくと、荒れはてた庭のような空間にいた。

壊れたクルマがあちこちに乱雑におりかさなっている。ボンネットが開いたままのクーペ。横倒しの軽トラック。タイヤのなくなった四輪を空中にさらして、さかさまに転がっている廃車もある。そうかと思えば、大小のタイヤが積み重なって小山をつくっている。むこうにはボッと赤い照明がついて、トタン屋根のコンクリート建物が船みたいにうかんで見える。

ここはクズ鉄屋か。それとも自動車修理工場なのだろうか。

大勢の足音と、グゥオン、グゥオンという吠え声とがどんどん迫ってくる。僕は夢中で、おりかさねられた廃車のすきまにもぐりこんだ。

息を殺す。

油臭いにおい。コートの下で「あいつ」がうごめいた。息ぐるしいのか、四肢をつっぱり、引っ掻いてあばれている。何とかして押さえつける。小便をしたのか、なま温かいものがしたたり落ちた。プンと異臭がただよう。

無理して走ったので、胸が痛い。

あともう少しの辛抱。

……やがて、グゥオン、グゥオンという吠え声はとおざかっていった。足音ももう聞こえない。

ようやく立ちあがる。呼吸をととのえ、廃車のあいだから抜けだす。路地にもどろうとして二、三歩すすんだ瞬間だった。

狙いすましたような、真っ正面からのライト。

目がくらんで、僕はたちどまった。

――そこにいると思ったわ。蔵人。

平先生の落ちつきはらった声。

同時に、下卑た声が庭のあちこちからにいっせいにわき上がった。馬鹿な子ね、心配かけてとくりかえす女の声。どうせ捕まるんだとあざ笑う男の声。すみません、お世話かけました、という親父の声が聞こえる。

はじかれたように、僕はとびだした。

うす汚い集団の真ん中を突破するために、全力で突っこんでいく。……が、何か固いものに蹴つまづいて足がもつれた。

そのまま宙に、失速したロケットのような孤をえがく体。

とんでいく意識。

軌跡がねじれて、異次元にワープした。

何かがおきる。

…………

気がつくと、「狩られている僕」がいた。

伸びてきた手の下をかいくぐり、僕はするっと暗がりのなかに逃げこもうとする。だが別の手が前方からせまってくる。

思い切り爪をたてた。

相手はだらしない悲鳴をあげて手をひっこめる。

次の瞬間、どこからか靴がぶーんとうなってきて、横っ腹にいやというほど食い込んだ。毛皮のおかげで肌は裂けなかったが、全身がよじれるほどの衝撃。

ふるえながらその衝撃をたえているあいだに、別の手に首筋をつかまえられ、高々といったん宙にもちあげられてから、すさまじい勢いで地面にたたきつけられた。

ギャ、ギャオーゥ。

思わずノドからもれる叫び。

よろめきながら身をおこそうとした直前、もう一度、反動をつけたあの靴がシッポの下あたりをもろに直撃した。ボールのように飛びあがったが、必死で体を宙で反転させ、何とかしてふわりと着地する。

痛みをこらえてすばやく方向をかえ、逃げ道をさがす。

だが前には猛りたつ犬。……完全に囲まれてしまった。

体内に充満していく恐怖。

サディスティックな笑いをうかべた人間どもが、歯をむきだして四方八方からゆっくり迫ってくる。

何もわからない。ただ、自分が絶体絶命なこと、なぶり殺しの死がちかづいてくることだけはわかった。

ついに、落ちつきはらった残忍な手が、ぬっとでてくる。

が、その刹那に、敏捷な反応が筋肉をはしった。

……周囲からどよめきがおきる。

体はおどろくほど高くジャンプして、僕は一瞬のあいだに、おりかさなった廃車のてっぺんにとびついていた。

ニャアーゴー。

凶暴な怒り。体の奥底から、むきだした牙のあいだから、猫族の怒りのうなりがほとばしる。

さすがに、人間も犬どもも、ここまでは昇ってくることはできない。下界からこちらをにらみつけて、くやしさのあまり足を踏みならしている。血にうえた犬どもが、狂ったように吠えまくっている。

ざまあみろ。ここまでは来られっこない。

闇のなかで、にらみ合いのひととき。人間の怒声、犬の吠え声をはねかえすように、こちらも四肢をつっぱり、はげしくうなる。

……狂騒がとぎれ、ふと静寂がもどった。

だがそれはほんの、つかのま。

急に下界の誰かが手足をぎこちなく曲げ、妙なうごきをした。

ヒュウーッ、ガシャン。

飛んできた石が、耳のすぐわきをかすめて、金属板のうえでけたたましい音をたてた。つづいて、ヒュウーッ、ヒュ、ヒュウーッと、いくつもの石が下界から襲来する。卑怯な攻撃だ。

こちらは逃げ場もなく、不安定な廃車の屋根のうえで、ひたすら身をちぢめるだけ。

ついに、左の肩口におそろしいショックが来た。キュウーンと身をくねらせたとたん、四肢は安定をうしなって、体はそのまま敵の待ちかまえる奈落の底へと……。


目が覚めた。

またしても、「あの夢」か。

全身が、シャワーでもあびたように冷たい汗でぬれている。「あの夢」をみたあとはいつもこうなってしまう。

深呼吸して、はげしい動悸がおちつくのを待つ。夢のなかで猫になるのも一苦労だったが、こうして猫から人間にもどるのにも少し時間がかかるのだ。

ようやくベッドで身を起こそうとして……ふと見まわすと、隣で寝ているはずのサイコの姿がない。

どこへいったのだろうか。

にわかに胸がくるしくなる。

大声で名をよんだが、声がかすれた。

今は午後一時半。ベランダの色あせたカーテンのすきまから、秋の光線がさしこんでくる。見慣れたマンションの様子にかわりはない。キッチンのほうも静まりかえっていて、物影はないようだ。

カーテンとともに、床の光の模様がさやさやとゆれる。

「またどこかへ行っちゃったな……」

僕はあわてて立ちあがり、ベランダへといそぐ。

思った通り。昨夜暑苦しかったし、窓を少しあけたまま寝てしまったのだ。サイコは窓の隙間から外に出て行ったにちがいない。マンションは二階なので、猫にとってはベランダづたいに道路におりることくらい何でもないだろう。

こういうことはめずらしくない。いつも僕が目ざめる前に何でもない顔でひょいともどってくる。サイコにしてみれば、狭いマンションで僕と顔をつきあわせているより、街をぶらついてオス猫でも探しているほうが面白いのかもしれない。

このマンションはいちおうペットOKなのだけれど、原則としてペットを外に出してはいけないことになっている。ベランダつたいに別の部屋に入りこんでイタズラでもすれば弁償問題になる。それどころか、外に出て事故にあったり、盗まれたりする恐れもあるのだ。

あんな夢をみたあとなので、今日はなんだかむしょうに不安がつのる。ゆうべきちんと窓をしめておけばよかった。

ベランダから街路を見おろす。

人通りが多い。

しばらく注意を街路に集中していると、かかとのあたりをチョンチョンとつつくものがある。

ハッとしてふりむくと、そこには灰茶色の毛皮。おもわず抱きあげる。

「こら、探しちゃったぞ、サイコ」

頬ずりすると、例のざらざらした舌でこちらの顔をなめてくる。僕の指が、左耳のうしろの星形の斑点をごしごしとこする。相手はうっとりとした顔で目をつむった。

……それにしても、あの夢。

サイコの体温を感じながら、夢と現実の接点をさぐる。さっきの「あいつ」は、むかし飼っていたネネだったのだろうか。それともこのサイコだったのだろうか。

かかえて逃げていった僕は制帽をかぶった中学生だったのだから、それならどう考えてもサイコでなくネネのはずだ。サイコがこのマンションにやってきたのはつい二年前のこと。

でも、夢のなかで僕のコートの下にいた猫は、たしかサイコと同じチョコレート色の鼻面をしていた。白地に茶と黒の斑点のあるネネの顔ではなかったような気がする。それで、いつもあの夢を見たあと、僕は頭が混乱してしまうのだ。

夢のなかでネネとサイコが合体したのかな。

ネネの霊がサイコの体にのりうつったのかな。

……そんなことって、あるだろうか。

馬鹿馬鹿しい、あるはずもない。僕は輪廻転生なんて信じないのだ。

でも、もしそういうことがあるとすれば、いいなあ。ほんとうにいいなあ。

サイコがネネの生まれかわりだったら、僕もすこしは気が楽になるのだけれど。いやいや。甘えん坊のサイコとちがって、ネネは気性が荒かった。そんなはずはない。

血統書つきのシャム猫であるサイコとはちがって、ネネは雑種の三毛猫だった。今でも、その姿をかなしいほどありありと思い浮かべることができる。

僕がそだった家の庭は割合にひろくて、松とか梅とか椿とかツツジとか、いろいろな植木がたくさんあった。とりわけ、鉄筋三階建ての母屋の屋根よりはるかに高い二本の松は、区から保護指定をうけていたので、勝手に切ってはいけないことになっていた。平先生は——くり返しになるけれど、夫婦別姓主義の僕の母親は女医なので、家でも平先生とよばれていた——このため診療所の増築ができないと、いつも憤慨していたものだ。

——環境保護もいいけど、お役所が市民のプライヴェートな権利を制限するのはゆるせないわね。

平先生は、寄り添うように立っている二本松をにくにくしげに、険のある目でにらみすえ、公権力の横暴を攻撃するのだ。

親父は黙っていた。平先生が大声で何かしゃべりだすと、いつもうつむいて、フリーズしたパソコンみたいに固まってしまうのだ。

けれど親父はたぶん、この二本松がお気に入りだったにちがいない。なにしろ、植木屋が来ると、この松の枝ぶりと刈り込みの仕方について一時間でも二時間でも話しこんでいたくらいだから。

　二本松の根本には、こんもりと山のように盛りあがった大きなツツジの植え込みがあった。初夏にはかならず真っ赤な花をつける。幼いころ、よくこの植え込みの中にもぐりこんで隠れんぼをしたものだ。というのは、ここに隠れればまず見つかる心配はなかったからだ。

　狭い空間で身をちぢめていると、逆に僕がどんどん大きくなっていく。しめった土の上にはところどころ苔が生えていて、アリがせかせかとあるきまわっている。小さな羽虫や甲虫もいる。そういった連中を小枝でつついたり、あおむけに寝ころがってツツジの枝葉のあいだにのぞいている空をながめたりしていると、ぜんぜん飽きない。いつのまにか時間がたっていく。

　隠れんぼは、いつしか僕の習性となった。

　つまり、遊びの最中にしばらくのあいだ隠れるだけでなく、みんなの世界から僕という存在そのものを消しさる楽しみにひたるようになったのだ。みんなから——学校の先生からも、クラスメートからも、親父からも、そして何より、平先生から。

　幼稚園のころから、僕は自分専用のひろい部屋をもっていた。つくりつけの勉強机と、背の高い本棚にならんだ事典や図鑑。工作用具、天体望遠鏡、顕微鏡、いろんな実験器具。小学校にあがったころには、英語自習用のオーディオやパソコンもあった。すべて平先生のいきとどいた教育的配慮のたまもの。

　ただその見返りとして、完璧なリモート監視装置もはたらいていたから、僕にとっては何の意味もない場所だった。

　そういうわけで、幼いときからの避難所《アジール》は二本松の根本のツツジの植え込みの中。大きくなって隠れんぼをしなくなっても、そこに何時間でもひとりで座っている。そうすれば誰にもじゃまされない。

ツツジの植え込みにもぐっている僕の姿を、メイドさんや家政婦さんたちは見ていたんだろうな。でもあの人たちは何も言わない。もしかしたら親父も知っていたかもしれない。でもたぶん、親父も平先生には何も言わなかったと思う。

知っていたかもしれないというのは、親父はよく会社を休んで家でぼんやりしていたからだ。小さな人材派遣会社につとめるサラリーマンだったけれど、仕事はそれほど忙しくないようだった。べつに体が悪いというわけでもない。ロッキングチェアに寄りかかり、タバコをふかしたり新聞を読んだりしている。

若いころは脚本家志望だったと聞いたことがある。多々納悦郎という本名で脚本を書いて、一時は注目されたこともあったという。平先生の親友が演劇キチガイで、その関係で二人は知り合いになったらしい。平先生のほうが一目惚れして、三つ年下の親父にプロポーズしたというのは、ご本人から直接きいた話。

――すごいお芝居つくるかと思ってたけど、とんだ見込みちがいだったわね。

首をすくめながら平先生はそう言う。親父はまったく無視する。それだけだ。

いずれにしても、親父が机に向かっていたという記憶は僕にはない。万年筆派でもワープロ派でもない。つまり親父は忙しさというものを、すっかり平先生にゆずりわたしてしまったわけだ。

外科医の平先生はいつも忙しい。週のうち五日間は病院勤務で、二日間は家の診療所で患者を診る。診療所は母屋に隣接して建っているから、診療日はだいたいそこにいるけれど、猛烈ないきおいで母屋に飛びこんでくることもしばしばだ。家にいるときも輝くような白衣をつけ、縁なしメガネをきらめかせ、台風のようにあたりを威圧しながら動きまわる。というわけで、親父が僕のことを何か知っていたとしても、多忙すぎる平先生に相談することはあまりなかっただろう。

ツツジの植え込みの下にもぐるという僕のひそかな楽しみは、小学校高学年になると中断された。進学塾に通うために、そんな暇はなくなってしまったのだ。

考えてみると僕が、平先生のいう「客観的な自分」というものを意識せずに、何とか生きてこられたのは、小学校低学年までだったかもしれない。小学校高学年になってからは、まわりの空気が肌とこすれてギシギシ摩擦音をたてるので、それが主観と客観の境目なんだなあと実感したものだ。

いったい「客観的な自分」って何だろう？　猫にもあるのかしら？

腕のなかで大人しくしているサイコに、僕は問いかける。猫は主観的な世界に住んでいる。生き物はみなそうなのだ。もし、客観的な世界なるものが存在するとしたら、それはどういう仕掛けで出現するのだろうか？

平先生はその仕掛けのことをわかっていない。つける薬のないアホな女だ。いや、平先生だけでなく、世の中は、客観的世界を信じている人、その危なっかしさを気づかない人、気づいていても黙っている人ばかりでできている。なぜだろう。

進学塾通いの毎日のことは、とくに思いだす出来事もない。僕のなかの「元気」という貯金がすこしずつすり減っていっただけのことだ。それでも、そのころの僕はみんなのいうことをよくきいた。夜遅くまで、カリキュラム通りの補習をこなし、ドリルにとりくみ、週末は模試をうけにいった。そのお陰かどうかわからないけれど、中学受験には成功したのだ。理科系とくに医歯学部への高合格率が売りものの、中高一貫制の進学校だった。

進学校に入学しただけで僕の医者としての将来は約束されたように、どうやら平先生は思いこんでいたようだ。けれど、そんな苦労をして入学した中学校で、僕がいわゆる不登校児になってしまったのはなぜだろう。

——客観的にみて、あたしの理科系の頭じゃなく、あなたの文科系の頭をついだのよ、蔵人は。

平先生は簡明にそう分析した。親父はあいかわらず黙っていた。僕も親父のまねをして黙っていた。

結局、僕は高校二年の夏に進学校を退学し、大学検定試験をうけ、クラスメートより二年おくれで名もない大学の文学部英文科に進んだ。そして今はフリーターみたいな気分で、中学生に英語を教えて生活している。ということは、平先生の客観的分析はただしいと証明されたのだろうか。

残念ながらそれは誤りだ。

僕は親父の文科系の頭をついだわけじゃない。その証拠に、およそ小説とか詩とか演劇とかいったものにそれほど興味がないのだから。英文科を受けたのは、日本語より英語のコミュニケーションのほうがまだましだと思ったからだ。少なくとも僕にとっては、日本語はあまりに他人を傷つける。まあ、アメリカ人にとっては逆だろうけれど。

だいたい、文科系とか理科系とかいう二分法くらい、愚劣なものはないと僕は思う。

人間の脳神経をつくっている遺伝子はたくさんある。まさか平先生でも、エンドウ豆のしわがあるのが理科系、しわがないのが文科系っていう具合に、二分類されるとは考えていないだろう。僕は数学はきらいだけれど、理科なら得意だし、自然科学の啓蒙書ならやたらに読みあさっている。進化論の知識なんかなかなかのもの。人間と話すと気疲れするので、人間よりパソコンのほうが好きだ。ネットのつくるウェブ空間のなかは、文理のいろんな知識がつまっているので居心地がいい。

中学三年生のころ、僕は学校にいかずに、自分の部屋でたったひとり、パソコンの画面ばかりながめながら暮らしていた。

そういう日々だったからか、ネネとはじめて出会った日のことは、今でもよくおぼえている。まぶたの裏にはめこまれたスクリーンの上で、映像がこまかいすみずみまで自動再生されるのだ。

四月はじめ、なまあたたかい春風のふく日だった。ちょうど平先生は出勤日で、顔をあわせる心配もなかったし、僕は母屋から出て庭を散歩していた。

二本松の下、ツツジの植え込みというお気に入りの場所に行く。さすがにもう小学生ではないので、植え込みのなかに這いこみはしなかったけれど、わきに腰をおろして空をながめる。星座の移り変わりとともに、季節ごとの空の微妙な色合いの変化をたのしむのは僕の日課だった。霞かスモッグかはっきりしない白いものが、うっすらとかかっていたように思う。

どこからか猫のかすかな鳴き声がきこえた。

か細い声なのでしばらくのあいだ気にしなかったが、鳴き声はだんだん近づいてきて、ついにすぐそばからきこえてくる。あれ、猫かな、とあたりを見わたしたときには、もう僕の目の前にちょこんと座っていた。

貧相でやせこけた三毛猫。全体は白っぽいが、肩から腹にかけ、ペンキを乱暴に投げつけたような薄茶色の模様がある。ところどころ黒い斑点も散っている。器量よしとはいえないし、おまけに薄汚れている。でも心をひきつけてはなさない可憐さのようなものがあった。

まだ子猫だけれど、生まれたばかりではない。しばらく飼われていて、捨てられたのだろう。猫はふつう子を何匹かうむので、なかにかならず捨てられる哀れなやつがでてくる。人間になついていることはすぐわかった。エサをせがむように、媚びをふくんだまなざしで僕をみあげている。

そのまま放っておくことは難しかった。

初めてのエサとして何をやったのかは、おぼえていない。ただともかく僕は、その子猫を自分の部屋まで抱いていき、キッチンから何かくすねて来て食べさせてやったのだ。

だからといってべつに、その子猫を自分のペットにして飼おうなどと思ったわけじゃない。そんな勝手を平先生がゆるしてくれるはずもなかったし。ところが、子猫のほうは、もうすっかりここが自分の新しい住みかだと決めてしまったようだった。

次の夜から、庭のほうでときおりミャーウ、ミャーウと小さな、さみしげな鳴き声がする。一時間くらいつづいて、やむ。二時間くらいたって、もうどこかへ行ったかなと思うと、また始まる。そのくりかえしだ。

昼間はどこかに行ってしまうのだけれど、夕方になるとまた始まる。

三晩目に、僕はついに根負けした。庭に出ていくと、相手は思った通り、あの二本松の下、ツツジの植え込みのところにじっと座っている。

こちらを向いて座っている姿は、どこか異様だった。闇のなかの白っぽいシルエットは、まるで人間の心のなかをよく知っている存在のように見えた。人間の知能では認知できないどこかの〝異界〟から来たメッセンジャーのように、僕には見えたのだ。

手をのばすと、警戒もせず、当然のように近寄ってくる。

そうして、三毛の子猫は僕の部屋に住みつくことになった。なぜ「ネネ」という名がついたのかというと、夜中に鳴き声をあげて平先生に叱られないように、「ねんねしな」と必死で僕がよびかけたから。

けれどまあ、鳴き声をあげようとあげまいと、平先生はネネにたいしてはいつも怒っていた。

はじめは僕の部屋にとじこめて隠していたのだけれど、ネネは部屋のあちこちにオシッコをばらまいたので、すぐ感づかれてしまった。平先生は動物のように鼻がきく。僕の部屋にはリモート監視カメラがついているから、いくらその死角でキャットフードを食べさせようと、露見するのは時間の問題だった。

——蔵人、あの猫、はやく捨ててらっしゃい。家じゃ飼えないわよ。

ある日、夕食のテーブルで、平先生は言った。

彼女は、よぶんなレトリックなど何一つつかわない。いつも真正面からずばりと本題にはいり、自分の意見で押しきる。反論しても、いちだんと声のボリュームをあげるだけで一歩もひかない。

そこで僕は親父とおなじ戦法をつかうことにした。つまり表情をかえず、何も聞こえなかったふりをして黙りこむのだ。

ところが、そのとき、おどろいたことに親父が口をはさんだ。

――いいじゃないか、猫一匹くらい。

――あなた、無責任なこと言わないでよ。部屋のなかも臭くなるし。それにいったい誰が面倒みるの。

――蔵人がちゃんと世話するだろ。な？

親父は僕のほうをむいて笑った。

――それにさ、猫と遊んでいれば、また学校に行く気持ちになるかもしれんよ。うん、そういう気がするなぁ。

びっくりして黙りこんだのは、平先生と僕だった。

いったいなぜ無口な親父があんなことを言ったのか、いまでもよくわからない。ペットを飼うと不登校がなおるなんて、世間ではよく言われているのだろうか。いわゆるアニマル・セラピー。それとも脚本家だった親父の頭のなかで、突然そんなドラマのストーリーがひらめいたのだろうか。

ともかく、ふしぎなことに、親父の予言は的中した。僕はネネの世話をして、ふたたび学校に通うようになった。なぜか僕自身にもわからないけれど。

学校でクラスメートと口をきかなくても、家に帰って元気のいいネネとむだ話をしながら勉強していると、なかなかよく頭にはいる。気が落ちつくのだ。

ネネはそう従順な猫ではなくて、ふいにどこかへ消えてしまったり、けっこう勝手なのだけれど、僕が学校から帰ってくるときはいつも部屋で待っていた。そして制服を脱ぐひまもなく、ひとしきり遊んでくれとせがむのだ。

……ああ、ネネのことを思いだすと辛くなる。

結局、平先生は、ネネが家にいることに耐えられなかったんだ。

僕が学校に行きだしたので、平先生はしばらくのあいだネネを黙認していた。やがてネネは僕の部屋をでて、母屋のなかを平気であるきまわるようになったけれど、診療所にさえ行かなければ文句はないようだった。

でも、いつかはトラブルがおきる。

ネネはメスだった。

ときどき、僕の手からのがれて、ネネは一種独特な、ウァオーウァオーという長く尾をひくような鳴き声をたてるようになった。それにこたえて、庭のほうからも同じようなオスの鳴き声がきこえてくると、壁をがりがり引っかいて出ていこうとする。ガラス戸をあけると一目散にとびだしていく。もどってくると、どこか神妙な顔をしている。首筋に少し血をにじませているのは、どうやら交尾のときのキスマークらしい。

そんなことがくりかえされて、平先生はひどく不機嫌な顔をするようになった。

ネネのお腹が少しふくれてきたある日、学校から帰ってくると、ネネはいなかった。二時間ほどして戻ってきたが、あきらかに様子が妙だ。毛を逆立て、体がふるえ、おびえたような目をしている。

――ここで子どもが何匹も生まれたら困るでしょ。あんたは子どもが欲しいかもしれないけど、客観的にみて適切な措置だわ。ネネだけで我慢しなさい。わかるわね、蔵人。

知り合いの獣医にたのんでネネの堕胎手術と避妊手術をしてきた平先生は、おごそかにそう宣言した。

いったいなぜだ？

子どもが生まれたら、僕が育ててもいいし、ほしがる人にあげてもいいじゃないか。なぜ客観的にみて適切な措置なの？　ネネは僕の親友なんだ。僕に一言の断りもせずに手術なんかしたのは許せない。だいたい、いちばん子どもが欲しいのは僕じゃなく、ネネのほうなのに。

でも僕はなにも言えなかった。その晩は一睡もせずになでてやったけれど、ネネは横をむいたまま、憔悴した表情でだまってうずくまっているだけ。無理もない。

そんなことがあってから、ネネはだんだん僕に甘えなくなり、目を合わさずに、じっと丸くなっていることが多くなった。

そうかと思うと、外出して二、三日間もどってこない。

食生活もかわった。僕のやるエサをあまり食べないのだ。どんなキャットフードを買ってきても残す。そして、そのかわりに口のまわりを赤黒くそめて戻ってくるようになった。どこかでカエルでも捕まえて食べているのだろうか。

そして、ついにあの事件がおきたのだ。

学校から帰宅してみると、診療所の入口あたりで人が集まって騒いでいる。ギャギャッという猫の声もきこえる。診療所は母屋とは別棟で入口も別なので、僕はふだん近づかないのだけれど、いそいで行ってみた。

……思わず鳥肌がたつ。

全身の毛をさかだてたネネが、四肢をつっぱり、すさまじい目つきで周囲をみあげている。口と手の先は鮮血で真っ赤。白っぽい胴体にも点々と血がついている。

ネネの脇に横たわっているのは、体長二五センチくらいはある大きな茶色のドブネズミ。いや、正確にはその残骸だった。頭はほとんど胴体からちぎれていて、毛皮一枚でつながっているありさま。胴体は臓物が半ば食い散らされ、胃袋だけが脇にごろんと転がっている。石畳に糸をひいているのは血管か。

看護師の植芝さんが、手に持った床掃除用のモップでネネを追い払おうとしている。彼女は古くから家の診療所につとめているベテランで、平先生の信頼がいちばん厚い。いつもけらけら笑っている明るい人だけれど、今日は眉根にしわをよせ、ひきつった青い顔。

しかしネネは植芝さんのモップをはらいのけ、自分の獲物に手をだすなというように、すごい勢いで威嚇する。

とつぜん、ネネはドブネズミの頭にかぶりついた。がりりと歯をたて、目をとじる。だらだらあふれ出す白っぽい脳味噌。歯が頭骨をくだくゴキュゴキュという鈍い音がした。

周囲に悲鳴があがった。小さな子どもが泣きだした。若いお母さんがあわてて抱きあげ、凄惨な光景を見せないようにかばう。

植芝さんが僕の姿に気づいた。

この猫をどうにかしてくださいよと不満そうに言うので、仕方なく僕がネネに近づこうとした、そのときだった。

——いったい何なの。

平先生だ。

騒ぎをきいて、診察室から出てきたのだ。あいかわらず輝くような白衣姿。みんな道をあける。目の前の光景に一瞬ひるんだものの、怒りのほうが恐怖にうち勝った。

向こう行きなさいっ、と絶叫すると同時に、植芝さんから奪いとったモップで力いっぱい、頭骨をしゃぶるネネをなぐりつける。

ギャオーンという悲鳴とともに、ネネの体とドブネズミの頭とがばらばらになって、一メートルくらい横に飛んだ。制止しようと僕が一歩ふみだす間もなく、平先生は第二撃を加えようとモップをふりかぶる。

その瞬間、何かが平先生のノド元を直撃した。

……驚いて二、三歩さがり、こてんと尻餅をつく。白衣とスカートがめくれて、パンストがむきだしになった。白っぽい毛皮のかたまりは、あっという間に庭のほうに駆け去っていく。

急に静かになった。

みんな黙ってうつむいている。平先生の首筋についたネネの爪跡から、赤い血の玉がぷつんぷつんと盛り上がってくる。

——大丈夫ですか、先生。

植芝さんがあわてて助け起こしたが、平先生は呆然としたまま。

確かその日の診療は中止になったはずだ。

それから起こった出来事を思いだすのは悲しい。

首にバンソウコウを貼った平先生は、僕にむかって、

——客観的にみて、この猫をこれからも飼うことは不可能でしょ。わかるわね。

と、静かに言った。僕は少し黙っていたけれど、思いきって、

——もう二度とネズミはとらせませんから、今回だけかんべんしてください。平先生。お願いです。

とだけ言った。

すると、平先生は急に顔をくしゃくしゃにすると、

——平先生じゃなくて、お母さん、っていいなさいよ。……あんたって子は何なのよ。あたしがあんたを苦労して産んだのよ。あんたはお母さんより猫のほうが大事なの？

と叫んで、大声で泣きだした。

親父はあわてて平先生をなだめはじめ、君が自分でどこかへ捨ててこいと早口でささやいた。そうしないと、平先生は、ネネを保健所に連れていって薬殺するように、植芝さんに命令するからだ。

さて結局、ネネはどうなったのか。

ごく簡単に言うと、僕は翌日、ネネを抱いて隣町の公園まで捨てにいった。けれども一生懸命あとを追ってくるネネを捨てきれずに、またもどってきてしまったのだ。その姿を見た平先生は、僕の目の前で保健所に電話して処置をたのんだ。

その後どうなったかは知らない。保健所から人が来て、薬殺するために連れて行ったのだろう。

つまり、僕は裏切り者なのだ。臆病な卑怯者なのだ。やるべきだったのは、ネネを連れて「あの夢」のように根かぎり逃げだすこと。家出すること。

あの事件以来、僕はふたたび不登校生徒になり、ついに高校を中途退学したわけだけれど、それは「あの夢」をもっと見るためだった。そして夢のなかでネネと合体するためだったのだ。

だから今もこうして、「あの夢」をくりかえし見る。

第五章　ナイチンゲールのブログ

それにしても、サイコはなぜこうして僕と同居しているのだろう？　この猫がマンションにやって来たのはまったくの偶然だった。

大学を卒業して一年半くらいは、家の自室でパソコンを相手にごろごろしていた。平先生は、ネネだけじゃなく、あらゆるペットを飼うことを決してゆるさない。

就職活動なんてろくにしなかったし、入社試験はいくつ受けたか忘れてしまった。わざわざ僕なんかを面接してくれるなんて、ご苦労さまじゃないか。もともと企業でまともにやっていける自信なんてぜんぜんない人間なんだから。入社試験を受けたのは、ただ平先生むけのアリバイ作りのため。

ところがどうした偶然か、さいわい一年あまり前に興英セミナーのアルバイトに採用されて、かっこうだけは自立することができた。もっとも正確にいえば一日四時間の非常勤扱いで、給料だけじゃとても暮らしていけない。マンションの家賃は平先生が出しているのだから、ほんとうの自立ではないけれど、そこは忘れてしまおう。

一人暮らしを始めたころは慣れない家事でいそがしかったし、ネネの思い出が胸の芯でまだくすぶっていたせいか、また猫を飼うつもりなんてさらさらなかった。

ところが、今でもおぼえている、ある風のつよい日のことだった。興英セミナーの校長が教員ルームにやってきて、みょうなことを言いだしたのだ。

——君らのなかでシャム猫を飼いたい人いるかな？

そう言いながら、校長はもってきたＵＳＢメモリーをパソコンにさしこみ、マウスを動かす。パソコンの画面に、目を大きく見開いた子猫の写真が幾枚もうつった。

——わあ、かっわいいっ。

甲斐が僕らをおしのけるように大きなバストをゆさぶりながら画面にしがみつく。茂手木は鼻でわらって横をむいたが、いちおう興味をしめさないとまずいと思ったのか、タバコの煙をふっと吐きだしてたずねた。

——へえ校長、これシャム猫なんですか。

——うん、血統書つきだ。私は猫派でね。ずいぶん前からシャム猫はめったに見かけなくなっちゃったんだけど、近ごろはアメリカから少しずつ輸入されてる。でも、輸入物はあまりにもほっそりして手足が長すぎるんだな、私に言わせれば。ほんとうのシャム猫はもうちょっとふっくらしてなきゃ。

——あら、この猫、ふっくらしてませんか。

と甲斐。

まだ子猫だからさ、と茂手木が言うのにかぶりをふって、校長は急に熱弁をふるいだした。

この子猫は、ややふくよかな古典的シャム猫がほしいというペット愛好家の熱望の産物ともいえるものだ。校長の友人は、アメリカ産のほっそりしすぎたシャム猫の親に、なんとかして昔の古典的シャム猫の子を産ませようと苦心して実験をくりかえしている。この子猫はおそらく、ふつうのシャム猫よりふっくらした猫に育つだろう。そうなれば子孫には高価な値がつく。しかもこの子猫はメスなのだ。

——じゃあ、校長、ご自分でお飼いになったら？

と甲斐がはしゃいだ声をだした。茂手木もおおげさにうなずく。

――そうしたいところなんだが。

校長はためいきをついて、自分はぜひ飼いたいのだが、同居している二歳の孫がぜんそく気味で、猫の毛はぜんそくを起こすからだめだと娘が許してくれないのだと、元気のない声で愚痴をいった。

――あとはネット・オークションにだすことですね。高く売れますよ。

茂手木が気味のわるい声をだす。

その言葉を聞いたとたん、僕の体のどこかが反応した。

――待ってください。その猫、僕が飼いますよ。

みんながいっせいにこちらをふりむいた。日ごろ口数のすくない人間がとつぜん口をはさんだのだから無理もない。

――多々納さん、猫が好きなんだ。

と甲斐。

――ほお……じゃ、そうしてください。ただしね、値段はちょっと張る。何てったって、血統書つきだからね。そのへんの捨て猫とはちがうんだ。

ずるそうな顔で笑いながら校長はいった。

結局、僕は二ヶ月分の給料をはたいて、サイコを買ったのだ。校長があのときどれだけの仲介料を稼いだのかはわからない。

要するに、あの俗物はそういう男なのだ。口先では理想の教育めいたことを言うが、腹の底では金もうけのことばかり考えている。自分は猫派だなんて言っても、実は子を産ませ、売りさばいてもうけていたにちがいない。奴がほんとうに好きなのは、猫という生きものじゃなくて、お金なんだ。

それにしても、僕はあのときなぜ、自分から子猫をほしいと言いだしたんだろう？　今でもよくわからない。謎だ。

もちろん、あとから理屈はいくらでもつけられる。ネット・オークションで競売にかけられるのは、奴隷みたいでかわいそうだった。それに、パソコン画面のなかでこちらを見上げている目が、どことなくネネに似ていたのもたしかだ。

ただ、大事なのは、なにか〝客観的評価〟にもとづいて行動していたら、サイコを飼うことなどありえなかったということ。

僕はもともと猫好きでもない。ネネのエピソードもずいぶん昔で、夢でも見なければ忘れている。さみしかったのかと言われても、首をかしげる。どうしてもうまく説明できない、みょうな衝動にかられて、単に二ヶ月分の給料をはたいたのだ。

近ごろはあらゆる行動に、説明責任なるものが求められるらしい。

たとえば、あの校長が恐妻家だとして――これは考えられなくもないな、あいつのカミさんは辣腕の女性左翼闘士だったというから――あるペットの購入を決断したら、子孫を売りさばいて投資を回収しないと説明責任を問われることになるかもしれない。それが客観というものだ。

…………

「おい、オレは客観的にお前を好きなんじゃないからな」

急に僕は大声をだす。

ソファのうえでまるくなっていたサイコは、びくっとしてこちらを眺めたが、やがてふたたび眠りこんでしまう。なめらかな白銀色の毛並みがひかっている。

「お前のよさは、オレだけが知ってるんだからな」

こんどは小さく、ささやいてやる。

メスの猫がオスの猫をえらぶときも、たぶん僕みたいに、相手が好きになって交合するんだろう。そして子どもが産まれる。

生きものは本来、そういうものだ。生物進化っていうのは、そういう主観的というか、非合理的で一回かぎりの、偶然の積みかさねで起きていくんだ。

捨て猫のネネも、血統書つきのサイコも、おなじ生きもの。それなのに、ペットには値段がある。客観的評価にもとづいて正札がぶらさがる。いったいなぜだ？

客観的評価のものさしは値段。僕には、なぜ生きものに値段というものがあるのか、よくわからない。世の中の誰もが当たり前だと思っていることを、こんな風に考えこんでいる僕はアホなのだろうか。

マンションにいるとき、僕はいつも体のどこかでサイコを感じているのかもしれない。飼いはじめたころはそんなことは無かったのに、近ごろそう思うことがある。

料理していようと、テレビを見ていようと、パソコンのディスプレイにむかっていようと、いや寝ているときでさえも、サイコのたえず微妙にいろどりを変えるまなざしや、筋肉のしなやかな波立ちが、僕の体のなかのセンサーに信号をおくってくる。だから、サイコは僕のなかで無視できない存在なのだけれど、サイコにとっても僕はそうなのだろうか。

さっきまでソファのうえでまるくなって眠っていたサイコは、いったん伸びをしてから寝返りをうち、横向きで四肢を投げだしている。シャム猫としてはふくよかでも、ふつうの猫よりは手足が長くてスタイルがいい。胴体は白銀色だが手足のさきはチョコレート色なので、なおさらスマートだ。そっと近づいてみたが、目をあけるでもない。まったく警戒していないのだ。僕はサイコにとって空気のような存在なんだろう。サイコはメスなので、ときどきオスが恋しくなる。そういうときは、僕のことなんか上の空だ。これは仕方がない。避妊手術をすればもっと人間になついて可愛くなるという人がいるけれど、絶対にそういうことはしたくない。サイコは自分でえらんだ相手と恋をすればいいんだ。どんな野良猫とでも。

避妊や断種の手術をしたり、かと思えば、血統書つき同士を掛けあわせて無理に子どもを産ませようとしたり、人間って勝手なもの。

ところで、「上等なオス」と「上等なメス」とを掛けあわせるなんて、まるでコンピュータのなかで性淘汰の進化シミュレーションを起こしているような気がしないだろうか。人間がこっそり客観的評価をしているんだからな。

それは一種の情報操作。だからペットというのはどことなく、自然的というより、情報的な、サイバー的な存在なんじゃないだろうか。

サイコがそうだとは思いたくないけれど。

そう言えば、生物研究家だというベルデさんのブログが気になって、あれから僕は毎日ながめている。

ミニ・クジャクR27号誕生というこのあいだの報告は、興奮して書いたせいか、かなり長かった。ほとんどのブログはあまり長くはない。シミュレーション上のちいさな工夫とか、読んだ本の感想とかが簡単にしるしてある。

どうやらベルデさんは、鳥の進化シミュレーションだけじゃなくて、犬や猫や熱帯魚のシミュレーションもやっているようだ。

なぜゴキブリやダニのシミュレーションにはぜんぜん関心がないのだろうか。ああいう連中も、生態系のなかでは大事な役割をはたしているように思うけれど。ベルデさんは美しい生きものについて固定観念があるんだな、きっと。だからペットになるような可愛らしい生きもののシミュレーションだけをやっている。

ただ、それらはそれぞれ別々のプログラムになっているとのこと。つまり犬なら犬、猫なら猫のシミュレーションをしているようだ。ほんとうは犬も猫もゴキブリもダニもおなじ地上にいるわけだし、相互に関係して生きているはずだけれど、それらを全部いれてしまうと、シミュレーションが天文学的規模になって困るのかもしれない。

コンピュータをつかったシミュレーションなんて、まあだいたいそんなものだ。

現実はかぎりなく複雑怪奇で、フラクタルみたいに細かく見ていくときりが無いのだけれど、学者が研究したり予測したりするときは、大ナタをふるって現実のなかのごく一部分をとりだす。きれいなプログラムをつくって、計算結果をまとめあげる。そして、ああだこうだと真面目くさって議論する。でも、もともと大ナタをふるってつくったプログラムだから、ほんとうのことはよくわからない。ちがうだろうか。

ともかく、生物研究家ベルデの自信たっぷりなブログが、僕はどうも気に入らないのだ。

R27号みたいにど派手な羽根をもつ鳥を進化シミュレーションでつくりだして、大成功だと舞いあがっている。でも、いったい何が「大成功」なんだ？

ベルデという人物は、こっそり自分で信じている〝客観的評価〟のものさしをもちこんで、成功だ失敗だとさわいでいるだけのこと。でもそれは、生きものの進化とはぜんぜん関係がない。

だから、ベルデのパソコン・シミュレーションなんて、雲井アオイが遊んでいたあの「ひよこっぴエボリューション」と五十歩百歩じゃないか。ただの子どもっぽいお遊び、人間の自己満足的なゲームにすぎないんだ。

いちばんおかしいのは、鳥の心のなかをわかっているようなふりをしていること。鳥がどんな相手に魅力を感じるのか、知ったかぶりをしていること。

そういう人は、鳥とか猫には、じつは心が無いと思っているんじゃないかな。羽根や毛皮の下には、生きたやわらかな心じゃなくて、プログラムの0と1の冷たい列が埋めこまれていると信じているんじゃないだろうか。

いつか読んだ本によれば、動物に心があるかどうか、学者のあいだで大論争になったことがあるそうだ。おかしな話。動物に心がなくて人間にあるとすれば、人間とはどういう生きものなんだろう。

「心って何?」と正面からたずねられると難しいけれど。

ともかく僕はぜったいに、サイコに心があると信じている。サイコ(psycho)という名は「心」のことなんだ。

ベルデのブログをゆるせないのは、生きものの好きな生物研究家というふれこみで、その美を追求していると言うくせに、生きもののことをほんとうに深く考えているとは思えないところ。人間の側だけから生きものを眺めているところ。

……反論してやろうか。

僕はずいぶん前から、ネットで情報発信をするのを止めている。むかしはメル友もいたし、さかんに掲示板に書きこんだりしていた時期もあったけれど、不愉快なことが多くてやめてしまった。あまり密なコミュニケーションはかったるい。ウェブのなかで互いに傷つけあうなんてうんざりだ。

だが、ベルデのブログをこのままで放っておくのは、どうも心がいたむ。ベルデという女はなんとなく平先生と似ているような気もするし。とすれば、ここで一戦まじえるというのも、悪くないな。

多々納蔵人ではなくて、べつの人間になって、ブログを立ちあげるというのはどうだろうか。そして、ベルデのブログにトラックバックしてやるのだ。そうすれば、みんなが僕の反論を読むことになる。

ブログで情報発信するには、プロフィールをつくらなくてはいけない。どんなキャラにするかな。どうせなら、あこがれることのできるキャラを演じてみたい。

「大学の看護学科で勉強中の二一歳の女性。将来の夢はもちろん優しい看護師になること。趣味はラクロスと水泳。忙しいのでいまは猫が恋人」なんてのはどうだろう。

僕は医者がきらいだけれど、看護師さんのことを幼いころからずっと尊敬している。

家には植芝さんのほかにも何人か看護師さんがいた。みんな産地直送のキュウリやカボチャみたいな明るいはたらきもので、僕を可愛がってくれた。今でもよく彼女たちの泥くさくてやさしい笑顔を思いだす。

ああ、僕も看護師になれたらなあ……。

「あんたには将来計画ってものがないのよ。自分の将来は自分で考えなさい」――これは平先生の口ぐせ。ところが僕はじつは、不登校で自分の部屋にとじこもっていたころから、将来なにになろうかと真剣に考えていたのだ。平先生には悪いが医学部に入れないことはわかっていたから、いろいろ代替案をさがしてみた。きめたのは看護師。生きがいなんてものがあるかどうか知らないけれど、看護師になって患者さんの面倒をみていれば、そのうち何かみつかりそうな気がした。

看護師の学校を受験したいと言ったときの平先生の顔は、まだおぼえている。一瞬ぽかんと口をあけ、次に歯をがちがち鳴らして、リング上でおびえている格闘技選手権の選手みたいな目つきでこっちをにらむと、だまって急に部屋を出ていってしまったのだ。

翌日親父がやってきた。君が何になろうと構わない、だが看護師の学校にたとえ合格しても学資は出せない、と苦い顔で言った。それほどショックでもなかった。だって学資を出してくれないんじゃ、仕方がないしね。

夢をあきらめたかわりに、僕は結婚するなら看護師さんときめた。女性の看護師さんというのは、ふつうの女の子とちがって、甘ったれたりすぐホテルに行ったりしない。教養があって科学的思考も得意なしっかりした行動派で、そのくせ芯はソフトクリームみたいにふんわりしていなくちゃいけない。つまりナイチンゲールだ。

大学のゼミのコンパで、僕の理想の恋人についてそんなことを打ち明けたら、女も男もみんな転がりまわって爆笑した。「こりゃもう、マジ感激もんやわ」と言って握手をもとめてきたバカ女もいたし、『我慢できないナース』というアダルト・ビデオをもっているから貸してやろうというバカ男もいた。あいつらは一生ぜったいに許さない。

まあ、あいつらが言う通り、ほんとうはそんな看護師さんなんてこの地上に存在しないんだろうな。でも、だったらなおさら、ウェブ空間のなかだけに生息してもいいはずだ。

僕は「ナイチンゲール」という名前で、ブログを立ちあげることにした。一つ分身ができたことになる。


近ごろ、少し気になることが多いのです。それで、ブログを書いてみることにしました。

わたしは看護師をめざしています。なぜかと言うと、命をたいせつに守るという、一番やりがいがある職業だと思うからです。

命をもっているのは人間だけではありませんね。わたしの飼っている猫ちゃんは、わたしと一心同体です。患者さんの世話をすることも、猫ちゃんの世話をすることも、本質的には同じではないでしょうか。


……われながら堅苦しい文章だな。いわゆるブログ向きの文章じゃない。でも、それが大切なんだ。今のブログは、あまりにくだけすぎて、なれなれしい感じのものが多すぎる。フンをたれ流してるみたいな汚らしい文章をウェブに発信しても仕方がない。

これは僕の真剣なゲーム、つまり戦いなんだ。戦いには鎧《よろい》をつけ、刀をさし、兜をかぶって出陣しなくちゃいけない。

それでこのあいだ、生物研究家のベルデさんのブログを読んでいて少し違和感がありました。ベルデさんへの質問状というかたちで、今日のブログをつづってみたいと思います。ベルデさん、よろしいでしょうか。

ミニ・クジャクR27号の誕生、おめでとうございます。たしかにすてきな羽根の色ですね。わたしもきれいだと思います。オスとメスがたがいに惹かれあって、性淘汰がおこなわれる。えらばれるのはきれいな羽根の鳥。みにくい鳥はきらわれ、子どもをつくれない。そしてやがて、R27号のようなきれいな鳥が生まれていくというのは、面白いコンピュータ・シミュレーションだと思います。

しかし、生物に興味のある人間としては、いろいろと疑問がわいてくるのです。ベルデさんは専門家なので、お答えいただけると期待しています。

まず、鳥は何色の世界を見ているのか、ということです。わたしは鳥の視覚について勉強したことはありませんが、人間とは相当ちがうのではないでしょうか。おそらく鳥も色彩を認識できると思いますが、その認識の仕方は人間とちがうでしょうし、人間にとってきれいな色が鳥にとってもきれいだとは、必ずしも断定できないはずです。そこをはっきりさせないと、議論が始まりませんね。

さて、仮に鳥がきれいな色を認識できるとしても、いったいどのようにして、相手を選択する鳥の心の動きをシミュレートするのでしょうか。鳥の心はコンピュータ・プログラムとはちがいます。一般に、生物の心のなかなど、人間にはわからないのではありませんか。人間が評価をおこなってくだした判断を、勝手に鳥が自分でえらんだことにしてしまうという恐れはないのでしょうか。

コンピュータには客観的な評価しかできないし、鳥は主観的な評価しかできないのです。ちがいますか。これで性淘汰のシミュレーションをおこなったと言えるのでしょうか。わたしには疑問なのです。

もし、性淘汰のシミュレーションをやりたければ、少なくともたとえば、ある色合いや形の羽根をもつオスをメスが好む、という統計的なデータをもとにしてプログラムを組むべきではないでしょうか。

そういうデータがあるかどうか、わたしは知りません。動物行動学の分野で、ある程度は体系的な統計調査結果がえられているのかもしれません。ただ一つ言えることは、特殊なポイント・データならともかく、そういう統計調査を網羅的におこなうのは、かなり難しいのではないかということです。

異性をえらぶときの環境条件は、とても複雑なはずです。気候、エサの量、敵やライバルの数などによっても変わるでしょう。好き嫌いについては個体差も大きいのではないでしょうか。「相性」ということもありませんか。つまり、どんなメスにも好かれるオスの羽根の色があるのではなく、ある羽根の色の取り合わせのペアが生まれる確率が高いといったことです。

わたしは想像するのですが、自然界で生きているメスは、羽根の色や形について客観的な良し悪しという基準にあうかどうかで、相手をえらんだりしていないのではありませんか。偶然のめぐりあわせで周りにやってきた何羽からのオスのなかで、そのときにたまたま魅力的だと思ったオスをえらぶだけのことでしょう。

もちろん、鳥の性的魅力に羽根の色合いや形が関連していることを否定しようというわけではありません。わたしもベルデさんの進化シミュレーションの意義はみとめます。しかし、ここには大切な問題がひそんでいるような気がするのです。

つまり、生物は、客観的で絶対的な世界に住んでいるわけではなくて、主観的で相対的な世界に住んでいるということです。進化というのは、偶然的な出来事の連鎖にすぎないとわたしは思うのですが、ちがうでしょうか。

そして、これと関わってもっと大きな疑問が出てきます。それは、生物と機械とは根本的にどこかちがうのではないか、ということなのです。機械というものは、繰りかえしが可能な、客観的で絶対的な世界のなかで動いています。コンピュータも例外ではありません。一方、生物は、繰りかえしのきかない、一回かぎりの主観的な世界のなかで生きているのです。むずかしい問題で、自分でもはっきりしないのですが、何となくそういう気がしてなりません。もしそうだとしたら、生物進化のコンピュータ・シミュレーションというのは何なのでしょうか。わたしにはわからないのです。

堅苦しいことばかり書いてすみません。でも命をすくう仕事につきたいわたしにとっては切実な問題なのです。

議論をふっかけるには、あくまで正攻法で礼儀ただしく、というのが僕のやりかただ。斜にかまえて皮肉ったり、言葉尻をとらえて馬鹿にしたり、むやみに侮蔑的な言葉をならべたてて勝った気になっていても、つまりは自己満足なだけ。結局は相手をときふせることなんかできない。

トラックバックしておいたら、ベルデさんはすぐ、返答のブログを書いてきた。


ブログを書くほんとの楽しみって、やっぱりレスポンスがあることね。ただひとりよがりで日記を公表してるだけじゃ面白くない。このあいだ、わくわくするくらいすてきなこと（R27号の誕生）があって、そのことを書いたら、さいわい興味をもってくれた読者がいて、質問もまじえたトラックバックをしてもらえました。嬉しいことだわ。ナイチンゲールさん、どうもありがと。

看護学専攻でしたっけ、理科系の学生さんだからか、すごく論理的で生まじめな調子の文章にびっくりしました。でも論理的なのはいいこと。こちらもそれに応じて、生物研究家としてまじめに質問にお答えします。

まず、いったい鳥が何色の世界を見ているのか、ということですね。結論からいうと、鳥のほうが人間よりずっと精密に色彩を認識できるんです。というのは、色を識別する感覚器官が人間よりすぐれているわけ。

よく三原色っていいますね。赤、緑、青のこと。人間というか、人間に近い霊長類の多くは、三原色の組合せであらゆる色を認識しています。ちょっと厳密にいうと、網膜にある錐体っていう視細胞に三種類あって、それぞれ赤、緑、青の波長の光に反応するように遺伝的にきまっているわけね。外界から光が目に入ると、それが三種類の錐体をそれぞれ刺激する。で、赤錐体、緑錐体、青錐体それぞれの反応つまり被刺激量の大小の組合せで、人間は色を認識するっていう仕掛けです。

ええと、もしかしたらこんなこと、ナイチンゲールさんは学校の講義でもっとくわしく習っているかもしれませんけど……。

大事なのは、動物の視細胞(錐体)は三種類とはかぎらないということなんです。たとえば、犬や猫の視細胞(錐体)は二種類なの。よく犬や猫の見ている世界は白黒映画みたいだ、なんていいますが、正確にいうとあれはウソ。ナイチンゲールさんの猫ちゃんもきちんと色を認識しています。ただ、猫ちゃんの色彩世界はずっと貧弱なのね。あまり細かい色のちがいを見分けることはできないのです。

三次元の立体を二次元平面に投影したら、奥行きの微妙なちがいはわかりませんよね。ああいう感じだと思います。

ところで、鳥の視細胞(錐体)は何種類だと思いますか? 四種類。なかには五種類の視細胞(錐体)をもってる鳥もいるそうですよ。ですから要するに、フクロウのような夜行性の鳥をのぞくと、鳥の色彩世界は人間よりずっと豊かで精密なんです。ということは、R27号みたいに私たちから見てもきれいな色の羽根は、鳥から見るとさらにもっと華やかに輝いている、ということになるわけね。これでお答えになったかしら。

ところで、ちょっと雑談。いったいなぜこんな違いが出てきたのでしょう?

それは進化史が教えてくれます。鳥類もホニュウ類も、大昔の魚から進化してきたのだけれど、ほとんどの魚は四種類の視細胞(錐体)をもっている。ワニとかトカゲなんかのハチュウ類もそう。で、ハチュウ類から進化した鳥類はそれを受けついだわけね。脊椎動物って、基本的には視覚中心の動物なのです。

ではホニュウ類はどうかというと、例外的に嗅覚中心の動物なのね。ウサギやクジラみたいに聴覚が発達しているものもいるけれど、それほど視覚には頼らない種が多いようです。なぜそうなったかというと、ホニュウ類はもともと夜行性の動物だったから。

ホニュウ類が登場した中生代って、大型ハチュウ類である恐竜がわがもの顔でのしあるいていた時代でしょ。ネズミみたいな原始的なホニュウ類は、恐竜に食べられないように、昼間はじっとどこかに隠れていて、夜になってようやくこっそり行動することしかできなかった。そのあいだに、四種類あった視細胞（錐体）が二種類に退化してしまったのね。

でも、苦は楽の種、っていうかな、よいこともあった。ホニュウ類は脳の機能を発達させて、嗅覚や聴覚から空間イメージをつくれるようになったという学者がいるわ。たとえば、だんだん足音が大きくなってくると恐竜が近づいてくると判断して逃げだすとかね。つまりホニュウ類は、視覚や嗅覚や聴覚の情報処理を、脳でくみあわせることができるように進化したっていうわけ。ハチュウ類の視覚情報処理はもっと単純で、網膜の近くでおこなわれるらしいから、大きなちがいですね。

さて、霊長類ですけど、彼らはホニュウ類のくせに、嗅覚はおとろえて視覚が発達している動物なんです。これはもともと地上でなく樹上で生活する動物だからだと思う。目が悪かったら、枝から落ちちゃうからかな。ネガネザルみたいな原始的なサルでも、平たい顔のうえに二つのおおきな目がついている。視野がかさなるから立体視ができるわけね。でも原始的なサルは夜行性のものが多いし、まだ視細胞（錐体）は二種類だった。

三千万年くらい前、昼行性の旧世界ザルがあらわれてから、霊長類は二種類でなく三種類の視細胞（錐体）をもつようになったと考えられているようです。もちろん、人間もその仲間ですよ。

いったいなぜそうなったのか？

これは推測だけれど、緑のジャングルのなかで暮らしていたからじゃないかしら。一種類の錐体から、赤錐体と緑錐体が分かれたということは、赤と緑をくっきり識別できるということね。そうすると、緑色の葉っぱのなかに隠れている赤い実とか褐色の敵とかを見わけやすいはずでしょ。

というわけで、私たち人間の目はホニユウ類のなかではましなほうだけれど、鳥ほどすぐれてはいないのです。考えてみれば、当たり前ですね。空を飛ぶ鳥が、においに頼って生きていくのは難しいはずですから。


なるほど。

生物研究家を名乗るだけあって、ベルデはなかなか博識だな。鳥が四種類の視細胞をもっているとはね。一本とられたか。

とはいえ、今の僕はそう簡単にギブアップしない。ナイチンゲールは不屈なんだ。

鳥の見ている色彩空間はたしかに人間より一つ次元が高いんだろう。だから人間は、鳥の見ている世界を、人間の見ている世界よりもっとカラフルだとか、もっと精密に細かい色調でできているとか言いたくなる。でもそこに落とし穴はないのだろうか。

鳥がR27号の画像を眺めたとする。

そのとき鳥の頭のなかにうかぶ視覚イメージは、僕たち人間の視覚イメージとは根本的にちがう——そんな気がしないだろうか。つまり鳥という動物は、人間の見ている視覚イメージに何かをつけ加えたものではなくて、まったく別の視覚イメージを眺めている可能性だって十分ある。

たとえば、僕たちが映画のスクリーンのような二次元の世界の住人だとする。そのとき、奥行きのある三次元の世界を想像することなんてできるだろうか。

ベルデのブログによればまるで、映像の画素数をふやして精細度をあげるように、R27号の色彩イメージをよりくっきりさせたものが鳥の視覚イメージだという感じがする。それは早トチリじゃないかと僕は思うのだ。

客観的な色彩空間という「何か」があって、視細胞(錐体)の種類が多いほどその「何か」を正確に認識できるなんていうのは、人間の勝手な思いこみじゃないのか。生きものはそれぞれ自分の感覚器官でつくりだした世界のなかに生きているだけなんだ。

それに、もっと大事な疑問がある。

鳥が相手をえらぶ決め手は結局、好き嫌いの感情だ。それは鳥の心のなかの問題。視覚イメージと直接むすびつけるなんて単純すぎる。仮に、鳥が人間とまったく同じ視覚イメージをもっていたとしても、人間にとってきれいな羽根が鳥にとってきれいだとはかぎらない。

ベルデの進化シミュレーションが性淘汰の研究なら、そこで肝心なのは、鳥の視覚イメージそのものより、むしろ鳥の心のなかで起きる好悪の感情のはずじゃないか。相手を選ぶという鳥の心の動きをどのようにシミュレートするのか、というナイチンゲールの疑問に、ベルデのブログはまったく答えていない。

こういうはぐらかしは許せない。

僕はふたたびナイチンゲールのブログでその質問をくりかえそうと考えた。ところが翌日のベルデのブログには、その答えらしき、妙な文章がのっていたのである。

ふう。朝、子どもを学校におくりだして、メールの返事を書いて、めんどうなビジネスの打ち合わせのあいまに報告書に目を通して、夕食をつくって……あっという間に多忙な一日がすぎていきます。そういうわけで、ステキな動物たちの進化シミュレーションも、思うように進んではいません。

でも、こうしてブログを書いていると少しずつ気持ちが落ちついてきて、またチャレンジしよう、っていう気力がわいてきますね。

さて、前回は、鳥やホニユウ類が見ている色彩空間についてのお話でした。ところが、ついつい脇道にそれてしまって、ナイチンゲールさんの疑問にまだはっきりお答えしていなかったわね。ごめんなさい。ええと、鳥が相手をえらぶときの好き嫌いの感情をどうシミュレートするのか、というご質問でしたっけ。メス鳥というのは、羽根の色や形についての客観的な基準じゃなくて、偶然やってきたオス鳥のなかからたまたま魅力的だと思った相手をえらぶんじゃないか、とブログに書いてありましたね。

ナイチンゲールさんには悪いけれど、ちょっと笑ってしまいました。質問の意味はよくわかります。たしかに、羽根の色やかたちがきれいだといっても、それだけで相手をえらぶわけじゃないし、結局のところ人間に鳥の心のなかなんてわからない、と言われればその通りですね。

　でも、そう言ってあきらめてしまったら、生物の研究は一歩も前に進まないと思うの。人間同士だって、他人が何を考えているかなんてほんとうはわからない。当たり前よね。でも、ほら、ナイチンゲールさんだって、カレシの心のなかをいろいろ推察しているでしょ。それと同じで、鳥の心のなかだって推察できると私は思う。メス鳥がオス鳥をえらぶときだって、そうめちゃくちゃじゃなくて、ある程度の法則性はあるはずだわ。

　世の中のことは何もかも偶然だと言ってしまえば、それでお終い。後は運を天にまかせてやっていくほかないわ。でもね、そうは言っても、理論と実験をもとにしてそこに何らかの予測をつけるのが科学的な態度でしょ。

　看護学もそうだと思います。ちがうかしら。

　でも別の面から見ると、ナイチンゲールさんみたいな懐疑的な態度も、科学にとって大切だとも言えるわ。昔、心理学で、人間の心のなかなんて決してわからないから、心の内部をあれこれ探ることなんかやめて、外部にあらわれた行動だけに注目しなさい、っていう流派があったそうです。行動主義心理学という名前の流派。だから、自分勝手な思いこみを排除する態度は、科学にとって重要なんです。

　さて、行動主義心理学がはやったのは二〇世紀の前半あたりかな。刺激にたいする反応なんかをいろいろ研究したそうだけれど、今はもう、昔ほどはやっていないみたい。どうしてかというと、要するにあんまり面白くないのね。犬にエサを見せると唾液が出てくるなんていうレベルのことより、人間のもっと複雑な感情とか、集団心理なんかを研究するほうが面白いでしょ。

それで今は、コンピュータを使って、人間の心のモデルをつくる認知心理学のほうが流行しています。心理メカニズムのコンピュータ・シミュレーションね。コンピュータっていうすごい武器を使えば、いろいろなことがわかってくるのよ。

私の動物進化シミュレーションも、これの一種。だから結局、鳥がつがいをつくる相手をえらぶ心の動きをシミュレートしているともいえるんじゃないかな。もちろん、鳥の心全体の動きをシミュレートすることはとても難しいけれど、相手えらびっていう面だけに注目すれば、あるていど客観的な分析ができると思います。それが鳥の心のなかを推察するってことじゃないかしら。

正論だな、なかなか。相手にとって不足はないぞ。

だが、このブログのなかでまずいちばん気にいらないのは、あんただってカレシの心のなかを推察しているでしょ、とか何とかいうところだ。学者ぶっているが、このベルデという女がいかに軽薄な人柄がわかる台詞《せりふ》じゃないか。

僕にカノジョはいない。

というか……ほしくないのだ。そう、ほしくない。

誤解してもらっては困るけれど、昔から可愛い女の子に興味がないわけじゃない。はっきり言えば、僕はセクシュアルな面ではまったく平々凡々で、ノーマルすぎて困るくらいなのだ。

いったい、なぜこうなってしまったのだろう?

中学や高校のときは、人並みにテレビの芸能アイドルにあこがれた。セロリみたいに脚の長いタレントのファンクラブに登録したこともある。パソコンでこっそりアダルト映像をダウンロードしたり、Hなアニメ・ゲームを楽しんだことだってある。でも、家にばかり閉じこもっていたから、現実の女の子と知り合うチャンスなんてなかった。いま考えると、そういう環境だったからこそ、いろんな空想の密度も高かったんだな。

大学にはいって、急にまわりに女の子がうろつきまわるようになった。合コンなんていくらでもあった。僕のような男にちょっかいを出す、ものずきな女子大生が何人か出てきても不思議はないだろう。医者の息子だからかもしれない。

それで何があったかというと、まあ結論からいって、僕は大切なことを学んだのだ。くわしい出来事は思いだしても意味のないことばかりなので、だいたい忘れてしまったけれど。

たとえば……カナコという女がいたな。いやカヨコだったたか。名前さえはっきりしないので、一応K子としておこう。

K子は同じ大学の経済学部の同学年で、入学まで寄り道をした僕より歳はふたつ下だった。ところが、男女関係については僕よりはるかに経験をつんでいたらしい。というか、向こうは勝手にそう思いこんでいたようなのだ。

ゼミの仲間のバースデイ・パーティがあって渋谷で飲んだあと、それぞれペアをつくって散っていったのだけれど、K子は僕にのこのこついてきた。

相手は当然、ホテルに行くものと信じている。成り行きで、僕も一晩付き合おうかどうしようか、深みにはまると面倒かな、などと思案しながら、二人でぶらぶら夜道を歩いていた。ところがK子はいきなり、ある安っぽいドラマの主題曲を口ずさみはじめたのだ。そして僕の肩に頭をもたせかけながら、そのドラマのヒロインの台詞《せりふ》をへんな口調でささやいたのだ……。

その台詞は、低能の人気脚本家が書きなぐったくせに、大当たりの評判をとったものだった。なぜあんな愚劣でダサい文句がはやったのだろう。謎だ。だがともかく、一時は週刊誌の宣伝にもよく登場した文句なのだ。で、その言葉を耳にしたとたん、僕はぞっと鳥肌がたって、急に頭痛と腹痛を発症し――実際、いたくなったのだ――目を丸くしているK子に、すみませんと手をあわせて頭をさげ、一目散に家に逃げかえった。

というのは、想像するまでもなく、僕にはありありと見えていたから。

ホテルに行く。K子はくねくねと服をぬぐ。なかからちょっと傷みかけているマネキンみたいな白い物体があらわれる。そして白い肌をペロンとぬぐと、なかから理科室の標本と同じ骸骨と内臓があらわれる。そしてそのなかには……何もない。パソコンのディスプレイに表示されたヌード画像と同じだ。

要するに、女の子なんてそんなものじゃないか。

カノジョの心のなかを推察する必要などまったくないのだ。女の子というのは、それぞれ個性があるように見えるけれど、実はまちがい。ヘアスタイルや化粧の仕方と同じで、どれもこれも大同小異。心のなかを覗いてみれば、世の中ではやっている台詞がずらっと並んでいるだけの話。まるでパソコンのプログラムと一緒じゃないか。だから似たり寄ったりのアウトプットしかでてこないんだ。

たとえば興英セミナーで数学を教えている甲斐妙乃。あの女もまあインテリなんだろう。社会派が売りもののひねくれた茂手木勝が何か言うと、なかなか筋のとおった反論を言うこともあるし。そのくせ、僕をみつめるときの目つきといったら、あの晩のK子のうるんだような目とそっくり。いったいなぜだろう。

だからカノジョの話がでてくると、ああもう勘弁してくれ、僕はカノジョなんてほしくないんだから、ということになる。この拒否反応はもう仕方ないな。

ところで、雲井アオイはどうなんだ？

あの娘はまさにビジュアルそのものじゃないだろうか。骸骨と内臓さえもっていないような感じだ。染みひとつないすき通った半透明の肌をして、姿勢をまったくくずさず、どこか異次元を眺めているような機械的な目つきをして、僕の授業をうけている少女。

初歩的な質問をしても無表情でおし黙っている。そうかと思うと、急にはしゃぎだして多弁になる。まるでその瞬間、別のプログラムが動き始めたような感じだ。いったいあの娘のなめらかなビジュアルの下には、「生きた実体」というものがあるのだろうか。よくわからない。

……さてと。

カレシだかカノジョだかの心の推察の話は別として、科学者ベルデのブログのつづきを読むとするか。

鳥の相手えらびにも法則性があるはず、というわけだな。そのこと自体は否定できないのだけれど、どうも頭のなかがモヤモヤして、すっきり納得したという気がしない。考え方のちがいだろうか。

生物と機械とは根本的にちがうのではないか、とナイチンゲールさんは疑問の声をあげています。両者はちがうのだから、「コンピュータで鳥の心のシミュレーションなんかするのはおかしい、ということかしら。

これはちょっと難しい問題。でもブログで正面からそう書かれると、私も後にはひけなくなっちゃうわね。それじゃ、順をおって考えてみましょう。

ええとまず、生物と機械が同じかちがうか、っていうのは、大昔からある議論なのね。以前は、生物の体内にはふつうの物質とは異なる神秘的な何かがあるんだ、っていう意見も強かったみたい。霊魂とか輪廻転生とかね。そんなものは昔の迷信のなごりで、いまでは問題にもならないけど、近代の科学者からちょっと似たような意見が出てきたこともある。代表的なのは、ドリューシュの

「エンテレヒー」かな。

二〇世紀のはじめに、ハンス・ドリューシュっていうドイツの生理学者がいて、胚の発生現象を研究していたの。その人は、生物を機械に還元することに反対して、生物の体内にはエンテレヒーっていう特別なものが存在すると主張した。科学史では生気論という名がついているわね。

でも二一世紀のいま、まともな生物学者で、そんな考えをもっている人は絶対にいません。エンテレヒーなんて、どこにも存在しないわけですよ。あれは過去の遺物の代名詞のひとつ。動物の細胞は高分子タンパク質でできていて、べつに神秘的な物質なんかどこにもない。当たり前よね。ナイチンゲールさんだって、そう習っているでしょ。もし私たち人間の体が物理や化学の法則にしたがっていないとすると、基礎医学の研究なんてできなくなってしまうわけですからね。

だから、生物と機械のちがいなんて、とりあえず気にする必要ないと私は思う。気にしていたら前に進めないでしょ。

もちろん、生物の体内のメカニズムがぜんぶわかっているわけじゃない。神秘的な謎はまだたくさんあるとしても、その謎を機械をつかって探っていくことはできるし、コンピュータ・シミュレーションの有効性はとても大きいと思います。

とくに、DNAの二重ラセン構造が発見されてから、分子生物学がすごく進歩したことはナイチンゲールさんだって知っているわよね。たとえばヒトゲノム計画なんか、テレビや新聞でもくりかえし報道されているけど、興味ないかしら。あれは人間の全遺伝情報をコンピュータで分析する研究のこと。

ヒトゲノム計画だけじゃなくて、いろいろな生物の遺伝情報メカニズムをコンピュータを駆使して研究するプロジェクトは、いま世界中で掃いて捨てるほどある。私の進化シミュレーションもそのささやかな一分野、かな。

いったい、生物とコンピュータって、どこがちがうんでしょうか。率直にいって私は、両者のあいだにはっきり境界線をひけるとは思わない。

外見はちがいますよ。材料もちがう。でも人間に外見が似ているロボットなんて、つくろうと思ったら幾らでもつくれるんじゃないかしら。そんなことに惑わされるのは子どもだけ。ナイチンゲールさんはたぶん、両者のもっと本質的なちがいについて質問しているのよね。

生物って突きつめていけば結局、一種の情報システムだと私は思うの。

子孫につたえられるのが遺伝情報なのはもちろんだけど、他の個体とのコミュニケーションも情報交換だし、体内の新陳代謝もホルモンなんかの情報処理と見なすこともできる。生物って、環境のなかで情報処理をしながら生きている存在なのよ。ということは、そのメカニズムをコンピュータでシミュレートできるはずね。

それに、いまの生物はべつにピュアな自然環境のなかで生きているわけじゃない。現代は自然環境と人工環境がまじりあっていく時代でしょ。ピュアな手つかずの自然なんて神話です。人間が自然環境をつくりかえているわけだから。家畜や農作物の品種改良もそのいい例。人間にとって都合のいい品種の生物がふえていくのは人為淘汰ね。

それだけじゃない。ナイチンゲールさんもユビキタス環境という言葉をご存じだと思うけれど、これからは家のなかも街のなかも、あらゆるところに集積回路をのせたマイクロチップがばらまかれて、相互に通信をはじめるわけよ。ということは、生物とコンピュータを統一的に「情報処理機械」とみなしたほうが、いろいろ便利になるはずだわ。私はそう思う。

　私が興味をもっているのは、ペットの改良。

　これも一種の品種改良だけど、農作物の品種改良とちがって、ただ丈夫で収穫量のおおい品種を育てる、っていうより、もっと先をいっている。つまり、すぐれた個体をうみだすためのただの交配実験じゃなくて、消費者が想像もできないような、すてきな新種の生物のイメージをつくりだそうというわけ。

　私の進化シミュレーションはそういうことをねらっているの。面白いでしょ。

パーチャル空間のなかでいろいろ新しいペットをつくって自由に実験しておくと、もしかしたらそのうちの幾つかは、ほんとうにリアル空間で実現されるんじゃないか——そういう夢があるのね。

たとえば、R27号みたいにとびきり華やかなミニ・クジャクがこの地上に出現したらどんなにすてきかしら。

　ちょっと補足すると、こういう「サイバーペット」って、今ひそかにブレイクしかかっているみたい。なかには「ひよこっぴエボリューション」みたいな純然たる商用ゲームもあるけれど、パソコンのシミュレーションでペットを研究する本格的なこころみもあるようです。

　……という次第で、ナイチンゲールさん、このあたりで私のお答えとしては勘弁してくれるかしら。くれなかったら困るけどなあ。


サイバーペットか。

ベルデの進化シミュレーションの目的はつまり、サイバーペットにあったというわけだ。だんだんわかってきたぞ。

　いわば人為淘汰のシミュレーションということだな。それなら、R27号でベルデが小躍りするのももっともだ。鳥にとって魅力的というより、人間にとって魅力的ならペットとしてはいいわけだから。

　それにしても、生きものも機械とおなじく一種の情報システムだとは、このベルデという人物、ただの唯物論者どころか、なかなかラディカルな情報一元論者だな。でも、ドリューシュの生気論をもちだして説得にかかるのは古くさい。たとえ生きものの体をつくっている材料がふつうの物質だとしても、そのつくり方、構成の仕方が、生きものと機械では根本的にちがうかもしれないわけだし。

　ただ、人間だけじゃなく、現代の生きものは多かれ少なかれ、機械のいりまじった人工的環境のなかで生きているのはたしかなことだ。

　ベルデ流に議論をすすめていくと、品種改良とか人為淘汰なんかも、そう「不自然」でもないということになるのだろうか。人間が生物種を都合よく交配したり選別したりする人為淘汰は「不自然」だと、ふつうは考える。でももし、そういう操作をする人間自身が自然の一部だとすれば、すべて自然淘汰だということになってしまう。人工と自然とは対立していると、みんな思いこんでいる。けれども、人間だって生きものだ。人間のやっていることは結局、生きもののやっている行動の一種にすぎない。何万年も前に人間が森でやっていた狩猟採集と、現代の都市でやっているペットの品種改良と、どこがちがうのだろうか。

　よくわからない。

　サイバーペットがうまれるのも、自然のなりゆきなのだろうか。

　そんなものがひそかにブレイクしているというのは、ほんとうかしら。

今日は風がつよい。

さっきから木枯らしがしつこく吹いている。まだ深夜ではないので、ガラス戸をとおして街路の物音がいつも通りきこえてくるのだが、それに覆いかぶさるように、ねばっこく木枯らしがマンションの壁面に吹きつけてくるのだ。

僕の生活パターンは、こうして夜起きていて、朝方寝つくというもの。だからベランダからはいってくる太陽の光をさえぎるために、分厚い遮光カーテンをしている。だが、その分厚いカーテンもどことなく動いているような感じがする。かすかにゆらいでいる。まるで生きもののように、官能的に。

ベランダのアルミサッシが、たえまなくカタカタと揺れている。わずかに空気が入ってくるのだろう。

生きものと機械との境界線なんてない、とベルデのブログはかたる。いっそ、僕自身が機械になることができたら、どんなにラクチンだろうか。コンピュータはさみしくなんかないだろうし……。それとも、さみしい機械がここにいるのだろうか。

いやいや。

ゆらいでいるのは僕の心だ。

カノジョの痕跡なんて、ひとかけらも見つからないこのマンション。カノジョをほしいとも思わない僕。進化シミュレーションをすれば、僕のような存在も、僕の体をつくっている遺伝子も、たぶん性淘汰されて消えていくんだろうな。

静かだ。

うねるような風の音しか聞こえない。

さっきまでサイコが部屋のなかを歩きまわっていたのだけれど、夕食を食べさせてやったら、僕のベッドのうえですぐ眠ってしまった。

缶詰のキャットフードを皿にもり、猫用ミルクを椀にあけるだけの簡単な夕食。こんなエサでも、自力で毎日ありつくのは大変だ。ネネは自分でドブネズミをとって殺された。人間にエサをもらうほうが安全なんだ。でもその代償として、サイコの親猫はたぶん、人間に計画的にきめられた相手と交合させられたにちがいない。ふっくらしたシャム猫はいい値段で売れるわけだからな。

ところで僕たち人間だって、どこかペットに似ていないだろうか。誰かが客観的な評価をくだして、その評価値からきまるエサ代をもらって生きているんだからな。

もちろん、鈍感な連中もいる。個人はみんな自由だ、これからは個人が力をみがいて勝ち抜いていく時代だ――そんな手あかのついたキャッチフレーズを、連中はまともに信じている。かなしいじゃないか。実はみんな、ペットみたいに正札をつけられ、飼い慣らされているだけなのに。

心のなかを覗くとどれも大同小異で、世の中ではやっている台詞ばかりずらっとならんでいるのは、女の子だけじゃない。もちろん男の子も。老若男女みんなそうだ。

カノジョやカレシえらびはどうだろう？　もしかしたらこれも、ペットと同じじゃないのか。僕たちはみんな、マインド・コントロールされている。ホテルで抱きあう二人は、実はほんものの生きた相手じゃなくて、脳のなかではやりのビジュアルをイメージしながら交合しているんだ。主観的に相手をえらんでいるつもりでも、ほんとうは客観的にえらばれた相手をうけいれているんだ。

パソコンの前にもどって、検索エンジンを立ちあげる。

「サイバーペット」「デジタルペット」「バーチャルペット」「ペット進化ゲーム」などのキーワードを片端からためしてみる。

出てきたのはいろいろなウェブページ。ひよこっぴゲームみたいなデジタルゲームの関連ページが多いけれど、純粋にアニメ風なキャラそのものの紹介ページもあるし、ほんもののペットをあつかうオンライン・ショップの案内も少なくない。

……………

ふとマウスを握る手がとまる。

このブログは誰のものだろうか。

目にとまったのは、「すべての生物は情報的存在として輝かしく進化する。遺伝子はサイバー空間でかぎりなく自由な展望をえる。そこにこそ、ITと結合した地球上生物の未来がある。われわれホモ・サピエンスもけっして例外ではないのだ」という文句。

これは何だ？

「グラスのブログ」とタイトルがある。

グラスという名前だけでははっきりしないけれど、写真を見ると顔立ちはアジア系。歳は三十代後半くらいの、髪をスカッと短めに刈りあげた男性だ。

小さな四角いフレームのメガネをかけ、アゴひげをはやした細面をちょっと斜めにし、にこっとカメラにむかって微笑んでいる細面の美男子。ノーネクタイでドレスシャツのいちばん上のボタンをはずしている。しゃれたダークグリーンのジャケット。誰かに似ているような気がしたが、思いだせない。ただ、一見あたたかそうな微笑の奥にどこか冷たい凄みが感じられるのは、僕の深よみか。

プロフィールを見ると、㈱ペットライフ・アソーシエイト（PLA）代表取締役社長、理学博士、経営学修士（MBA）と書いてある。趣味はテニスとジャズピアノ。経歴はなかなか立派だ。日米の有名な大学で勉強して学位をとったらしい。ふん。

ベンチャー企業の社長かな。いまや人気たかい職業。それにしても、ペットライフ・アソーシエイトって、どんな会社なんだろう。

ブログから、ペットライフ・アソーシエイトの簡単な営業広告ページがリンクされていた。いくつか宣伝文句がならんでいる。


われわれは最新のブリーディング技術と、先端的なＩＴそれにバイオ・エンジニアリング技術を駆使して、あなたのペットライフを豊かにします。

「こんなペットがほしい」と夢見ているあなた。銀色の猫？　光る金魚？　――どんなファンタジックでブッ飛んだ夢でも、決してあきらめないでください。まずはサイバーペットでじっくり検討。それからご予算におうじて、専門家が親切ていねいにご相談にのります。

あなたの愛犬、あなたの愛猫、あなたの愛鳥に永遠の命を！　衰えゆく命、失われた命をよみがえらせる奇跡。それがわれわれの願いです。


いったい何なのかな、この会社のプロダクツは……。どうやらサイバーペットだけじゃないみたいだ。コンピュータの進化シミュレーションなら、R27号みたいに、ありえないほどきれいな外見のサイバーペットをつくれるかもしれないけれど、まさか現実にそんな夢の生きものを創りだそうというのだろうか。ブリーディング（繁殖）とかバイオ・エンジニアリングの技術を駆使して、というとそういう気もしてくる。

衰えゆく命をよみがえらせる奇跡、か。

あなたのペットに永遠の命を与えるとは、どういう意味だろう？　クローンをつくってやる、ということかな。そうすればたしかに、老いたペットと遺伝的にそっくりの赤ちゃんペットが生まれてくる。

いやいや、難しいな。僕の乏しい知識から想像しても、クローンの健康な赤ちゃんを産ませるのはすごく大変なはずだ。未受精卵から核をぬいて、そこに老いたペットの体細胞の核を移植しなくちゃいけない。クローン移植というのは技術的に難しくて、成功したとしても、大半は死んでしまうと聞いたこともある。ビジネスとして成立させるには、まだコストがかかりすぎるだろう。

とすれば、衰えゆく命をよみがえらせるって、何かな。ただの動物病院治療のことなんだろうか。それとも、バーチャル・リアリティ技術でのイメージ再生かしら。

何にせよ、グラス社長のブログはとても威勢がいい。

ハイ。今日もまたおそろしく充実した一日。

米国R社のデモはなかなかすごかった。何しろ、氷の上を白クマくんが歩いている恐ろしく寒そうな北の海に、オレンジや緑の色鮮やかな熱帯魚がひらひら泳ぎまわっている映像なんだ。こりゃもう、誰でもびっくりする。

合成写真かと目を凝らしても、そうじゃない。ふつうなら一瞬で死んでしまう熱帯魚がこういう海で泳げるようになるには、とっておきの秘密があるわけだ。専門的なことを省いて簡単に説明しよう。凍りつくような北の海にも、マダラとかスケトウダラとかコマイとかいった魚が平気で泳いでいる。当たり前のようだがよく考えると不思議なことじゃないか。そこで寒さに耐えられる魚の体内メカニズムに目をつける。それらの体内にはいわば、一種の不凍液のようなものがあるわけだ。

R社の技術陣がやったのは、不凍液をつくる遺伝子を特定して、それを遺伝子組み換え技術で熱帯魚の体内に注入したこと。そうすると熱帯魚の体内にも不凍液が循環することになるわけだ。それでも、熱帯魚を低水温に馴らすにはいろいろ苦労があったらしいが、これは正直、拍手喝采ものだな。

寒さに耐える魚というのは、だいたい色も形も地味なのが多い。太陽の光にめぐまれないためかもしれないが、それもあって北の海の景観というのは若干さびしいものだ。北の海にカラフルな熱帯魚がどんどん泳ぎまわるようになれば、漁をしていても流氷ウォッチングをしていても、とびきり楽しいぜ。

ビジネスとしての価値はむろんほかにもある。きれいな熱帯魚を飼うためには、これまで水槽の温度調節がかなりむずかしかった。寒い冬に温度調節をしくじると、すぐ死んでしまう。しかしR社のプロダクツならその心配はないことになる。それにどうやら成長ホルモンも組みこまれているようだから、稚魚も早く大きくなるんだろう。もしかすると、緋鯉顔まけの三〇センチくらいあるカラフルな熱帯魚が、日本中の庭園の池を泳ぎまわる日も近々来るかもしれないな。

R社の営業社員は、「グラス、グラス、いまなら目一杯ディスカウントする」と今日にも仮契約をむすびたいという様子だった。

なぜそうしなかったのか。――それは、わが国の法規制とのからみがあるからだ。通称カルタヘナ法。知ってますか？

正式には「遺伝子組換え生物等の使用等の規制による生物の多様性の確保に関する法律」という。「カルタヘナ議定書」という国際的な規制があって、これにもとづいて数年前にできたのがカルタヘナ法なんだ。議定書では遺伝子組み換え生物の取りあつかいについて、いろいろ定めている。

ペットをあつかうビジネスに従事する者として、カルタヘナ法はむろん遵守しないといけないし、そのつもりではある。だが率直な個人的感想をいえば、まったく幻滅させられる法律だな。

たとえば、しばらく前のことになるが、すばらしくきれいな発光メダカが輸入された。体全体がまるで宝石みたいな、黄緑っぽい蛍光色に輝いている。おおきな目はブルーで、一度見たら誰でもほしくなるような、まさに逸品。これは発光クラゲの遺伝子をメダカに組みこんだんだ。ところが、カルタヘナ法をたてにとった環境省の目にとまって、国内で販売できなくなってしまった。輸入した会社は大損というわけだ。

何と残念なことじゃないか。現代バイオ・エンジニアリングの粋をつくして生まれた宝石のような芸術的存在が、一片の無味乾燥な法律と、およそ美を理解しない役人の手によって葬りさられてしまうんだからな。

あの発光メダカだけじゃない。闇のなかで青白くひかるインコや、純白の毛並みにルビーみたいな真紅の瞳をもった猫や、体のなかが透けて見えるカエルや……そのほか数え切れないほどのファンタスティックな夢のペットたちを、現在この国では輸入も研究開発もできない状況にあるんだ。カルタヘナ法の精神を理解できないとは言わない。たとえばあの発光メダカを河川に放して、それが繁殖したとすれば、生態系がみだれるということだろう。

しかし、実際にはその可能性はきわめて小さい。というのは、こういう遺伝子操作をほどこされた新種は、環境変化にうまく対応できないのが普通なんだ。つまり弱いのが多い。もし強靭な生物種だったら、進化史のなかでとっくに登場していただろうからね。残念ながら発光メダカは天然の河川のなかではすぐ死んでしまうだろう。

だから本当のことを言うと、不凍液をくみこまれたR社の熱帯魚も、おそらく寒い海で自然繁殖するのはなかなか難しいだろうね。あくまでペットとして大事にケアされながら飼われることを想定しているんだ。端的に言って、遺伝子組み換え操作でうまれた動植物の大半は、現実には人工の実験場や飼育場や農場でかろうじて生きのびるくらいがせいぜいかな。そのなかで、あまりデリケートなケアを必要としない比較的丈夫な成功作品だけが家庭用のペットとなりうるんだ。

だいたい、自然な生態系を守れというが、人間は大昔から、農耕牧畜によって生態系を破壊してきたじゃないか。森や山を切り開き、田畑や牧場をつくって作物や家畜を育て、それを文明と称してきたんだ。森や山の自然に適応して生きていた生物から見れば、むちゃくちゃな蛮行と言えなくもないだろう。

それに、栽培する植物や飼育する動物も、交配をくりかえして品種が改良されてきた。収量の多いイネやコムギやトウモロコシをつくるのは、いったい遺伝子の組み換えではないというのかい？　自然な生態系を乱すからバイオ・エンジニアリングは怖いという常識は、われわれには絶対に理解できないんだ。

この意味では、三〇年あまり前に出現したいわゆる遺伝子組み換え技術も単に、昔からの品種改良技術の延長上にあるにすぎない。違うか？　それがわれわれ、ペットライフ・アソーシエイトの社員全員の了解事項なんだ。

ある生物のもつ遺伝子を、ウイルスを媒介にして、まったく異なる生物のなかではたらかせ、多種多様なタンパク質をつくりだす――この遺伝子組み換え技術以上のファンタジーが、いったいこの世に存在するだろうか。人間とは見果てぬ夢を追う動物なんだ。

夢だけじゃなく実用面の有効性も高い。たとえばインシュリンは、かつてブタの膵臓から抽出するほかはなかった。いまでは、人間のインシュリンをつくる遺伝子を大腸菌のなかではたらかせ、効率的に合成することができる。これが糖尿病患者にあたえた恩恵ははかりしれない。

応用はかぎりなく広がる。人間の成長ホルモンをつくる遺伝子を養殖場の魚に組みこんで、成長速度を速めることもできる。北の海にすむ魚の「不凍液」遺伝子をトマトに組みこめば、霜害につよいトマトができるだろう。

こういった多様な恩恵を、「自然な生態系を守れ」という粗雑なスローガンのもとにすべて否定しようというのか。自然尊重とは、科学という英知を放棄することなのか。エコロジストたちは、自分たちの保守的な主張がいかに時代遅れで反進歩的であるかということに、なぜ気づかないのか。

肝心なのは、遺伝子がすべて「情報」だということだ。自然のリアルな生態空間とサイバー空間とは断絶しているようだが、実はそうじゃない。

DNA遺伝情報は記号がA、G、T、Cの四つ（四種類の塩基）で、コンピュータのように0と1の二つ（二種類）ではないとはいえ、本質的にはおなじデジタル情報だ。こうしてそれぞれの生物は、リアル空間だけでなく、サイバー空間の存在としてとらえ直される。

すべての生物は情報的存在として輝かしく進化する。遺伝子はサイバー空間でかぎりなく自由な展望をえる。そこにこそ、ITと結合した地球上生物の未来がある。われわれホモ・サピエンスもけっして例外ではないんだな。

R社の営業社員どの、今日はご希望にそえなかったが、気落ちしないでほしい。グラスのペットライフ・アソーシエイトが貴社のカスタマーになるのは時間の問題だ。

第七章
宣戦布告

夜が更けて、風が少しずつおさまってきた。カタカタというベランダのアルミサッシの揺れも、だいぶ間遠になった気がする。

あたりが静かになると、かえってウェブから入ってくるメッセージの存在感がいやに大きくふくらんでくるのだ。

午前三時。僕は相変わらずパソコンに向かっている。

ディスプレイに映しだされているのは、岩場のようなところを泳ぎながら妖しくひかっている魚。背びれと腹びれはうすい緑色だが、頭から尾をつらぬく背骨は内側から放射する光に照らされて黄金色に輝いている。青い目は少女アニメの不健康な登場人物のように大きい。どこか現実離れした耽美的ムードだ。これが禁止されたという発光メダカか。

ほしがる人間は少なくないだろうな。きれいといえばきれいだ。

でもその姿をあえて言うなら、つまり、いつか面白半分に行ってみたキャバクラにたむろしていたギャルそのもの。安っぽい退廃趣味のコスチューム。商品として加工され、しゃぶりつくされるかなしい肉体。

突然、気味のわるいぬるぬるした感触が、つまさきから膝にかけてはいあがってくる。何だろう、この感触は。メダカがクラゲの遺伝子にレイプされた共感覚が湧いてきたのだろうか。

グラスのブログから僕が感じるやりきれない不快感。それは、ベルデのブログからの不快感とどうちがうのだろうか。

もちろん、グラスはペットを商売しているビジネスマンだ。僕にいわせれば、いわばキャバクラの経営者かマネジャーといったところだ。趣味で進化シミュレーションを楽しんでいるアマチュア研究者とは比較にならない。

ただ、二つのブログはどこかでしっかりつながっている。これは確かなこと。はしゃいだ明るい口調とうらはらに、二人はともに陰気な危険水域に向かってまっすぐ突き進んでいる。

そして、グラスはベルデより一歩はやく、バーチャルではなくリアルの空間で手をよごそうとしているのだ。

「ITと結合した地球上生物の未来」か。こわいこわい。

……どうしようか。

ナイチンゲールとしては言いたいことがたくさんある。放置しておくことはゆるされないはず。

地球上生物の未来のためにも。

すぐさまキーボードに向かおうとして、ふと打つ手がとまる。

いったい何様のつもりなんだね、キミは？　地球生態系防衛軍の義勇兵のつもりか？　――そう、僕はナイチンゲールのような人間じゃない。直接関係ないことは、できるだけ知らん顔で放っておくにかぎる。おとなしい日和見主義者なんだ。

一方、グラスはたぶん危険人物。一流大学出の理学博士でＭＢＡも持っているかもしれないけれど、だからこそ裏がありそうでウサンくさい。バイオ・エンジニアリングの知識をひけらかす偽善インテリ風の語り口のあちこちから、どす黒い欲望のにおいがする。ペットライフ・アソーシエイトの代表取締役といえばエラそうだけれど、内実はいかがわしい詐欺師じゃないのか。

とすれば、こういう奴は、文句をつけてくる相手にどんな汚い手段で復讐をくわだてるかわからない。僕がリスクを負う必要なんてないんだ。かかわりあうのはまっぴらゴメン。多々納蔵人はこれまでのように、何があろうと平気な顔で、海底のイソギンチャクみたいにただじっと黙っていればいい。

……とはいえ、ナイチンゲールはそうはいかないだろうな。

毎日は無理だけれど、あれ以来、僕はけっこうこまめにナイチンゲールのブログをつけている。まだ看護学勉強中の見習いとはいえ、ナイチンゲールがボランティアで世話をしている(ことになっている)バーチャルな患者さんはもう何人もいる。まあ、「ひよこっぴ」みたいだと言われたら、それまでだけれど。

患者さんの名前？——いや、個人情報は保護しなくちゃいけないし、名前も病状も明かせない。でもいろろ介護の印象をしるすことはできる。それにつれて、コメントやトラックバックも少しずつふえてきた。ほとんどは温かい応援のメッセージだ。

生命にたいする考え方に共感している、とコメントをくれたお寺の坊さんもいる。ナイチンゲールさんみたいに心ある人に看護してもらいたい、とトラックバックしてくれた難病の患者さんもいる。ある高校生は、このブログを読んで自分も看護師になりたくなったと言ってきた。

ただ正直に言うと、近ごろ僕はみょうな気分になることが多いのだ。ナイチンゲールがだんだん僕から離れて自立した存在になっていくような……。それどころか、僕をいつも見張っているような……。つまり彼女は、なんと言っても偉大すぎるんだな。いくら僕がくたびれていても、がんばって正論を述べつづけるように命じる。まあ、「命じる」と言っても、平先生とはちがって権柄ずくではないし、やさしくうながすだけだけれど。

いやいや。

ナイチンゲールは、読者をうらぎるわけにはいかない。ナイチンゲールは、毅然として社会正義のために発言しなくてはいけない。彼女は僕という駄目なハードウェアに宿った希望のソフトウェア。

僕はいま一度、パソコンの前で姿勢をただした。

キーボードから入力をはじめる。ナイチンゲールのブログから、グラスのブログにトラックバックするために。


うれしいことがありました。Aさんが立てるようになったのです！　一ケ月前、病院のベッドに横たわり、うつろに天井をみつめたまま、いくら話しかけても一言も返事をしなかった姿とはまるで別人です。

手すりにつかまってすっくと立ってみると、Aさんはすごく背が高い。一八三センチもあるのです。にっこりした姿はとてもすてきでした。

オートバイ事故で脊椎を損傷したAさんには、お医者さんも、回復は難しい、車椅子の一生になるだろうとおっしゃっていたのですが、こういう奇跡が起きるのですね。「動く動く」と心から唱えながら、来る日も来る日も両足の指を一本ずつていねいにマッサージしてあげていたら、ほんとうに少しずつ感覚がよみがえってきたのです。

まだ高校生で若いということもあるのでしょうが、あきらめずに希望をもつことがいかに大切かの証拠ですね。人間の体のなかには現代医学ではまだ解明されていない、未知の能力があるのです。あとは辛抱強くリハビリをつづけていけば、歩けるようになるかもしれません。いいえ、必ず歩けるようになるはずです。これはわたしの熱い確信。

ところが、浮き浮きした気分で帰宅して、ネットサーフィンをしていると、ちょっとヒヤッとするようなブログに遭遇してしまいました。

近ごろは、分子生物学にもとづく遺伝子操作で、カスタマーの好みに応じたペットのブリーディング（繁殖）や販売をおこなうビジネスがあらわれたようですね。バイオ・エンジニアリングの新応用分野なのでしょうか。

わたしはこれが、どうも気になって仕方がないのです。

というのは、遺伝子操作でペットをつくるというのは、これまでのようなペットの普通のブリーディングとくらべると、大きくちがうと思うからです。そこには根本的な断絶があるのではないでしょうか。

たしかにこれまでのブリーディングでも、一種の遺伝子の交換操作がおこなわれていることは事実です。品種改良のための人為淘汰はみなそうです。たとえば昔むかし、犬はオオカミの仲間だったのでしょうが、その同じ祖先から、かわいいチワワだの巨大なグレートデーンだの、あれほどいろいろな犬種をつくったのは人間なのですから。

純血種というのも、人為淘汰のたまものですね。動物からすれば、べつに「純粋な血」をもつ相手が好ましいとはかぎりません。でも、人間がそういう相手だけを選択して交配させつづけたから、サラブレッドのような純血種ができてきたわけです。

動物だけでなく、植物も同じですね。イネやコムギも人為的に改良されてきました。品種改良という人為淘汰はこれまで長いあいだおこなわれてきたし、それが農耕牧畜という人類の文明をつくってきたと言われればその通りです。

しかし、分子生物学を応用した遺伝子組み換え技術というのは、同じ遺伝子の交換操作でも、ぜんぜん次元がちがうのではありませんか。

これまでの品種改良では、要するに子どものできるオスとメスをえらびだして掛けあわせるだけです。子どものもつ遺伝情報は、お父さんとお母さんの遺伝情報の組合せとなる。これは自然な繁殖行為の一環で、人間はただその方向づけをするだけのことです。

もちろん、同じ生物種のなかだけでなくて、隣接した生物種とのあいだで雑種をつくることもあったでしょう。しかしそれは大した問題ではありません。もともと生物種というのは固定したものではないわけですし、だからこそ進化がおきてきた。オオカミから犬ができたように。人間のかかわらない自然状態でも、隣接した生物種とのあいだで遺伝子の交換はつねにおこなわれていると思います。

ところが、分子生物学的な遺伝子組み換え技術というのは、まったく次元のちがう操作ですよね。あの技術が最初にあらわれたのは、三〇年あまり前だと学校で教わりました。うろ覚えですけど、ある生物の遺伝情報をウイルスのなかに取りこんで、そのウイルスを宿主となる別の生物に感染させる、そうするとウイルスは宿主の体内で爆発的にふえて、ついに宿主の遺伝情報を変えてしまう。たしかそんな技術だと思います。

この遺伝子組み換え技術はいろいろ役に立っています。人間の遺伝子を大腸菌のなかで働かせて、本来は人体のなかでしか作れないインシュリンというホルモンを合成するのはその一例。これで糖尿病の治療はとてもラクになりました。このほかにも遺伝子組み換え技術はいろいろ役に立つことがあるそうです。人間の成長ホルモンの遺伝子を孵化場の養殖魚の卵に導入して、魚の成長速度をはやめることもできるらしいですね。

いろいろな生物種のあいだで遺伝情報が共有されているというのは、ほんとうに驚くような事実です。わたしは決して、遺伝子組み換え技術の利用を全面的に否定しようとは思いません。ただ心配なのは、使い方をあやまるとおそろしいことを引き起こしはしないか、ということなのです。

人間と魚のように、まったく遠縁の生物種のあいだで、ぴょんぴょんと遺伝子を移動させれば、いったいどのような副作用がおきるか、誰も予測できないでしょう。たとえば人間の成長ホルモンをもつ魚をわたしたちが食べることで、これまでなかったような新たな病気が発生する恐れはないのでしょうか。

自然を尊重して生態系のバランスを壊さないようにする、というエコロジーの思想を、単に保守的で時代遅れで反進歩的だと位置づけるのはまちがいです。人間の体をふくめて、自然というのは信じられないほど複雑で奥がふかいと、看護学を学ぶわたしは感じています。進化の結果えられた今の地球生態系は、いわば天文学的な数のさまざまな部材がたがいに支えあっている繊細な大建造物のようなもの。一つを乱暴にいじると全体ががらがらと壊れてしまうかもしれません。

たとえば、マスコミで騒いでいる牛海綿状脳症（ＢＳＥ）にしても、まさかこんな病気が出るとは誰も予測できなかったわけでしょう。マトンやビーフやポークなどの食肉材をとった残りを肉骨粉にして、栄養価のたかい飼料をつくろうと考えた。それが自然界にない一種の「共食い」現象をひきおこして、牛の脳を狂わせてしまった。

だからわたしは、人間のただの楽しみのために、遺伝子組み換え技術でいろいろなペット生物をつくりだすことには反対なのです。発光クラゲの遺伝子を組みこんだメダカを輸入販売しようとした人がいて、環境省がやめさせた事件があったそうですね。写真をみたら金色に光っていますけど、やっぱり一種のお化けです。

遺伝子組み換え技術をつかえば、キメラ怪獣みたいな生きものはいくらでもつくれるかもしれない。珍しいペットには高い値段がつくでしょう。ベルデさんのブログにでてきたR27号みたいな夢の生きものも、簡単につくれる時代が来たという気もします。

しかし、遺伝子組み換え技術で高価なペットをつくりだそうという恐ろしいプロジェクトは絶対に阻止しなくてはなりません。そんなことをしようとしている企業があるなら、その活動を告発する運動をはじめなくてはなりません。

遺伝子を操作してお望みのペットをつくるという企てのほんとうの恐ろしさは、遅かれ早かれ、それが人間にまで及ぶということにあります。お望みの人間をつくること、つまり優生学です。

優生学というとナチスの政策が有名ですが、実はもっと広くて、たとえばスウェーデンでは一九七〇年代まで、精神疾患などの重い病気をその子孫に伝えると判断されると、不妊手術がおこなわれていたことは有名です。

こういう不妊や断種といった行為はその後批判されて、いまはほとんどおこなわれていないと思いますが、分子生物学によってまた新たな優生学がうまれつつあるのです。遺伝子と病気の関係もつぎつぎに解明されています。ハンチントン舞踏病や嚢胞性線維症をおこす遺伝子はもうわかっています。そうなると、重い病気をおこす遺伝子をもつ人たちは人為淘汰されていく可能性が高いでしょう。

さらに進んで、人間を「改良」しようと企てる人もでてこないでしょうか。

仮にもし、チータの脚の筋肉をつくる遺伝子がわかったとして、それをうまく人間の受精卵に導入したら百メートルを八秒台で走る人間をつくれるとしましょう。そういうランナーを育てあげれば、オリンピックの金メダルはまちがいないし、世界の陸上競技大会をわたりあるいて大もうけできるはずです。怪物的な遺伝子をもつ人間は、高価なペットと同じで、価値が高い生きものだと考える人は多いはずです。

考えすぎだと笑われるかもしれません。しかし、バイオ・エンジニアリングを駆使してお望みのペットをつくるという企てのなかには、人間の値打ちそのものさえ技術とビジネスで決めてしまうような危険性の芽がひそんでいるとわたしには思えるのです。少なくとも、そういう道につながっていることは確かです。

人権とか、平等とか、正義とかいった理念は、人間の長い歴史のなかで徐々に精錬されてきたものですよね。その結果、奴隷制度や身分制度は廃止された。そういう大切な理念が、「客観的にみてより優れた個体を遺伝子操作でつくりだす」という新たなテクノロジーの登場によって一挙に崩壊してしまう恐れはないのでしょうか。

障害者や劣った個体は死んだほうがいいというのでしょうか。

勇気のある正義派だな、ナイチンゲールという人物は。うん、立派だ。大したもんだ。ちょっと立派すぎるけれど……。

ともかく、ペットライフ・アソーシエイトのグラス社長にたいして堂々と宣戦布告するところは、情けない多々納蔵人とは大ちがいだ。

弱虫で優柔不断な僕にはとても、ナイチンゲールのように確信をもって発言することなんてできやしない。人前でこんな正論を吐こうとしたら、半分もいかないうちにみんなのヤジをあびて立ち往生してしまうだろう。いやその前に、自分で自分がこっけいに感じられて吹き出してしまうかもしれない。

問題はそこなんだ。

自分では信念を正直にのべているだけのつもりでも、他の連中が「多々納の偽善者め、言うこととやってることが違いすぎるよな」なんてせせら嗤《わら》っていると想像すると、とたんにその信念があやうくなってくる。がまんして無理に発言をつづけると、いつのまにか内臓の調子がおかしくなって、自分がほんとうに偽善者のような気がしてくる。むきになって否定してもうまくいかない。仕方なく妥協する。やがて脳味噌や内臓からいようのない偽善臭がわきあがってきて、頭がくらくらする。終いには、ふにゃふにゃっと床に倒れてしまうだろう。

だが、ナイチンゲールは大丈夫だ。

彼女はあくまで毅然たるナイチンゲールであって、みんなから共感をあつめている。ブログのなかで首尾一貫し完結した、すきとおった存在。そこに、偽善などひとかけらも入りこむ余地などありはしない。

そうだろう？

それにしても……ナイチンゲールになるのは肩がこるなあ。

ぐるぐると両腕と首をまわしてみる。

ナイチンゲールになってからというもの、毎晩ひまさえあれば、遺伝進化学だの、社会生物学だの、山のように本を読んで勉強しているんだ。ああ、かったるい。こういう本は嫌いじゃないけれど、ときどきだらしない僕にもどりたくなって困るよ。

冷蔵庫から酎ハイの缶をとりだし、コップにあけずに冷たい缶の口に直接くちびるを押し当てた。

いまは午前五時半。

まだ外はくらい。そう言えば、朝の光をだいぶ前からながめていない。あの硬い光線は僕にはまぶしすぎる。清潔すぎる。

ここしばらく目にするのは、午後のいくぶん疲れた、夏の終わりの海水浴場のさざ波のようにやわらかいシワのよった光の幕だけ。僕の脳神経がようやく目覚めはじめるころには、午後の光の粒子はそそくさと夜のなかにすべりこんでしまう。

ベッドのうえではサイコが丸くなっている。

眠っていると思ったのだが、僕がちかづくと、待っていたように少し頭をもちあげた。闇のなかでずっと起きていたのだろうか。いったい何を考えながら？

サイコを刺激しないように、しずかに身をよこたえる。

このちいさなベッドルームは、サイコの寝場所でもあるのだけれど、猫の目からはどんな風に見えているのだろうか。

……やがて、活躍したナイチンゲールが眠りにつく。僕もあわせて眠りにつく。

遺伝子操作によるペット・ビジネスを批判したナイチンゲールのブログへ反応がかえってきたのは、すぐ翌日のことだった。

トラックバックしてきたのはグラスでなくベルデ。これにはちょっとびっくりした。

というのは、あの夜ブログを書いたときは、その勢いですぐグラスのブログにトラックバックしようとしたのだが、忘れて寝てしまったのだ。

翌日、いつもの僕らしく、グラスのような人物に直接ケンカを売っても仕方がない、と弱気のためらいが生じた。そんなわけで、まだどのブログにもトラックバックしていない。

そこへ思いがけず、ベルデからのトラックバックがかえってきた。いったいどうしたのだろう？

おそらくベルデは、以前こちらからトラックバックして以来、ときどきナイチンゲールのブログをながめているにちがいない。次のブログは、はっきりとこちらの主張を批判するものだった。


科学を進めていくって大変なことですね。生物研究家として活動していると、ときどき「ああ、どうしてわかってくれないのかな」って悲しくなることもあります。

すばらしい科学的発見がなされて、それを応用した画期的な新テクノロジーが開発されても、世の中の人たちが漠然とした不安や恐怖感にかられて反対するので、事実上つかえなくなることも、けっして少なくないのよね。

たとえば臓器移植もその例。この国でも腎臓や肝臓の移植はおこなわれてはいるけれど、海外諸国とくらべると件数はそれほど多くない。脳死の人からの心臓移植はまだほとんど実績がありません。それで、移植すれば元気になる患者さんでも、長いあいだ待ったり、たくさんのお金をかけて海外で手術をうけなくてはならないのです。そういう条件がととのわなくて亡くなる患者さんもいます。

今日は少しグチを書かせてください。

現代は科学技術の時代だと言われればその通りなんですけど、現実のこまかい問題については、世間の人たちが科学的な考え方をしているかというと、そうでもないんですね。科学者とか技術者とか、理系の教育を受けた人たちのなかにも、自分では気づかないのに、どうしようもなく保守反動的な人がけっこう少なくない。さみしいですね。理系の教育を受けた人たちって、専門分野以外のことについては、割合にナイーブな常識論にかたむく人が多いんですよ。

ナイチンゲールさん、あなたのブログを読んでいて、ちょっとそんな気がしました。私の思い過ごしでしょうか。そうだったらいいんだけど……。

看護学の理論を勉強したり、臨床の実習活動をしているときは、たぶん科学的で実証的な最先端の考え方をしているんだと思う。でも、それ以外のこと、たとえば人間や社会の問題になるとたんに、一見リベラルのようでいて、実はコンサバになってしまうのはなぜかしら。

人権、平等、正義――もちろん、大切な理念だわ。ナチスみたいな優生学政策の復活をおそれる気持ちは私だって同じ。でもそういう理念を頭から信じるあまりに、すてきなペットをバイオ・エンジニアリングでつくりだす夢を放棄しなさい、っていうのは、どうみても飛躍がありすぎるんじゃないかな。

ペットは私たちに喜びを与えてくれる存在だし、心が傷ついたときになぐさめてくれる存在でもある。つまりパートナー。人間にとって、よりよきパートナーをつくりだすのはとても大事な仕事だと思う。いろいろな種類の犬や猫や鳥が、交配という品種改良技術でつくられてきたわけだし、分子生物学をつかった遺伝子組み換え操作も、百パーセントその延長上にある画期的テクノロジーといえるのよ。そう、R27号みたいなかっこいいペットもできるかもしれない。すばらしいことじゃないの。

ナイチンゲールさんは、キメラ怪獣ができるなんて心配しているけれど、その手の映画の見過ぎじゃないかしら。人間はそれほど愚かではありません。

とくに、ペットを改良したからといって、それが人間の改良につながるというご意見は、どうみても短絡的ではないでしょうか。人権や平等や正義などの理念が、バイオ・エンジニアリングによるペットの改良から一挙に崩壊していくなんて、私にはオオゲサすぎてとても考えられない。

あのね、ナイチンゲールさんはすごくまじめで倫理的、道徳的な人。若いのに、ある意味では尊敬に値するわ。

でも、そういうナイチンゲールさんに、私は質問したい。「あなたの信じているモラルって、いったいどこからやって来たの?」と。

昔は宗教的な信念からモラルが生まれてきた。「道徳的であること」が理性をもつ人間の本質だと論じた偉い哲学者もいたそうですね。

でも、今はどうなのでしょうか。モラルは社会的慣習から来ているのでしょうか。もし、社会的慣習からだとしたら、一度その内容をうたがってみる必要があると思います。人権だの平等だの正義だのを、天下りに「絶対にただしい」と思いこむ時代はもうすぎたということ。

モラルを否定するつもりはありません。私はそれを、進化論や動物行動学からみちびきだせるのではないかと考えているのです。つまり、べつに不思議なものではなくて、あくまで自然の産物だと考えているのです。

もし、そうだとすれば、私たちはいっそう科学を信頼できるはずです。モラルも科学の土俵のなかで論じられるからです。そして、ちょっと頑固なナイチンゲールさんにも、科学の応用としてうまれた新しいテクノロジーの有効利用のただしさを納得してもらえるんじゃないかな。

モラルって大上段にかまえると難しいけれど、その根底には他人への「共感」があると思う。苦しんでいる他人を助けてあげたいという気持ちね。場合によっては、自分の利害に反してでも、他人を助けてあげようというのが道徳心でしょ。

共感にもとづく道徳的な感情は、人間だけじゃなくて社会的動物には少なくとも萌芽的なかたちで見られる、っていうのが進化論の元祖ダーウィンの主張だったの。社会的動物というのは、サルやシカなんかのように、群れをつくって暮らしている動物のこと。ダーウィンはあらゆる能力について、人間とその他の動物とは連続していると考えた。だから倫理面についても人間だけを特別視することはできない、というわけね。

動物行動学の分野では、いわゆる利他的行動はいくらでも観察されています。自分でとってきたエサを独り占めしないで、家族はもちろん、群れの仲間に分け与える行動はそれほど珍しくはありません。

目の前のエサを自分が食べたいという生理的欲求をおさえて、群れのなかの飢えている仲間に与えるというのは一種の社会的行動よね。仲間をかばって、敵とたたかったりすることも同じ。こういう社会的な行動は、動物の群れのなかで記憶されて、遺伝的にもひきつがれる。人間の場合はとくに、言葉であらわされて記憶されると、それがやがて「規範」になっていく。ふつう私たちがモラルと呼んでいるものは、基本的にはこうして共感から発達してきたんじゃないかしら。

さて、こういう社会的行動が定着すると、その群れでは、個体同士の生存競争が緩和されて、互助行為による生存確率があがることになるでしょ。ダーウィンはそこで、血縁淘汰とか群淘汰っていう考え方を示したの。子どもや兄弟姉妹など血のつながった相手につくす利他行動は、個体というより、血族(血縁関係のある集団)として生き残ろうとするメカニズムだというわけ。同じように、群れつまり共同体として生き残ろうとするのが群淘汰。いずれにしても、血族や群れの一員としてものごとを「共感」することがベースとなっているのね。

群淘汰っていう考え方は、今でもけっこう人気があるわ。個体じゃなくて群れという単位で、生存競争がおこなわれると信じている人はけっしてすくなくない。「企業活動は弱肉強食だ、みなさん従業員は一致団結して会社が生き残るために働いてほしい」なんて朝礼で演説する社長さんはたくさんいるでしょ。一昔前は、国家が生き残るっていう考え方が、どこの国でも当たり前のこととして幅をきかせていたみたい。政治家はよく国民の公徳心が大事だと言うけれど、心のすみに群淘汰の考え方があるような気がする。

でもね、残念ながらいまの進化論では、血縁淘汰や群淘汰っていう考え方は否定されてしまったわ。

いまの進化論では基本的に、生存競争で生き残るのはあくまで個体、もっと正確にはDNAの遺伝子なの。子どもにエサをやったりして、血縁関係のある個体にたいして利他行動をするのは、実は自分の遺伝子をふやせるからよ。

たとえば、自分が死んでも、血のつながった兄弟や従兄弟が生き残れば、自分の遺伝子の一部は生き残る。だから道徳的にみえるその行動は、遺伝子の生き残り確率をあげるという観点から合理的に説明できるわけね。

ハチやアリみたいな社会的昆虫も同じ。生殖能力がない働きバチというのは、女王バチの姉妹か娘なの。働きバチがなぜ身を粉にして女王バチのうんだ卵をそだてるかというと、女王バチを守ってその子どもが生き残れば、自分の遺伝子が生き残るから。けっして単なる群れのための奉仕ではないわけね。

　では直接血がつながっていない、同じ群れのなかの仲間にたいして利他行動をするのはなぜか？　これを拡張すると、アリとアブラムシみたいな「共生」、つまり異種の生物同士の協力行動ということもふくまれるかもしれないけれど、ともかく血のつながっていないほかの生物のために一生懸命つくしてやるのはなぜか？　という問題ね。これもいろいろ研究されてきました。

　面倒な議論をぬきにして結論からいうと、「ゲーム理論」をつかってかなり合理的に説明できるらしいんです。ゲーム理論っていうのは、複数のプレイヤーが自分の利得をあげようとゲームをするとき、最適な戦略はなにかを考える数学的理論です。ご存じかしら。

　一例をあげると、自分がたっぷりエサを見つけたときにエサにありつけなかった仲間に一部を分けてあげると、後で自分がエサを見つけられないときにその仲間から恩を返してもらえる可能性があがる、といったこと。そういう互助行動で、自分の遺伝子の生存確率をあげることができるわけです。ここでも、相手の身になって、「たぶん自分に感謝しているだろう」と推測する共感の能力が基礎になっているのね。

　ごちゃごちゃ書きましたけど、要するに大事なのは、ナイチンゲールさんのお好きなモラルも、大きくみれば進化論で科学的、客観的に説明できるということ。

　モラルって、けっして科学を超越している絶対的規範なんかじゃないし、科学技術と矛盾したものでもない。すくなくともそれは、自然のなかで社会的生物がとる合理的な行動から進化してきたものであることは確実なのよ。ただしここで「合理的」っていうのは、「遺伝子が生き残るために有効」という意味ね。

もちろん、人間はいつでも計算して合理的な行動をとっているわけじゃないわ。ゲーム理論の応用問題をいつも解きながら最適行動をとっている人なんていない。それはハチやアリと同じ。社会的昆虫は遺伝的なプログラムにしたがって本能的に行動しているだけで、自分の行動の合理性には気づいていないでしょ。でも客観的に評価するとそうなっているということ。

理想をいえば、もし人間がいつでも自分の遺伝子生き残りのために計算して最適行動をとれるなら、それが一番だと私は思うな。生物としてもっとも自然な行動だもの。

でも私たちはそれほどの知的能力がないので、個々の具体的場面でどういう行動が自分の遺伝子生き残りのために最適なのか、予測することができない。ところが一方、ハチやアリみたいに本能にしたがって決まり切った行動をすればいいというわけでもない。それで、最適行動がわからないなりに、近似的にそれに近い行動をとるようにうながす感情がどうしても必要になる。つきつめれば道徳的感情って、そういうもののことじゃないかしら。

だから、モラルって、人間の科学的知識や知的能力の不足をおぎなうための、いわば中途半端な「間に合わせ」なんだと私は思うの。

ナイチンゲールさんには悪いけれど、昔ながらのモラルをもちだして分子生物学やバイオ・エンジニアリングを批判するのはアナクロニズムだということね。むしろ、新しい科学技術をもっと進めるなかから、新しいモラルの方向性をさぐっていくほうがいいんじゃないかしら。

私たち人間がペットにエサをやって可愛がるのも、一種の利他行動ね。きれいなペットを眺めて心がなごんだり、ペットとの交流で元気になったりすることもあるから、ペットから人間がもらうものもたくさんある。

だから、いいペットがほしいっていう感情をもつことは、けっして悪くないと私は思うな。

遺伝子組み換えだろうが何だろうが、最先端の科学技術でいいペットをつくりだすという企ても、どんどん進めて欲しい。そういうことは、ナイチンゲールさんのお好きなモラルと矛盾しないし、むしろそれをもっと有効にする可能性をひらくんじゃないかしら。


なかなか力作のブログだな。攻撃的な言葉をつかわないところはさすがだが、ついに本気で向かってきた。わがナイチンゲールのブログで相当に頭にきたと見える。

飛躍か……。

バイオ・エンジニアリングによるペット生産から、一挙に優生学による人間改良にまで行くのは、たしかにちょっと乱暴かもしれない。

でもそれなら、ベルデの議論に飛躍はないんですかね。……大いに疑問。

モラルの発生が仮に進化論で説明できるとしても、だからといって遺伝子組み換え技術の応用はすべてただしいと断定するのは、あまりにムチャクチャな技術万能論じゃないだろうか。

とはいえ、ベルデのこのブログにはたしかに鋭い切れ味がある。説得されたり、参っちゃう人もいるだろうな。

そのことを裏づけるように、コメントが二つ付いていた。


すごい。ほんとにスッキリしちゃった。あたしも可愛すぎるペットのキーちゃん(インコ)にラブラブなんです。ベルデさんの言うことはすごい難しいけれど、生意気なナイチンゲールをやっつけてくれてありがと。ナイチンゲールって、大学によくいるヤなタイプの女なんだよね。あたしのことなんかバカ扱いしてるけど、ほんとはあっちがずっとバカなんだって今日こそわかったぞ。

ペプシ子

＊

科学者のはしくれとして科学とモラルについて悩んでいたのですが、ベルデさんの言われるモラルの新しい位置づけに感心しました。倫理道徳的な善悪判断そのものが科学的な議論のなかにおさまる、ということですね。

モラルというのは本来、進化論という科学的議論の内部にあり、単に科学的知識や計算能力が不十分なための「間に合わせ」にすぎない、というベルデさんのご意見に賛同します。

モラルを科学の外部において批判するナイチンゲールさんの意見は常識的でわかりやすいですが、もはや時代遅れではないでしょうか。

飄々タイガー

最初のコメントは相手にしないにしても、二番目のコメントはたしかにこちらの足場の弱さをきちんと見抜いている。

ベルデは思ったより強敵だ。

どう反論しようか。このままでは、何かこちらが主張すればすぐに「古くさい道徳」「反科学主義」の決まり文句をあびせてくるだけだろう。グラスだったらもっと手ひどく攻撃してくるにきまっている。

どうするかと言われれば……僕、多々納蔵人ならあっさり退却する。

勝てそうもないゲームに時間とエネルギーを使うのはもったいないしね。こちらは相当に疲れがたまってきた。

正直、もうガス欠ってところ。

だがナイチンゲールとしては、ここで引き下がるわけにはいかない。

困っちゃったぜ、もう……。

「おい、サイコ、いい知恵はないかな」

思わずそんなつぶやきが出た。

返事はなし。サイコの気配はぜんぜんなし。

……ふと、時計をみた。午後三時二五分。二〇分後には興英セミナーに出勤しなくてはいけない。

おかしい。

僕は朝方六時か七時ころ、寝る前にベランダの窓をすこしあけておくことが珍しくない。午後三時に起きて、三時四五分に出勤するときにベランダの窓をロックする。この間、ロックはかかっていない。なぜなら僕が眠っているとき、サイコが自由にベランダの窓から外へ出ていけるようにするためだ。でも、サイコはいつも僕が目覚めるときにはかならず部屋にもどってくる。そういう習慣なのだ。

だが、今日は姿がない。

ベッドルームにも玄関にも気配がない。もともと狭くるしいマンションだが、念のために、キッチンやベランダなど、あらゆるところを探してみた。

どこにも見つからない。帰りが遅れているのだろうか。

このままベランダをロックして出勤すると、戻ってきたサイコはマンションに入れなくなってしまう。

……困ったな。

もはや時計は三時五〇分をさしている。僕はベランダの窓のロックをせずに町に出た。

第八章 サイコの失踪

一週間たっても、サイコはもどってこなかった。

あの日以来、昼も夜も窓のロックはずっとかけていないのだが、室内はもちろんベランダにもまったく気配がない。

はじめは、あの甘ったれの浮気猫め、気分転換に外をうろついているだけだろう、と高をくくっていたのだが、だんだん不安がつのってくる。

外出先から帰ってきてマンションのドアをあけるときは、今日こそ戻っているのではと、苦しいほど胸がときめく。またダメかという失望をこらえる。

誰もいないマンションで、ベランダのあたりに物音はしないかと耳をすませつづけながら一晩をすごす。音がでるのでテレビやCDプレーヤーのスイッチをいれる気にもなれない。うらぎられる期待でぬりつぶされていく刻一刻。その重量感は、日ごとに増していくのだ。

近くに狭い公園があって、そこの砂場のあたりで猫の姿をみかけることはすくなくない。もう一〇回ちかく足をはこんでみた。

恥ずかしさをこらえて駅前の商店街で聞き込みもした。新聞配達店の店主が、猫を飼っているお年寄りが多いという一郭を教えてくれた。一昨日はそのあたりを何時間もぐるぐる歩きまわり、すっかりくたびれてしまった。

あとはどんな方法がのこっているだろう。古臭いやり方だが「迷い猫」のビラでもつくって、近所の電柱にでもはってみようか。あまり効果はなさそうだけれど。

ナイチンゲールのブログにサイコの写真をはって、「尋ねネコ」の文章を書いてみることも考えた。でもブログの読者でこのあたりに住んでいる人は、たぶんわずかしかいないだろう。

今さらながら、自分とあの猫との関係を思いめぐらしてみる。

サイコとは僕にとっていったい何なのか。

興英セミナーの校長がインストラクターに持ちかけてきた成り行きであの猫を飼うことになったのだけれど、もともとは単なる偶然だった。ネネをべつにすると僕はペットなんて飼ったことはないし、とくに猫好きというわけでもない。世話をするのが面倒だなと思うこともけっこうある。

僕は僕で暮らしているし、サイコはサイコの世界で生きている。おたがいに干渉はしない。僕たちは平和に同居してきた。きれいな猫だし、もちろん可愛いとは思っているけれど、よくいう「溺愛」からはほど遠いのだ。

それなのに、こうして居なくなってみると、いいようのない欠落感がある。まるで体の一部をナイフでえぐりとられたようだ。胃もひどく痛む。

なぜだろう？

興英セミナーでの授業は、やすまず毎日つづけている。ただ、どうにも授業に集中できない。ときおり、ふっと思考の糸がとぎれてしまう。

今日も、教室で受講生を前に話しながら、頭のどこかでサイコのことを考えている。

マンションに帰ったとき、サイコがもどっていればいい。だがもし、もどってきていなかったら、今度はどこを探したらいいのだろう。もうめぼしいところは、ほとんど探しまわったのだけれど。

授業に熱がこもっていないこと、うわの空なことに、数日前からどうやら受講生も気づきはじめたようだった。ついさっきも、ぼんやりしていてハッと気がつくと、受講生たちはみな、不思議そうに、あるいは不満そうに、こちらをじっと眺めている。まじめな神奈石舞などはあきれたような顔つき。

我にかえった僕は、あわてておざなりの質問をした。

「What did you do today at school?」

受講生たちは口々に、勉強や部活のちいさな報告をする。それをただ聞き流していく。

ところが急に神奈石舞がみょうなことを言いだしたのだ。

「I saw crazy cats.」

「At school?」

「No.」

舞はいきおいよく頭をふる。

やれやれ、クレージーキャッツか。最近は視聴率かせぎのためか、この手のレトロ番組がすくなくない。何十年か前には有名だったらしいけれど、とうに解散して、主要メンバーはこの世にいないお笑いバンドだ。五十がらみの年代にとってはなつかしいだろうが、中学生の舞がなぜそんなことを言うのか。

「You saw them on TV, didn't you?」

「ええっ?……ちがう」

舞は目をまんまるくした。

「I saw crazy cats. ……あのう、学校の帰りに、頭のおかしい、っていうか、へんな動きをするキチガイ猫が何匹もいたんです」

「What do you mean?」

問いかけてから、キーンと体の芯に電撃のような痛い刺激がはしった。勢いこんで問いかける。

「Where?……きみ、いったいどこでその猫を見たの」

「Water……ええっと、Old water clean……」

「浄水場跡のあたり？」

「Oh, yes.」

わかってくれたのかと、舞が嬉しそうな声をだす。

浄水場というのは「water purification plant」だ。でもそんな単語を教えるより、僕はすっかり動転してしまった。

街はずれに古い浄水場の跡地がある。施設はずいぶん前に使用中止になったらしく、水はもう張ってない。再開発されていないじめじめしたところで、大型ゴミが不法投棄されたり、無人の事務所跡にホームレスが寝起きしたり、不良や暴走族がたまり場にしたりして、おさない子は近寄らないほうがいい荒れはてた一郭という印象があった。

あのあたりはまだ探索していない。まさかサイコがさらわれて、いたずらでもされたのではないだろうか。鬱屈した少年たちが、おもしろがって小さな動物をいじめるのは、めずらしいことじゃない。

「俺も見たよ。浄水場跡で」

おどけ者の乾翔一が口をはさんだ。

「……すげえ、狂猫病っていうのかな、あいつら。白目むいて、ヨダレたらしながらふらふらしてやがんの。こういうかっこうで仰向けになってさ、足つき出して痙攣させてるのもいたよ。フギャア、フギャア……」

と、翔一は顔をしかめ、手足をぶらぶらさせる。教室中がどっとわいた。

「やめなさい」

たぶん声のどこかに、きびしい調子がこもっていたのだろう。びっくりした翔一は、おびえたように体をかたくして縮こまる。

「あのさ……これは授業とはあんまり関係ないけど」

僕は背筋をのばした。

「大事なことだからきみたちに言っとく。その猫は病気かもしれない。自然に病気になったなら仕方ないけど、人間に捕まって、むりやり傷つけられたのかもしれない」

教室はしずまりかえった。

なぜかするすると、ノドから言葉がでてくる。教室ではあまり雑談をしてはいけないことになっているし、僕もいつもは、授業と無関係なことはほとんど話さない。

けれど、今日はとくべつだ。

——人間は、動物や植物を勝手気ままにあつかっている。品種改良と称して、自分たちの都合のいいように交配させたり、生物種を変化させて新種をつくりだしたりする。食料にするためならある意味で仕方がないが、愛玩用のペットとして売るためにそういうことをする連中がいる。これはぜったいに許せない。とくに最近は、DNA遺伝情報を操作して、おどろくような新種をつくりだそうというバイオ・エンジニアリングの企てもあるようだ。コンピュータ工学と分子生物学の研究がむすびついたプロジェクトだ。もうかるビジネスらしいが、何とおそろしいことだろうか。生態系そのものが狂ってしまうかもしれない。それに何より、僕たち人間も動物や植物とおなじように一種の生命なのであって、生命をオモチャにしてはいけないのだ。

受講生のまえでそう演説している僕は、いつもの気の弱い多々納蔵人ではなかった。雄々しいナイチンゲールだった。つまり僕はいつのまにか、ナイチンゲールの言葉をみんなにつたえる、いわば「リアル空間のアバター（化身）」みたいな存在としてふるまっていたのだ。

……だが、アバターへの変身はいつまでもつづかない。

ふと気づくと、受講生はみな、ぼんやりとこちらを見つめている。無理もない。理解できっこないようなむずかしい話をえんえんと聴かされているのだから。

さすがに僕は照れ笑いをうかべた。

「だからさ、みんなに言いたいことは簡単なんだ。Do not play LIFE. 生命をオモチャにしちゃいけない。それだけ。……さて、テキストにはいろうか」

「Why can't we play life?」

突然、誰かが口をはさんだ。驚いて顔をあげる。

まっすぐにこちらを見つめているのはアオイ。いつもの整いすぎて人形めいたマスクとちがって、眉がつりあがり、目がぎらぎらと異様にひかっている。

そうだ、アオイは「ひよこっぴエボリューション」ゲームがお気にいりだった。これはちょっとしくじったかな。

僕はなだめるような声でいった。

「Of course you can play LIFE GAME on a cellphone. You can enjoy your Hiyokoppi Evolution Game. No problem. 心配ありませんよ。僕がいってるのは、ほんとうの動物で遊んじゃいけないってこと。ゲームなら問題ない」

「What's the difference?」

ムチで打つような声音。僕はとまどって口ごもった。いったい何をいいたいのか。

「A real animal is also a kind of information system—DNA genetic information system, isn't it? There is no sharp line between living things and machines.」

ほう。なるほどね。

このアオイという娘は、りゅうちょうに英語を話すだけで、脳味噌はピーマンの中身みたりにスカスカの、よくある帰国子女の一タイプかと思っていた。けれど、どうやら間違いだったようだ。

ひょっとすると、さっきの僕、いやナイチンゲールの演説を、アオイはかなり理解していたようにも思える。ひよこっぴエボリューションのことだけでなくて、もっと深遠な問題意識をもっているのかもしれない。生物と機械を厳密に区別するのはむずかしい——この主張に正面から反論することはなかなか厄介だ。

まともにここでアオイと英語で論争をはじめたら、面倒なことになる。しゃべるスピードではとてもかなわない。それにほかの受講生はすっかりおいてけぼりにされてしまう。

僕は余裕をみせて微笑した。

「みんな、早口だったのでわかりにくかっただろうけど、雲井さんは、ほんとうの動物だって遺伝情報のシステムという意味ではゲームのキャラと違わない、って言ったんだ。ほら、雲井さんはいま、ケータイのひよこっぴエボリューション・ゲームにはまってるだろ。だからそう思いたくなるのも無理ないな」

立花朋絵がおおげさにうなずく。

「でも、僕はやっぱり少しちがうところがあると思うんだ」

一息ついて、受講生全体をゆっくり見わたす。

硬い表情をくずさないアオイをのぞいて、ほかの受講生はあきらかに僕の言葉に耳をかたむけている。

「……僕は猫を飼っている。かっこいいシャム猫。そして、雲井さんはケータイのなかで可愛らしいひよこっぴのキャラを育てている。そこは同じだ」

アオイのほうを見ながら、僕はおだやかに語りかける。

「I love my pet — a very pretty cat. How about you, Aoi? Do you love your digital pet?」

あきらかに敵意をみせながら、アオイは黙っている。僕は無視してつづける。

「それで、もし大好きなペットが死んじゃったら、どうなのかってことだ。Suppose that the nice pet died, what would happen?……You can make your pet revive. But I can't. That's the difference.」

その瞬間、アオイが歯をむきだしてキイッと嗤《わら》った。

「Silly!」

〝悪魔のような嗤い〟とは、こういうのをいうのだろうか。唇がみにくくめくれあがり、目から陰険な火花が散った。

そのとき僕の足先から頭のてっぺんまでを走り抜けた感情は、いったい何だったのだろうか。怒りだったのか、それとも恐怖だったのか。

その感情に背中をおされるように思わず教壇をおり、アオイに向かって一歩踏みだす。

「何だと？　いまなんて言った？」

だが相手はこちらの大声をはじきかえすように、立ちあがってもう一度叫んだ。

「Silly!」

「What I mean is……」自分でも冷静さをうしなっていることはわかった。もう英語なんかめんどうくさい。

「要するに……要するに、だ。きみのペットなんか、リセットすりゃまたいくらでも生き返るだろ。でも僕の猫はそうはいかない。絶対にそうはいかない。そこがちがうんだよ。機械と生きものの差なんだよ。……わかんないのかな、きみには、ええ？」

そのとたん、相手のけたたましいベルにスイッチがはいった。

「You're…conservative…death…traditional…out-of-date…biological-mechanics…commonsense…old-fashioned…moral…humanism…scientific-progress…molecular-biology…computer-simulation…bio-engineering…」

なんとか聞き分けられた単語はそんなものだった。

アオイは両足をふんばり、胸をはってこちらを正面からみすえながら、猛スピードで英単語をまきちらしている。

僕は呆然として、英単語がでてくるその唇をながめた。内容は正確にはわからないけれど、ベルデかグラスのブログを機械翻訳して、高速で音読させればこんな風になるのかもしれない。

それにしても、この唇はいったい排泄口なのだろうか。臭い物質を肛門から出すだけでなく、唇から有毒情報を噴出するように、この娘の体はできているのだろうか。

……ようやくベルは鳴りおわった。

トン、と音をたててアオイが椅子に腰をおろした。

教室にただよっているのは、気味のわるい沈黙。

「OK. I understand.」ゆっくり教壇にもどりながら、その沈黙をたちきるように僕はよわよわしく、小さな声でいった。

「雲井さんの意見もわかるけど、難しい問題だ。また機会があればみんなで議論しましょう」

「No. You don't understand.」

と、勢いよくベルがもう一度鳴った。

「どっちが英語の先生だよぉ」

誰かがヤジをとばした。翔一かもしれない。僕は歯をくいしばった。

帰国子女だからって、ちょっと英語がしゃべれるからって、ちょっと顔がいいからって、調子にのるんじゃない。オレがsillyだと？　なめてんのかテメエは。出ていけ、このクソガキが。

……そう叫びたかった。でももし叫んでしまえば、受講生たちは僕をバカにするだろう。すでに教室のなかに僕にたいする不信の空気がうまれはじめている。

それどころか、下手をするとこの職をうしなってしまうだろう。

僕はもともとそう英語が得意なわけじゃない。アメリカに行ったこともない。成り行きで英文学科に入学したけれど、文学はわけがわからないから嫌いだった。そこで国際コミュニケーションのゼミをとって、三年くらい英会話学校に通った。それだけだ。入社試験の履歴書には英会話が特技と書いたけれど、面接のプロに実力を見やぶられて、けっきょく全部落ちた。

でも興英セミナーのインストラクター採用面接試験では見やぶられなかったのだ。英語には不自由しません、ネイティブとほとんど変わりありません、というウソを。こんな見えすいたウソを信じる校長はアホだ。あいつはぜんぜん英語を話せない。ところが、まさかネイティブなみの帰国子女が入学してくるとは……。

つとめて冷静な風をよそおって、僕は軽くわらった。

「問題は英語じゃないんだ。内容さ。Aoi, then how can we understand each other?」

アオイはにっと歯をむきだすと、きっぱりした口調でいった。

「OK. I tell you. You'll understand what I said after the DEATH of you pet.」

「…………」

もう一度、若い魔女は断言した。

「Your cat shall DIE!」

そのとき、何かが僕の脳のなかではじけたようだった。衝撃で体の芯に青い火がつき、その見えない青い炎は、じわじわっと皮膚を透過して教室をみたし、さらに窓ガラスを透過して街の空間へとひろがっていった。

アオイへのつまらない憎悪ではない。むしろそれはサイコの運命への危惧だった。いやもっと正確にいえば、サイコと僕をまきこんでいる、何かしらもっと大きい、ある理不尽なものへの憤怒といったほうがいいだろう。

「出ていってください」

低い声で僕はいった。アオイは黙って座ったまま動かない。

「きみが出ていかないなら、僕が出ていく」

三〇秒くらいが経過した。

白板に書いた文字をきれいに消し、教壇のテーブルにおかれたサインペンをきちんとそろえてから、ゆっくり僕は教室をあとにした。

まだ日は暮れていなかった。

とはいえ、初冬の陽射しはよわまって、街路をゆきかう人の影がながく尾をひいている。あと三〇分もしないうちに、すっかり暗くなるだろう。

急がなくてはならない。浄水場跡の照明は貧弱なはずだから。

もちろん、そこにサイコがいるという保証なんてありはしない。でも、もしまだ生きているとすれば、浄水場跡に捨てられているにちがいないという確信のようなものがあった。

コートのボタンを首まできっちりかけて、足を速める。その一方で、頭のなかではさっきの出来事がぐるぐるまわっていた。

アオイにとってサイコとはなんだろう?

あの自信にみちた口調は、まちがいなく僕の猫の死を予告していた。あの娘は〝何か〟を知っているのだ。

……いや、そんな馬鹿な。

サイコの失踪以来、僕は半分ノイローゼになっている。あんな中学生一人に何ができるっていうんだ。落ちつけ。

それにしても、生きものも機械も情報をあつかうシステムという意味では同じ、という考えはずいぶんポピュラーなんだな。ベルデやグラスだけじゃなく、アオイみたいな中学生や、世間のみんながだんだんそう思いはじめているんだ。

あの連中からみれば、この現実世界、騒がしい初冬の東京の黄昏のありさまも、一種のサイバー空間みたいなものなんだろう。そこでは生きものと機械とがどこまでも細かくからみ合い、入り交じっている。

二一世紀には微少なＩＣチップが職場にも家庭にも街のなかにも、およそいたるところに埋めこまれるようになると、誰かが言っていたな。ユビキタス生活環境というのだろうか。そうなれば、ますますサイバー的な現実の実感がわいてくるというものだ。

ケータイをかけながら忙しそうに歩いている人々。こうして僕のわきを通り過ぎていくたくさんのクルマ。

たった一台のクルマのなかに、コンピュータが何十台も入っているそうだし。

あの連中は、そういう現実こそが「自然」なのだと、おごそかに定義する。

だから機械は自然に対立した存在ではなくなる。生きものが自然だとすれば、人間のつくった製作物も自然の一部。機械はスマートでなめらかな粒子となって、サイバー的な自然のなかに溶けこんでしまう。

アオイにとって、サイコとは一種のデジタル記号。情報の断片。だからたとえサイコが死んでも大した意味はない。デジタル記号の削除でしかないわけだ。

そしてたぶん、アオイからみると、僕もけっきょくはデジタル記号、情報の断片でしかないんだろうな。

まあ、当たり前のことだ。あいつの頭のなかでは、生きものはすべてデジタル記号みたいなものなんだから。

ふつうの人間は、目のまえの相手の皮膚の下になまなましい「生きものの世界」があると思っている。自分と同じように相手も、仕方なく生の修羅場に投げこまれ、取り返しのつかない刻一刻を自分と共有しながら、なんとか手さぐりで生きているのだと、本能的に信じている。

でもアオイはそうではないんだろうな。あの娘は一種のサイバー的なロボットだ。頭のなかにコンピュータがあって、そこではふつうの人間とはちがう、もっと効率的で客観的な処理をしているにちがいない。

そういえば、あの娘のうつくしさには、どこか非人間的なところがある。あのプラスチックめいた皮膚の下には、いったい赤い血がながれているんだろうか。

僕はアオイの染みひとつない半透明の肌と、精密にレーザーカットされたような目鼻立ち、そして計算されたバランスをもつ細身の体型を思いだした。

じゃあ、あの娘をあんな風に作り上げたシステム開発者はいったい誰なんだ？　雲井翠とかいう母親じゃないか。

アオイはサイコについて何かを「知っている」というより、何らかの事実データを脳内の記憶装置にインプットされたんだ。まるでロボットがプログラムを処理するように、事実データにもとづいて破壊を宣告したんだ。アオイのさっきの目の色は、この世の生き物のものじゃない。あの娘は生き物という存在を絶対に理解できない。ところで、事実データをインプットしたのはいったい誰か？

……これもまた、母親の翠にちがいない。なんとなくそういう気がする。初対面のときから、あの二人はどこか奇妙だった。あの親子のあいだには、たぶん自然で動物的な感情交流なんて存在しない。あるのは正確無比なデータ交信だけ。つまり二人の関係は非人間的なものなんだ。

世間では、非人間的関係は「疎遠な関係」ということになっている。でもそんな決まり文句は雲井親子には通用しない。だいたい、あの二人くらい親密な親子関係はないだろう。まさに機械的な接合関係。カチッと一体化する複合情報システム。

でも、そんなのは正常な関係と言えるんだろうか。

親子のつながりとか愛情とかいうのは、単なるDNA遺伝情報の関係だけじゃないはずだ。コンピュータ同士の乾いた信号の交信とはぜんぜん違うもの――たとえば、深い冥《くら》い沼の底でゆらめいている波どうしの妖しい共鳴みたいなものじゃないんだろうか。

あの親子はそういう共鳴のかわりに、無色のデータ交信だけをおこなっている。一種の化け物だ。だからこそ、アオイはさっきみたいな反論をしてくるんだ。

親子関係。遺伝情報。愛情。――からみあって、頭が痛くなってくるな。

ところで、じゃあ僕はどうなんだ？

僕の体のなかではたぶん、平先生から遺伝的に伝えられた何ものかが、今もなまなまと蠢《うごめ》いているんだろう。

脳のなかの共鳴。どれほどむかついても、そのことを認めないといけないのかな、生物として。

そう言えば、ナイチンゲールの文章のなかには、どこか平先生のパワフルで押しつけがましい口調がまぎれこんでいるような気もしないではない。

不意に赤黒い異物が胃腸をぶるんと揺らしたような気がして、僕は思わず跳びあがった。


……ブウォー、キ、キーッ。

ものすごいクラクションとともに、すぐ脇で軽トラックが急ブレーキをかけた。

「何やってんだ、バカ野郎」

ドライバーが窓から顔をのぞかせて僕をどなりつける。こちらはあっけにとられて立ちすくんだまま。見れば信号は赤だ。

あわてて交差点をわたる。

もう陽はかなりかげって、町の様子はせかせかとさわがしく、なにかしら非情で酷薄な感じがした。

危ないところだった。

僕の体内には、アオイとちがってふつうの赤い血がながれている。もうすこしで、つめたいアスファルトの車道にたたきつけられ、全身から血と肉片を飛び散らせてのたうちまわるところだった。

それが生きるということじゃないか。

そうだ。……人間も、その製作物も、たしかに自然の一部かもしれない。だが、あの連中のいう自然は「生きている自然」じゃない。くりかえしのきく「機械的な自然」だ。ニセの自然だ。その差に気づくことが大切なんじゃないのか。

いったい人間はいま、ほんとうに生きているんだろうか。

あの軽トラックのドライバーにしても、仕事の時間に遅れないようにと目がつりあがっていた。赤信号でとまるという機械的行動からちょっとでも外れると、どなられたり、クルマにひかれたりすることになる。

人間は自分で自分をロボットみたいな機械的存在にしようとしている。〝客観的評価〟なんてまぼろしを信じて、きまりきった行動をし、きまりきった言葉をしゃべり、きまりきった死にむかって生を消耗している。

そのくせ、個性だの自由だの恋愛だのがこの世に存在すると、すくなくともそれを求めるべきだと思いこんでいる。アホまるだしだ。

平先生は母親らしく、僕に恋人がいないことを心配している。でも、女の子なんてみんな「おんなじ」じゃないか。ホテルにいこうとしきりに僕を誘惑したK子とおんなじ。デジタル記号的な映像情報が女の子の実体というもの。

K子は生きていない。もしK子が「生きている」なら、低能な脚本家のつくった下らない台詞《せりふ》をコンピュータみたいにくりかえしたりしないはずだ。あの子の頭のなかの記憶装置には、テレビの映像情報しか書かれていない。そして股の奥にある卵巣のなかには、DNA遺伝情報しか書かれていない。

もちろん、僕だって大きな顔なんてできないさ。

だからつつましく暮らしている。ふだんは赤信号できちんと止まる。おとなしい空っぽのデジタル記号的存在でありますよ。

けれど、女の子よりは、まだ猫のほうがましだ。猫はテレビをみない。その分、すこしでも「生きている」といえるだろう。

……サイコ。

急に僕は駆けだした。

浄水場跡についたときには、もう陽はだいぶおちていた。だが周囲には低層ビルや人家もかなり建てこんでいるし、道路の照明もあかるいので、そう危険な感じはしない。

かなり大きな施設だ。まわりには金網のフェンスがめぐらしてあり、なかをのぞくと、高さ二メートルくらいのコンクリート壁がずっとつづいている。暴走族のしわざだろうか、フェンスの一部が破損して倒れかかっているので、たいして苦労なく施設のなかに入ることができた。

さすがに足下はくらい。さっきコンビニで買った懐中電灯で照らしながら、コンクリート壁にそって慎重にあるく。この壁は貯水槽の一部だろうか。

砂利がしきつめてあるせいか、そう歩きにくくはない。新聞紙や空き缶、ポリエチレン袋、やぶれたタオルなどがぽつぽつ転がっているていどだ。ところどころに照明のポールがたっている。全部で二〇本くらいはあるだろうか。このポールは比較的あたらしい。たぶん、浄水場が使われなくなったあとに、役所が防犯や安全のために建てたのだろう。

消えている照明も幾つかあるけれど、ついている照明のあたりはボオッと青白い蛍光がひろがっている。今日はよく晴れているので、紺青色の空に貧しげな都会の星がところどころ光りはじめた。まわりの道路を通りすぎるクルマの排気音が唸っているほか、あまり物音はしない。

たちどまって、あたりを見まわす。この廃墟にただよっているのは、どこか奇妙な、ある種の幻想感のようなもの。

ふと異界にまぎれこんだような気がして、僕はたちどまった。わざわざこういうところにやって来るのは、いったいどういう人間なのだろう。ここに捨てられた猫はどんな気がするのかしら。

ここは、生きものの時間が、ぷつんととぎれてしまう、そんな場所。

過去から未来にむかう時間、すーっと流れていた時間が、急に音をたてて不協和音をたてはじめる。脳髄のなかで時間がふしぎな逆回転を開始した。まるで少年の頃にもどったような感じ……。

自分で頬をたたき、思いきり深呼吸をして、僕はふらついた意識を戻した。

ぐずぐずしてはいられない。真っ暗になるまえにサイコを探索しなくてはいけないのだ。急がなくては。

ようやく階段がみつかった。

コンクリート壁の一部がけずられて急な階段になっている。そのすぐわきに平屋の百平米くらいの建物がある。なかにホームレスが寝起きしているのかもしれないが、一見したところ人の気配はない。これは事務所の跡だろうか。

階段をのぼると視界がひらけた。

思わず息をのむ。

貯水池らしきものの跡だ。ナベ底みたいな形で、ひろさは学校の体育館くらいは十分あるだろう。水はもうぬかれている。深さは五、六メートルくらいか。なだらかなスロープで底まで行けるようになっている。

右手のほうには、コンクリートのおおきな塊がごろごろしていて、曲がりくねった鉄骨のようなものも見える。浄水用機器の撤去跡だろうか。

けれど、異様な光景はむしろ左手のほうにひろがっていた。

積み重ねられているのはおびただしい廃棄物。冷蔵庫、テレビ、洗濯機、エアコンなどの電化製品もあるが、タンスや椅子、机などの家具類もすくなくない。自転車やオートバイのたぐいも見える。こんなにたくさんの大型ゴミをいっぺんに持ち込むことはとても無理だ。何年にもわたって不法投棄されつづけたにちがいない。ここでは夜間の投棄を監視することも難しいし、量がおおすぎて簡単には処理できない。住民から文句もでないので、役所もとりあえず放っておいたのだろう。

スロープをおりて、ゴミの山に近づいていく。

あちこちに水たまりができていて、でこぼこもあり、足場は悪い。面白いことにゴミは一面に散在しているわけではなく、いくつかの小山にまとまって積まれている。

高いところは二、三メートルもあるだろうか。すごい量だ。大型ゴミだけでなく、普通のゴミ袋もたくさん不法投棄されている。ガソリンと生ゴミと糞の臭いがまじったような、ツンと鼻をさす異臭がする。

猫を捨てるとすれば、ここに捨てるにちがいない。生ゴミと一緒に。とすれば、サイコはこのあたりにいるはずだ。

荷物はデイパックに入れてある。左手で鼻と口を覆い、右手の懐中電灯で行く手を照らしながら、すこしずつ探索していく。

けれど、猫はおろか、生きものの姿はまったく見あたらない。足音がしたので隠れてしまったのだろうか。

舞や翔一はどこでおかしな猫を見たのだろう。たぶん、この浄水場跡の中ではなくて、周りの道路じゃないかな。このゴミ山にある有害物質なんか食べていれば、体調が狂ってしまうのは当然だ。

――これもまあ、「自然」だ。ちがいますかね。ベルデさん。

大声で、そう毒づいてみる。

……だんだん疲れてきた。もう日は完全に暮れた。照明の青白い光もここまではとどかない。頼りは懐中電灯だけ。

仕方がない。そろそろ帰ろう。

そのとき足もとがぬるっと滑った。

踏みつけたのは死体——猫の死体。

ぎゅっと心臓がとまりそうになったが、照らしてみると黒猫だ。黒い腹から液体のようなものが流れだし、固まっている。

おい、驚かすなよ。

息をととのえながら、たちどまり、天をあおぐ。

星はさっきよりずっとハッキリしてきた。ダークブルーの空が今日はなぜかひどく神秘的にみえる。おなじ「自然」なのに、この地上がこんなにうす汚いのはなぜだろう。

……そのとき、僕のなかで逆転しはじめていた時間の伏流が、なにかをさぐり当てた。現実の時空がどんどん遠くなって、かわりに既視感《デジャヴュ》の時空がゆらっと目のまえに浮かびあがる。

あたりは荒れはてた庭のような空間。

古い廃車があちこちに乱雑におりかさなっている。ボンネットが開いたままのクーペ。横倒しの軽トラック。タイヤのなくなった四輪を空中にさらして、さかさまに転がっている廃車もある。そうかと思えば、大小のタイヤが積み重なって小山をつくっている。むこうにはボッと赤い照明がついて、トタン屋根のコンクリート建物が船みたいにうかんで見える。

大勢の足音と、グゥオン、グゥオンという吠え声とがどんどん迫ってくる。

ああ、そうだ。

僕はネネを抱いて、その命をすくうために夜の街を一生懸命にげてきたんだ。長いあいだ、息をきらせながら、一生懸命にげまわってきた。

でも追っ手は手ごわかった。なにがなんでも殺そうと追ってくる。ついに廃車のてっぺんにまで追いつめられた僕のかわいそうな猫。

そうか、お前はここにいるんだな。

――でておいで。隠れていないで、でておいで。ごめんよ、ようやく助けにきたんだ。ぼくだよ。おおい。

精一杯、大声をだす。

しきりに涙がながれる。

…………

まさしく求める実体はそこにいた。

高さ二メートルくらいの大型電気冷蔵庫の天板のうえに、サイコがちょこんと乗っている。ダークブルーの夜空を背中におって、こちらをだまって見下ろしている。すらっとした姿はとてもきれい。

その姿をみたとき、僕はすっかり理解した。

いったいなぜ自分があんなに辛い夢を見つづけてこなくてはならなかったのか、を。

ネネが、またサイコが、なぜ自分の人生のなかに現れたのか、を。

その存在が自分にとってどういう意味をもつのか、を。

偶然のように思えた出会いは、必然だったのだ。

僕はからっぽの情けない人間だ。ナイチンゲールのふりをしてウェブのなかで正義派ぶるくらいしか能のない、デジタル記号と変わりない存在だ。なんのために、なぜ生きているのか自分でもよくわからない人間だ。

けれども、ネネが、サイコが、この地上で一回かぎり生きるとはどういうことなのか、それをおしえてくれる。

そっと手をさしのべた。

一瞬ためらってから、サイコはしずかに手のなかに入ってきた。僕はその温かいかたまりをやさしくコートの下にいれた。

第九章　PLAXというブログ

もどってきたものの、サイコの様子は痛々しかった。

帰宅して明るい照明の下でその姿をみたとき、僕は誰かにノドから手を突っこまれて胃のなかを乱暴にかき回されたような気持ちがした。

黒っぽい油や泥があちこちに付着し、白くつややかだった毛並みは汚れきっている。もともと手足が長く、ふつうの猫よりほっそりしていたのだが、ひどい痩せようだ。数日のあいだほとんど何も食べていないのだろうか。これでは、お世辞にも校長の宣伝文句の「ふくよかなシャム猫」からほど遠い。

何より無惨なのは、首から上である。左耳から額にかけて打撲を受けたようにはれあがり、ご自慢のブルーの目も、左右が非対称になっている。そのためか、全体におっとりした甘い気品が消えて、暗くとげとげしい、陰惨な感じの顔つきに変わってしまった。浄水場跡で他の猫とひどいケンカでもしたのだろうか。

ともかく憔悴がはげしく、ぐったりしている。

いつもの皿に猫用のミルクとお気に入りのプレミアム・キャットフード、そして特別にまぐろの刺身も入れてやった。けれどあまり口をつけず、すこしミルクをなめただけで、そのまま眠りこんでしまった。

目をつぶり、体を丸くして身じろぎもしない。僕はベッドでつきそってやりながら、チョコレート色のゆがんだ鼻面をながめる。昔はあれほどすっきりした形だったのに。

どうやらあちこち怪我をしているようだ。うずくまっているのではっきりしないが、お腹の毛皮に塊のようにこびりついている赤黒いものは血のようにも見える。

目を覚ましたのは、それから数時間あとのことだった。

すこしは元気になったのだろうか。耳をそばだて、きょときょととあたりを見まわし、ときおりビクッと体をふるわせる。ベッドのシーツをがりっと引っ掻く。何かを警戒しているそぶり。

様子がおかしい。

近づいて呼びかけてみる。

ところがサイコはまるで僕がいないかのように、ブルーのうつろな眼差しで壁のほうを見ているだけ。無表情なまま、じっとしている。

幾度呼びかけても反応しない。あれほど甘えん坊で、機嫌のよいときなど、しつこいほどまつわりついてきたのに、どうしたことだろう。

いったいこの猫はほんとうにサイコなのだろうか？

いやいや、まちがいない。左耳のうしろからノドにかけて、薄青い星形の斑点がある。僕はそっと斑点をなでてやろうとした。いつもそうすると喜ぶのだ。

……とたんに、サイコの毛がさかだった。

ギャオウと歯をむきだしていきりたつ。

僕が手をひっこめるのと、サイコが爪をたてるのとほとんど同時に見えた。だが、向こうのほうがわずかに早い。

右手の甲に鋭い痛みがはしる。

けれども僕が動転したのはそのことではなかった。

サイコの頭はチョコレート色なので、僕はその頭についている細長い黒っぽい塊を、ただ泥がついているのだと思いこんでいた。けれど、サイコが毛をさかだてて唸ったとき、ちらりと見えたのは、長さ数センチの赤黒い、深い傷跡。

ズキン、と体のなかで何かがうずいた。その痛みの質が中学生のときに記憶にきざまれた痛みと共通するものであることを、僕はみとめざるを得なかったのだ。


翌朝、僕はサイコを近所の動物病院へ連れていった。

口が大きくて額がはげているせいか、オランウータンそっくりに見える六十がらみの獣医は、サイコを簡単に診察してから眉をしかめた。

「これはかなりひどいですな」

「病気……ですか」

「いや。傷をね、ちゃんと処置していない」

「処置？」

オランウータンがあきれたように低くうなった。

「あーんと、おたくが飼い主ですよね？　これはかなり高級な猫ちゃんだし、その辺をうろついている野良猫じゃない。それにしても、いったいどこで手術したんですか」

「…………」

獣医はちょっと疑い深そうな顔でこちらを眺めたが、僕の要領をえない顔を見て大きくため息をつくと、ゆっくり説明をはじめた。

サイコは一週間ほど前に腹部の手術をうけた痕跡がある。いちおう縫合してあるが、やり方がいい加減だ。傷口が化膿している。位置からすると、避妊手術で卵巣と子宮を摘出したのだろう。よくやる手術だが、ふつうはそのあと、傷口をなめないように首にカラーを巻く。そういう処置もされていない。そのせいか、この猫は自分で傷口をなめて、糸を食いちぎった可能性がある。

「メス猫の避妊手術代はね、だいたい二万円から四万円くらい。それほど高くはありませんよ。でも、その代金が惜しい飼い主もすくなくない。それでモグリの素人医者がはやる。五千円か一万円で引き受けるみたいですがね」

避妊……卵巣と子宮の摘出。ネネと同じことが起きた。またもや、僕は自分の猫を守ってやることさえできなかったのだ。

オランウータンは、こちらがサイコに安いモグリの避妊手術をうけさせたと思っているにちがいない。でもそんなことより、僕は気持ちがずんずん沈みこんで、スリッパをはいている冷たい足裏をのたうっているような、猛烈に情けない気分だった。

「いや、腹部の化膿だけならそれほど心配はありません。この状態ならまだ何とかなるでしょう。ただ」

そう言うと、獣医はくちびるをかんで首をひねった。

「……気になることがあります。もう一つ傷口があるんですよ」

「頭ですか」

「ええ。いったいこれは何の手術なのかな。あーんと」

オランウータンは、もういちど低くうなってから、僕の目をじっとみつめた。

「目的ははっきりわからないけど、頭蓋骨を切開した跡がある。脳腫瘍でも取りだしたみたいだ。飼い主さんにも心当たりはありませんか」

あのとき何と返事したのか覚えていない。たぶん黙っていたのだろう。

急に失踪したとか、浄水場跡で見つけたとか、そんな経緯をしゃべったところで、どうなるというのだ。事態がよくなるわけでもない。

ただそれ以来、頭蓋骨の切開というあまりにいたいたしい言葉が、僕の脳のなかをいやな軋《きし》み音をたてながら飛びまわりはじめたことだけは、はっきりしている。

オランウータンは入院を勧めたが、僕はすぐ断った。もう自分のそばからサイコを離したくなかったからだ。

それでサイコはこうしていま、いつもの寝場所、つまり僕のベッドのうえでこんこんと眠っている。

獣医の手当をうけてから二日たったが、相変わらず丸くなって眠ってばかり。ほとんど動かない。ミルクをなめるくらいで、食事もとらない。便には少量の黒っぽい血がまじっている。

それでも、傷口を洗浄し、抗生物質で化膿をおさえたせいか、すこしは楽になったのだろう。帰ってきた日のようなおびえた様子はなくなった。

それにしても、いったい誰が、何のために、サイコに手術などしたのだろう。

どこかのお節介野郎が、野良猫だと思いこんで避妊手術をしてしまったということはあるかもしれない。世の中にはそういう「善意の人」がいるのだから。

では脳の手術はどうなんだ?

何かの実験材料にしたとしか考えられない。脳の一部を切除するか、逆に何かを埋めこむ。骨に穴をあけ、何本もの管や電極をさしこんで測定をくりかえす。そのあげく、用済みの実験材料を浄水場跡に捨てたんだ。

この小さな体のなかに渦巻いている苦痛。それを正当化する理由がこの宇宙のどこかにあるとでも言うのだろうか。

……ふと気づくと、手がわなわなとふるえている。手だけでなく、ひざも面白いようにがくがく踊っている。心臓の鼓動もおそろしくはやい。

どうしたというんだ、蔵人よ。何を怒っているんだ?

お前はふだん、無感動《アパシー》といえるほどの冷静さが売りものじゃないか。それは、平先生という女がオレにくれたたった一つの贈り物。お前はナイチンゲールじゃないんだからな。世間の出来事なんかみんな「我関せず」で、どうでもいいはずじゃないか。悪を糾弾するなんて仕事は、ボランティア好きの評論家、ナイチンゲール姉さんにまかせておきゃいいんだ。あんなブログはただの暇つぶしさ。

もちろん、以前からサイコが可愛くなかったとは言わない。人間嫌いのお前にとってまたとない相棒だ。とはいえ、サイコを傷つけられてここまで感情がたかぶるとは。自分でもふしぎだ。

ああ、サイコのことを考えていると、いらいらしてどうしようもない。今のところ、獣医の処方した薬で回復を待つほかないのだけれど。

気を落ちつけるために、僕はデスクの前に座り、パソコンのスイッチをいれた。


ウェブ・ページをあちこちながめていると、だんだん冷静さがもどってくる。サイコ探しで忙しかったので、ナイチンゲールのブログもしばらく書いていない。見ると、知らないブログからトラックバックがはいっている。はっきりわからないが、ナイチンゲールに共感するといった内容ではなさそうだ。ベルデのブログかと思ったがそうではない。とりあえずアクセスしてみる。

奇妙なブログだ。「PLAX」という名前のブログで、書き手のプロフィールをながめると、次のような文句が掲げられている。

地球に平和でみどりゆたかな生態圏をつくりだし、生きものの価値を高めるための連帯グループ。ペットを愛し、地球を愛するすべての人たちの希望にみちた思考が合流し、多様なコトバが交錯する新次元のネットワーク・ノード。そういう発火点こそ、「われわれ」ならぬ「私＝Ｘ」なのです。「私＝Ｘ」はこのブログを通じて、すばらしいペットをつくりだす運動をもりあげていくことを心から願っています。

（注記）この実験的なブログには特定個人の作成者はおりません。ＰＬＡＸ（プラットフォームＸの略称）ブログの内容に関して、インターネット経由でどんどんコメントを書きこんでください。そのなかで適切なものをモデレータが選択編集し、「私＝Ｘ」の発言としてブログを書き加えていきます。モデレータは原則として人間ではありません。人工知能の最先端研究をいかした日本語処理プログラムが自動編集・自動作成するのです。

なお、「私＝Ｘ」に同調するすべての人がコメントを通じて参加できますが、当初はペットライフ・アソーシエイト社の関係者（役員・従業員・後援者・顧客など）がイニシアチブをとることにします。

ペットライフ・アソーシエイト（PLA）の「X」。トラックバックしてきたのは、ナイチンゲールへの挑戦だろうか。あそこの社長のグラスという人物は自分でブログを書いているけれど、それとはまたちがった立場からの意見表明なのだろうか。

それにしても「私＝X」とはいったいどういう意味なのかしら。ブログというのは個人のウェブ日記だ。みんなの意見を合成したブログなんて聞いたことがあるだろうか。しかも編集や文書の作成までもコンピュータでやるらしい。

もっとも、不特定多数の誰でも参加できるプロジェクトというのは、インターネットのなかではべつに珍しくない。「ウィキペディア」だとか。あれは一種のウェブ百科事典なのだけれど、誰でも、どんな項目にでも、加筆したり修正したりできる。専門家ばかりじゃなく素人が勝手に書きこめるわけだから、とんでもない事典になりそうな気もするけれど、実際にはそうでもない。けっこう正確なのだ。考えてみれば、すべてオープンになっていれば、誤りなんてたちまち訂正されるという理屈もなりたつ。

こういうのをオープンソース運動とよぶらしい。ネット文化の一種。リナックスみたいな有名なOSの開発も、この種のプロジェクトの一つなんだろう。誰もが自由に参加でき、衆知をあつめてすごいものをつくるプロジェクト――いかにもアメリカの草の根民主主義者が好きそうじゃないか。

けれど、合成ブログPLAXは、この手のオープンソース・プロジェクトとは表むき似ているだけで、内実はぜんぜんちがうような気がする。

なぜなら、オープンソース・プロジェクトをささえているのは結局、自立した個人の集まりだ。たくさんの個人の知識や努力をネットで連携すればいい、というのがオープンソース運動の信念のはず。民主主義では個人は絶対的な単位なんだ。

でも、PLAXはそうじゃない。そこでは個人と個人をへだてる垣根なんて溶けてしまう。ウェブと人工知能のしかけを精一杯つかって、いわば「合成人格X」をつくりあげ、その「発言」をブログで公表していくというプロジェクトがこれだ。すくなくとも、プロフィールからはそういう感じがする。

これは案外、的を射たプロジェクトかもしれないな。

誰かのブログを読むとき、その背後には〝個人〟がいると、みんなは漠然と信じている。ある一貫した意見をもった人間が自分の気持ちをつづっているのだと。ナイチンゲールのブログを読んで共感してくれる人だって、そこに看護師志望の善意にみちた若い女性のイメージを思い描いているだろう。それは読者の勝手というもの。でも、ほんとうに存在するのは、僕の脳の一部からウェブ空間に移植された情報の断片にすぎないじゃないか。

脳というのはいくつかのモジュールに分かれていて、それぞれが別々に自立した情報処理をしているのだと聞いたことがある。どんな人間の内部にもいくつかの人格が住んでいる。人間嫌いのこの僕にしても、酔っぱらえば社交的になるときもあるわけだし。精神分析学者は「無意識」を発見したなんていばっているけれど、当たり前のことじゃないか。

一人のなかに複数の情報処理単位があるとすれば、複数の人があつまって一つの合成人格をつくりあげるというのもうなずける。〝分散知性〟という奴だな。

割合に単純な情報処理単位がたくさん相互にむすびつくと、創発現象がおきて、いつのまにか全体のまとまりとしては複雑で高度な情報処理をできるようになる――よく言われる話だけれど、けっこう当たっているかもしれない。考えてみれば脳細胞も、一つだけでは単純なものだ。現に、こうして考えている僕の脳のなかでは、百億以上の脳細胞が相互にリンクしあっているんだ。

もし知性というものが、ものごとの組合せ、割合に単純な情報処理単位の組織化から生まれるのなら、ウェブのなかに創造的な知性が生まれてもふしぎはないだろうな。それが「私＝X」というわけか。

数日前の「X」のブログを開く。なかなか過激な書きだしだ。

率直に言うと、もういい加減にしてくれ、という感じだ。こうして「私＝Ｘ」は日夜ろくに寝ないで研究開発に頑張っているのに、またもや強硬な反対運動が起きそうな気配があるようだ。ああいう守旧派につける薬はあるのだろうか。いったい彼らはなぜ、人類と、人類にとって有益なすべての生物に貢献奉仕しようとする「私＝Ｘ」の企てを阻止しようとするのだろうか。今日はこれについて書かないではいられない。

分子生物学と進化シミュレーション技術とバイオ・エンジニアリングを組み合わせるという戦略にたいして、あの連中は非論理的で感情的な敵意をいだいている。とりわけ、遺伝子組み換え技術ですばらしいペットをつくりだそうというビジネスに対して、反感と軽蔑を隠そうともしない。

ペットだけでなく、あらゆる遺伝子組み換え農作物に対して、またクローン生物に対して、あの連中は悲鳴のような糾弾の声をあげる。もっとも、優良な肉質のクローン牛などは既にいろいろ作られていて、彼らも食べているかもしれないのだが、もしわかったら大騒ぎするのだろう。

いろいろ工夫を凝らされた遺伝子組み換え農作物についても同様だ。除草剤に耐性をもつ大豆だの、害虫に抵抗性をもつトウモロコシだのにも、輸入するなと圧力をかける。このＢｔトウモロコシは、殺虫毒素のあるタンパク質をつくるＢｔ菌の遺伝子が組みこまれたすばらしい作物なのだが、彼らは理由もない不安をたてにとって口にするのを拒む。直接食べるだけでなく、家畜の飼料にするのも危険だというのだろうか。品種改良そのものを批判してはいないと言うが、よく理由がわからない。

遺伝子組み換えペットに対するあの連中の反対運動はゆるしがたいものだ。これを規制するカルタヘナ法の撤廃のために戦わなくてはならない。この悪法のために、光るメダカをはじめ、多くのすばらしいペットたちが闇に葬られたことを「私＝Ｘ」は決して忘れない。

　人間のクローンについては、あの連中の反対運動は一定の効果をあげている。日本ではクローン胚の製造はまだ認めるべきでないという意見が大勢だ。クローン胚から臓器をつくれるようになれば、臓器移植とちがって拒絶反応もないし、再生医療技術は一挙に進歩するのだが、現状では研究さえできない。

　いったいクローン人間は絶対にゆるされないものなのだろうか。たとえば、不幸な病気や事故で早死にした子どものクローンをほしいという親の切なる希望を踏みにじってよいものだろうか。もう中年をすぎた夫婦にまた新たに子を産めというのは無理な話だ。

　クローン人間は不自然な操作であり、人間は人為的に製作されるものでなく、自然に生まれるものだと、あの連中は主張する。だが、それなら試験管ベビーはどうなのだ？　かつては試験管ベビーに対して猛烈な反対運動があった。しかし今では数えきれないほどの試験管ベビーが生まれている。不妊治療のエースとして、たくさんの夫婦が体外受精で赤ちゃんを授かっている。もう誰も文句など言わない。もし「自然」にこだわるなら、あらゆる中絶手術さえも許されないだろう。

　要するに、斬新な科学技術が出現したとき、守旧派からの抵抗はつきものなのだ。「私＝Ｘ」はそんな抵抗に負けはしない。

　クローン人間より、もっと重要なのは「デザイナーベビー」だろう。つまり、遺伝子を操作して、あるいは少なくとも選択して、好みの特性をもつ子どもをつくりだすことだ。あの連中も、本当の戦場はそこにあるとわかっている。なぜなら独裁者でもなければ、自分とそっくりの遺伝的性質をもつ人間をつくりたいとはあまり思わないだろうし、ふつうの夫婦はみな、障害のないすぐれた子どもをほしがっているからだ。

技術的にはまず、着床前の遺伝子診断がある。受精した胚をしらべ、遺伝病などがなくて正常と判断された胚だけを子宮にもどす。これについての反対はすくないはずだ。今でも、羊水を調べたり子宮に超音波を当てたりして、望ましくない子どもの中絶がおこなわれている。

デザイナーベビーの真のねらいは、単に遺伝病をもつ子どもを産まないということだけではない。知能、身体機能、容貌、髪や肌の色、といった形質を親が選択できること、できれば改良することにある。しかしあの連中がもっとも嫌うのがこれなのだ。

彼らの論理によれば、デザイナーベビーとは「人間の価値付け」であり、本来の尊厳を傷つけることであり、さらにいまわしいナチスの優生学の悪夢を思いださせるものにほかならないのだ。人権・平等・正義などの理念を崩壊させると警告する者もいる。高齢者ならともかく、医療技術を学んでいる若者にもそんなアナクロニズムをふりまわす奴がいるから、呆れはててしまうのだ。

言っておくが、優生学が悪いのは人間の選別を政府や権力機関がやったからではないか。ナチスは、ユダヤ民族は劣等民族だから根絶すべきだといって強制収容所で殺戮した。「私＝Ｘ」はナチスにかぎらず、あらゆる政府や権力機関によるそういう暴挙に絶対に反対する。しかし、個々の市民が自由に判断し、夫婦合意のうえで、自己責任でよい子どもをつくろうとすることは、そういう暴挙とはまったく異なる。いわばそれは科学的なブリーディングにほかならない。

あの連中は、たとえ市民が自由におこなう選別や改良であっても、「人間の価値付け」は許されないと批判する。しかし、これは欺瞞的な主張だ。すでに人間の価値付けは社会のなかでどこでも行われている。収入の格差はそのもっともわかりやすい例だろう。競争社会に投げこまれた人間が決して平等ではないことは誰でも知っている。そして、「人間の価値」が何かしら絶対的な基準ではなく、市場メカニズムで決められていることを、あの連中も率直に認めるべきなのだ。いったい誰がそれに反対できるだろうか。

たとえ「結果の平等」は無いとしても「機会の平等」は認められるべきだと、あの連中は主張するかもしれない。しかし、これもまた欺瞞だ。生まれつき人間は不平等ではないか。知能、身体能力、容貌など、いかなる点からみても、あらゆる人間が生まれたスタートラインにおいて平等だなどということは決してありえない。

むしろ、遺伝子操作によって、生まれつきの不平等の無い、あるいはできるだけ少ないデザイナーベビーをつくれれば、それこそ、ほんとうの「機会の平等」ではないだろうか。守旧派の連中はこの長所を見落としているのだ。

とはいえ、人間のDNA遺伝情報のなかで、知能、身体機能、容貌、髪や肌の色などをきめる遺伝子を特定するのはそう簡単ではない。髪や肌の色ならともかく、知能などというものはそれ自体、不明確な形質だ。だがだからこそ、集中的な研究が必要なのではないか。実際デザイナーベビーは今後人類が進むべき方向であることはまちがいない。

そして、おそらくカンのいい読者にはおわかりだと思うのだが、「私＝X」のペット・ビジネスも、実はこの研究の一環なのだ。人間とその他の生物の遺伝子の働きはそれほど異なるわけではない。DNA遺伝情報を分析し、よりよいペットをつくりだすことは、やがてよりよいデザイナーベビーをつくりだす基礎研究でもあるのだ。

さらに、このPLAXブログの読者の利益のためにこっそり耳打ちしたいのは、デザイナーベビー関連産業こそ、まちがいなく二一世紀最大の世界的成長ビジネスになるということ。教育、医療、スポーツといったビッグな分野が、こぞってデザイナーベビーをめぐって回りだす。その市場規模は何兆ドルになるのか、見当さえつかない。投資先としてこれ以上のものはないことを確約しておこう。

へえ、デザイナーベビーね。これはかなりヤバイ思想だぞ。

世の中にはいろんな人間がいる。スポーツ万能の優等生もいれば、僕みたいな運動神経のにぶい落ちこぼれもいる。でもそんな優劣なんて、価値付けのやりかた次第でぜんぜん変わってしまう。ところが「X」はまるで、ただ一つ〝客観的な価値〟が決まっていて、それが低い人間はいなくなればいい、といった口ぶりじゃないか。

デザイナーベビーは、理想の人間をつくりだすためのバイオ・エンジニアリングによるブリーディングだ。「X」は意識的にそれをやろうとしている。つまり人間をペットのようにみなしている。単なるバイオ・エンジニアリング応用のペット・ビジネスだけじゃなく、それは隠れ蓑で、実はロボットのように高く売れる人間の製造をめざしているんだろうか。

驚いたな、これじゃまるでサイエンス・フィクションだ。

そうなると、「合成人格X」というのもどこか怪しい。内容からすると、ペットライフ・アソーシエイト社長のグラスか、その側近の誰かが書いたという臭いがぷんぷんしているな。光るメダカについてカルタヘナ法を批判しているところなんか、そっくりだ。グラスは冷徹なビジネスマンかと思っていたけれど、誇大妄想家なのかしら。

でもペットライフ・アソーシエイトのねらいは、自社の経営戦略のなかに一般消費者を巻きこんでいくことにあるはずだ。

参加者がふえてくれば、「X」は過去の自分のブログをもとにして、どんどん成長していく。そしてウェブのなかで影響力をひろげていく。

だいたい「一貫した意見」をもつ個人の人格というのも、結局は過去の自分の意見をもとに意見をいうからそうなるのだ。過去のブログ記事をもとに自己循環的にブログ記事が書かれていけば、新たな合成人格が形成されていくというのも一理あるかもしれない。

……そんなことを思いめぐらせながら、「X」の翌日のブログを開く。

とたんに、はっと息をのんだ。

そこにあるのはまさしくミニ・クジャクR27号の画像。金色まじりの碧緑の翼をおおきく広げた、あの合成写真だ。ベルデのブログに貼りつけられていた写真と同じであることはまちがいない。

なるほど、グラスだけでなくベルデもこの「X」の一部というわけか。僕の目は憑かれたようにブログのテキストに吸いよせられていく。


いかに愛しあったペットとも、遅かれ早かれ、いずれは別れの瞬間がおとずれる。そういう悲しみをどうして乗り越えればいいのだろうか。ペットロス症候群から飼い主が立ちあがるには、どうすればよいのだろうか。

これは人生におけるむずかしい問題だ。「私＝X」は、多くの飼い主、クライアントとともにこの難問と格闘してきた。これまで取り組んできた解答の一つは、たとえばクローンの製作。まったく同じＤＮＡ遺伝情報をもつペットを作りだすことができれば、飼い主の悲しみは緩和されるだろう。

むろんコストはかかるし、地上からすでに去った愛するペットのＤＮＡ遺伝情報が良好な状態で残っていなくてはならないなど、条件は割合にきびしい。しかし実際、クローンをほしいという注文はすくなくないのだ。

ところが問題がある。たとえクローンであっても、もとのペットとは必ずしも似ていないことが多い。生まれてからの環境や体験が同一でない以上、性格がちがうのはまだ許せる。だが体色や斑点の形など、外見がぜんぜんちがうとなると、クライアントは決して満足してくれない。クローン牛でも、毛皮の模様は子宮のなかの状態に依存するのでさまざまだということは、以前からよく知られている。いずれにしても、高い対価をはらったクライアントにとっては我慢できないだろう。

そこで「私＝Ｘ」は、もう一つの新たな解答をしめそうと思うわけだ。必ずしも十分な解答とは言えないが、一つの新しい方向を示していると思う。その例がここに掲げた画像のミニ・クジャクＲ27号なのだ。

これは愛するキジを亡くしたクライアントの要請をうけて、「私＝Ｘ」がコンピュータ上で開発したバーチャル・ペットである。亡くなったキジのＤＮＡ遺伝情報を分析し、それにもとづいて複雑なシミュレーションをおこなって完成させた。すばらしく美しい鳥ではないだろうか。クライアントからもお褒めの言葉をいただいた。

Ｒ27号は亡くなったキジとまったく一致した外見をしているわけではない。より改良され、もっと美しくなっているのだ。亡くなったキジはいわゆるギンケイ（銀鶏）で、頭は紅色、肩と尾は銀色、背中は碧緑色のみごとな逸品だったそうだ。この美点をいかし、さらによりすぐれた形質をもつ鳥と交配して生まれた子どもがR27号なのである。つまり、生きものの世界は一歩理想状態に近づいたことになる。

こんなものは所詮、バーチャル・ペットであり、ほんものとは似ても似つかないサイバー空間だけの生きものにすぎないと、反論する人は多いだろう。彼らは、リアル空間とサイバー空間、機械と生物のあいだに何とかして明確な境界線をひこうとする。

しかし、「私＝X」はそういう常識論を徹底的に批判したい。リアル空間とサイバー空間とは実はつながっているし、多様な次元で入りまじっているのだ。ユビキタス環境のもとでは、無数の微細なICチップがいたるところに組みこまれていく。オフィスや家庭や交通機関などだけでなく、人間の体のなかにも入りこみ、相互にインターネット経由で交信をはじめる。人間はすでにそういう複合的な生活環境に生きていることを忘れてはならないのではないか。

要するにあらゆるものは情報でできている。生物のいきるリアル空間とコンピュータが動作するサイバー空間をあわせたものが、人間のいきている情報空間なのだ。クライアントが愛していたキジも、クライアントからみれば情報の断片の集積体だ。キジの羽根の色や鳴き声がクライアントの脳のなかで結像し、記憶として留まっているだけではないか。その構造は、サイバー空間の構造とどこが異なるのか。

とすれば、亡くなったキジのDNA遺伝情報をシミュレートし、サイバー空間でいっそうすぐれた子孫を残していくというのは、ペットロス症候群を解消する一つの有効な方法にはならないだろうか。進化シミュレーションというのは、遺伝子組み換え技術によって生態圏をすばらしいものにするための重要な技術分野の一つだが、こういう実利的なビジネスにも役立つと「私＝Ｘ」は考える。

よりすぐれた生きものをつくりだしていくこと。そしてその評価基準はあくまで市場の判断にゆだねること。この原則を忘れてはならない。生きものの値打ちをあげていくこと、それが品種改良であり、売れるペットの製作であり、生態圏の繁栄向上はそうしてもたらされるのではないか。そして人間もまた、そういう生きものの一種であることは言うまでもない。

ウェブのなかに、いつの日か一種の〝擬似的な身体〟が発生すること――「私＝Ｘ」が熱望しているのはそれだ。

単細胞生物が集まって多細胞生物ができたように、ウェブのなかの多様な情報が相互に連携して神経ネットのようなものができあがる。生物もコンピュータも、情報を処理する存在という点では全く同じ。実際、こうして語っている「私＝Ｘ」自身が、「複合的なブログ」というプラットフォームを通じてそういう〝超－生物〟に成り変わることを、つまり平凡な人間の知性を超越していくことを、ひそかにもくろんでいるのだ。

「私＝Ｘ」は人間の枠にとらわれない。ペットの喜怒哀楽や行動などを、飼い主や動物行動学者が詳細に分析し、このＰＬＡＸで交流していくことによって、ペットの意識の内面もすこしずつ明示されていくのではないだろうか。

いつの日か、この世を去ったキジの言葉が、この「私＝Ｘ」の中から発せられるようになるかもしれない。そうして、飼い主の「あなた」とともに過ごした甘美で楽しい日々をめくるめくように回想しつつ、語りだすようになるかもしれない。

ボディに一発くらって腰を落とした瞬間、アッパーカットであごを突きあげられた——僕はそんな感じがした。なかなか説得力もある。いずれにしてもたしかなのは、ベルデとグラスが「X」と一心同体なこと。そして一つの勢力をもちはじめているということ。

今、このブログを読んで、あきれたり吹きだしたりする人は少なくないだろう。でも「X」は、そういう常識論にかまわず前進していく。そしてやがて時がくれば、たくさんの人たちがなだれを打って「X」の主張に賛成し共感するようになるだろう。

「X」は一種の予知能力をもつ未来人間なのかもしれない。

実際、賛同するコメントもたくさん付いている。トラックバックもかなりあるみたいだ。とても全部は読み切れないが、たとえば次のような熱っぽいのもある。


こんなにエキサイトしたブログを読んだのはひさしぶり。頭のなかでなんかモヤモヤしてた疑問がいっぺんにとけたって感じ。サンクス。考えてみりゃ、おれもMAYAもケータイもみんな情報なんだね。MAYAっておふくろの飼ってるプードルなんだけど、おふくろはもうめちゃくちゃ可愛がってて、いつも病気になりゃしないか、ケガしたりしないかっておびえてる。でもXのおかげで安心だね。伝えとくよ。そのうちMAYAの脳や体の情報をみんなケータイで送れるなんて日がくるかもしれないな。

RYO

＊

いよいよ「超生物誕生」との朗報に心から感動しました。自分は以前からやがて人類の知性を超える存在がインターネットのなかに出現するのではないかと秘かに予想し、しかしそれまで自分は生きていられるだろうかと懸念していたのですが、ついに早くもその日が来たということで思わず快哉を叫びました。退職してから独力で少しずつパソコンを学習した甲斐がありました。これこそ偉大なる科学技術の勝利であり、真の進歩向上です。守旧派のいかなる妨害をもはねのけ、雄々しく前進してください。ＰＬＡＸによせる自分の期待は大です。

無限夢齋

ふーん。能天気な賛辞だな。でも現にこういう人たちが出てきたわけだ。

もちろん反論は不可能ではないだろう。ナイチンゲールならなんと言って批判するだろうか？

――Ｘさんは威勢よく生態圏の繁栄向上だなんていって騒いでいるけれど、けっきょくは人間にとって、いやペットライフ・アソーシエイトにとって、都合のいい繁栄向上というだけじゃありませんか。ペットだけではなく、ゴキブリも蠅も、どんな生きものも、人間の意思とかかわりなく懸命に生き、子孫をのこそうとしています。生きものの「価値」をあげるといいますが、そんな「価値」なんて、あくまで人間の市場でつけられた勝手な値札でしかありません。それを客観的価値と称しているだけの話です。

そんな反論が頭にうかぶ。

ただし、こう書いて他人を説得できるかどうかはわからない。難しそうだな。屁理屈じゃないかと、たちまち再批判されそうな気がする。

思案しながら、辛抱づよくリンクをたどっていく。トラックバックのブログが次々にあらわれる。

七十代半ばをすぎて一人きりになるのは淋しいものです。

長年つれそった主人が十二年前に脳溢血で急死した後、子どももなく孤独だった私の心をずっと慰めてくれたのはゴールデンリトリバーの武蔵でした。お友達の愛犬が子を産んだので分けてくださったのです。

はじめて来た夜は一晩中母犬を恋しがって鳴いていましたが、ミルクをやる私にすぐ慣れ、狭いわが家のなかを走り回るようになりました。それからというもの、私と武蔵とは昼も夜も一緒。寝るのも一緒。起きるのも一緒。お気に入りのテレビ歌謡番組も一緒で、もう無二の親友でした。

そんな武蔵も一〇歳をすぎてだんだん体が衰え、散歩もおっくうでゼイゼイ辛そうにうなりながらカーペットのうえに寝ているだけになり、ついに半年前の寒い朝、息をひきとりました。そうです。苦しむ姿を見かねて、私が獣医さんに安楽死させてもらったのです。

それからというもの、私は泣いてばかり。主人を亡くしたときよりもっと涙がでてきます。もう悲しくって、淋しくって、どうしようもありません。テレビを見ていても武蔵のぬくもりが思い出されて、スイッチを切ってしまいます。

また別の犬をと勧めてくださるお友達もいますが、七六歳の私に新しい犬を飼うなんてできません。もっと生きたかったろうにゴメンヨと、武蔵の夢ばかり見て泣き暮らす毎日でした。

そんな重苦しい生活から救い出していただいたのです。ＰＬＡＸのブログを教えてもらって拝見したときは半信半疑だったのですが、本当でした。そうです。私はついに武蔵と再会できたのです。忘れもしません。あの潤んだ黒い瞳。なつかしい鳴き声。ちょっと縮れた頭の毛。がっしりした肩。もう私、一人じゃないんですね。いつでも会えるんですから。ありがとう。ありがとう……。

金光きよ子

悲しい話だな。

僕もまだネネの悪夢にさいなまれている。

金光さんはバーチャル・ペットで本当に救われたんだろうか。そうであってほしい、という気がする。あのどうしようもない切なさは耐えがたい。心が寒くてだんだん霜焼けになっていくようだ。

仮に……仮にだ、ペットライフ・アソーシエイトにそれなりのお金を払えば、僕はサイバー空間でネネに再会し、謝罪して、あの悪夢を忘れることができるんだろうか。

もしできるのなら、僕はそうしたい。ナイチンゲールにどれほど叱られようと、嗤《わら》われようと、そうしたい。

守ってやれずに死んでしまったネネ。僕が見放し、平先生の命令でひっそりと殺されたネネ。


……突然、僕はぎくりとした。

そうだ、サイコはどうした？　大丈夫だろうか？　あわててベッドに急ぐ。

数時間前とまったく同じかっこうで、ベッドのうえでまん丸くなったたまま、サイコは眠っていた。そのチョコレート色のやわらかそうな鼻面をながめる。

ちょこんとした鼻面が、呼吸にあわせて微かに上下している。器量がおちた分、かえって身近な感じ。こうして近くでながめていると、僕とサイコのうえに日傘をさしかけられているような、ぽっと暖かい大気圏ができているような、ふしぎな気持ちになる。

――きみといつまでもこうしていられれば、いろんな嫌なことを考えなくてすむんだけれどな。

こっそりと、ささやく。

サイコを起こさないように、僕はできるだけ静かにベッドに横になった。目をつぶる。

人間は自分の欲望のために、ほかの生きものを道具のようにあつかう。そのことを非難するナイチンゲールはただしい。

とはいえ、僕もそういう人間の一人。ペット愛好家はみなそうだ。

サイコにたいする僕の気持ちも、「X」や「X」のファンの気持ちとそう違わないんじゃないか。僕はサイコを金で買い、サイコとずっと一緒に暮らしたいと切望している。サイコがどう思っているかにかかわりなく、狂ったようにそう願っている。

傷ついたサイコがいとしい。どうしようもなく……。

もしペットライフ・アソーシエイトがそういう人間の願望をかなえてくれるなら、それはそれでありがたいことなんじゃないか。

もうナイチンゲールはやめようか。

ナイチンゲールの遺伝子組み換え技術批判は正当なものかもしれないけれど、人間はそれほど強くないんだ。もともと勝手なものなんだ。

…………

いつのまにか、僕は寝入っていたらしい。

目が覚めたとき、カーテンの隙間から入ってくる冬の陽射しはすでによわよわしくなっていた。

反射的に時計に目をやろうとして、やめた。もう一週間以上前から、興英セミナーには行っていない。だから、何時に起きようと構わないのだ。

ふとかたわらのサイコに目をやって……たちまち眠気がふっとんだ。

どこか様子がおかしい。

サイコは相変わらず、丸くなっている。だが、その周りに、いいようもない冷え冷えとした空気がたまっている。僕はあわててその白っぽい腹に手をあてた。冷たい。口を鼻面に近づけた。息をしていない。

サイコは死んでいた。

第十章 決着

「多々納君か」

ケータイが鳴り、聞き覚えのある声がひびいてくる。校長だ。

「何の連絡もないのでね。……たいへん心配しています」

浄水場跡から傷ついたサイコを連れかえったあの日以来、二週間ほど僕は興英セミナーに行っていない。とはいえ、無断欠勤をつづけているわけでもなくて、一応は体調が悪いということになっているはずだ。つまり、アオイと口論になった日、事務には「気分が悪くなった」と届け出てから早退したのだから。実際、気分が悪くなったことは事実で、まんざらウソをついたともいい切れない。だが校長は頭から無断欠勤だと思いこんでいる。

「すみません。体調をくずしてしまったんで」

「そう。で、どこが悪いの？」

「…………」

「病院には行ったんですか？　どういう診断でした？」

相変わらず強引な口ぶりでたたみかけてくる。インギンブレイなのは怒りだす直前の信号だ。

「あのね、あまり授業に穴をあけるわけにもいかんのですよ。君の受講生への接し方について、すこし個人的に話したい問題もあります。雲井アオイさんの件で、お母さんから抗議がきてましてね。娘がひどく傷ついたっておっしゃってるんで」

「…………」

「今日はもう無理かもしれないけど、明日にでもぜひ出てきてくれないかな」

アオイとのトラブルはどういう形で校長の耳にはいっているんだろうか。態度が悪いのはアオイのほうで、こちらは被害者だ。傷ついただと？　アホなこと言うなよ。

とはいえ、こんな奴に説明するのは面倒くさい。電話で押し問答をしても仕方がないし、僕はとりあえず「はい」と答えて電話を切った。

あんなところに二度と行くものか。

別に興英セミナーで英語を教えることが僕の人生の目的というわけでもない。まあ、収入がなくなってしまうのは困るけれど、どうしても新しいアルバイト先が見つからなければ実家にもどるだけのことだ。平先生の顔を見ることさえ我慢すれば、飢え死にはしなくてすむ。

それにしても、サイコが死んでから、すっかり気力がなえてしまった。

何一つする気がしない。コンビニに弁当を買いにいくことさえ面倒になって、空きっ腹をかかえたまま、ベッドのうえでゴロゴロしている。テレビはつまらないし、音楽もうるさいだけだし、パソコンのスイッチも入れるのが何となく面倒になった。

寝るのもいや。起きているのもいや。何もかも無意味で、空気が色あせてみえる。

もっとも、こういう状況は今日明日にはじまったわけじゃない。がんらい僕はそういう人間なんだ。

中学で不登校になったころから、僕はずっと無気力に生きてきた。平先生がうるさいから一応大学までは行ったけれど、勉強にはぜんぜん興味もなかったし、こうして中途半端に塾教師のアルバイトをやっているのも当然の報いなんだろう。

フリーターの連中はけっこう楽しくくらしている。Jリーグのスタープレーヤーのファン・クラブに入ったり、ロックバンドにいかれたり。なぜあれほど熱くなれるのか僕には意味不明だけれど、うらやましいことだ。

でも、いま考えてみると、そういう空虚にサイコはするっと滑りこんできた。空虚を埋めてくれていたんだ。元気をくれていたんだな。

哀れなサイコ。

ああ、僕みたいな宇宙のクズでも、苦しむ力だけはもっている。泣く力だけはもっている。

あんな小さな無害な動物にむごたらしい暴虐をくわえて惨殺する権利を、いったいどこのだれが持っているというんだ？　ナイチンゲールなら絶対に許さないだろうな。

でも、いまの僕、多々納蔵人には、もうナイチンゲールを演じる気力がない。せいぜいネット・サーフィンくらいが限界だ。

ゾンビのようにふらふら立ちあがって、僕はパソコンのスイッチを入れる。

カチカチとマウスをクリックしていって……急に手がとまった。目の前にあるのはベルデの新しいブログ。


もう、日本の男性って、どうしてこうダメなのかしら。ビジネスに育児に研究にと、頑張っているスーパーウーマンの私ですが、ときどきガックリきてしまう。

今日はあきれた話を書きます。生物研究家としての進化シミュレーションのお話はちょっとお休みにして、すこし日本の教育体制について母親の立場からの愚痴を言わせてくださいね。

このあいだ、中学生の娘がひどく落ちこんでいました。私が心配して理由をたずねても教えてくれません。イジメにあっているのを放置しておくと大変なことになるので、気をもみましたが、ようやくポツリポツリと事情を話してくれました。

問題は学校ではなく塾にあったようです。通っている塾で、お友だちではなく、なんと先生とトラブルをおこしたとのこと。いったい何のためにお金をはらって塾に行かせているのかと、こんどは母親の私が落ちこんでしまいそうです。

娘は帰国子女なんです。いま中学生ですけど、商社マンだった主人の仕事の関係で、小学生のときはずっとアメリカで暮らしていました。その後、やむをえない事情で主人と離婚したときに、娘を私がひきとって一緒に日本にもどってきたわけです。というかあえて告白すると、生まじめだけが取り柄で一向にうだつのあがらない主人に、私のほうから三下り半をつきつけてやった、というのが実情ですけど。ふふ。

アメリカと日本とではずいぶん教育環境がちがうんですね。帰国してから娘はミッション系の私立女子校に入ったのですが、どうも周囲になじめませんでした。スカートの長さがひざから何センチ以内でなくちゃいけないとか、いろいろ校則がきびしくて、自由に育った娘には慣れるまで息苦しかったみたい。学校に行きたくないなんて言いだして……。でも、そんなことに負けちゃだめね。

中学でイジメにあったわけではありません。娘もなかなか気が強くて、いじめられたら二倍にしてやり返すくらいの根性はもっています（だれの遺伝かしら?）。親の欲目かもしれませんが、頭もいいし、テニスもうまいし、見た目も特級品なんですよ。それなのに、クラスにとけこめなくて、お友達ができないと悩んでいました。人間だれでも、ひとりぼっちだとふさぎ込みがちになりますよね。

それで、近所の塾に通わせることにしたんです。受験塾ではなくて、アットホームな雰囲気が売りものの小さな塾。経営者とも知り合いです。そこだったらライバルと競争にもならないし、気のおけないお友だちができるだろうと、娘と二人で考えたわけね。

実際、このあいだまでは、けっこううまく行っていました。何人か仲のいいお友だちができて、娘もよろこんでいました。ところが、思わぬ伏兵がいたんです。それが若い男の英語の先生。娘の話では、なんとなく暗くて冴えない感じの人。その先生と娘が衝突したらしいんです。

詳しい内容は知りませんが、何かの問題について、先生と娘とではすこし意見が違ったみたい。娘は堂々と自分の意見をのべたそうです。アメリカでは、先生の意見とちがっても、自分の意見をはっきり主張することが尊ばれるので、そうしたわけね。ところが、先生は急に怒りだして、教室を出ていってしまったそうです。

これはどうみてもその先生がおかしい。議論に負けると思ったからかしら。それとも、帰国子女の娘より英語の実力がないので、生意気だと思ったのかしら。よくわかりません。いずれにしても、いい大人が中学生相手に、情けない話じゃありませんか。

ところが、先生がいなくなったので、あとの授業を受けられなくなってしまった。それで、お友だちの何人かが娘を批判したというのです。娘には先生とのトラブルより、そっちのほうがこたえたようです。当たり前ですよね。正しいことをしたんですから。

日本がすぐれた個人をみとめない社会であると、よく言われます。でも、学校や塾でそういうことが行われているとは、悲しいとは思いませんか。

そうか。

「ベルデ」とは、実はアオイの母親だったのか。ベルデもグラスも、以前からその肉声を聞いているようでいながら、あくまでウェブのなかの存在でしかなかった。ナイチンゲールとの論争も、サイバー空間のなかのバーチャルな出来事でしかなかった。だが、こんな身近なリアル空間にその〝当人〟がいたとは。

こんちくしょう。

突然、目の前がひらけたような気がして、僕はむっくりと起きあがった。

ベルデとグラスがつるんでいることは、PLAXのブログからわかっていた。あの二人は危険な企みをもってあのブログを書いている。

デスクの引き出しをひっくりかえし、アオイがやって来た日に母親からもらった名刺をさがす。

「Qリサーチ　代表取締役社長　雲井翠」と記した名刺はすぐ見つかった。Qリサーチとペットライフ・アソーシエイトは提携しているにちがいない。

……いや、それだけだろうか。

ひらめくものがあった。

僕はすぐにモーフィング・ソフトをネットからダウンロードした。これをつかえば、人間の顔の画像をすこしずつ変形・修正していくことができる。たくみな変装も見破れるのだ。

グラスのブログを開く。

見覚えのある画像があらわれた。歳は三十代後半くらい。髪を短めに刈りあげ、小さな四角いフレームのメガネをかけている。アゴひげをはやした細面をちょっと斜めにし、カメラにむかってにっこり微笑んでいるが、どこか冷たい凄みが感じられないでもない。これがペットライフ・アソーシエイト社長のグラスだ。

僕は作業にかかった。

まずメガネのフレームの部分に肌の色をていねいに上塗りして、メガネを消していく。ついでアゴひげも同じようにして消し去る。……と、そう言ってしまえば簡単だけれど、「ヘルプ」ファイルを参照して操作法を試行錯誤で覚えていきながらなので、失敗も多い。予想外に手間がかかる。何とかかっこうがつくまでに、一時間近くかかってしまった。

最後に、短めに刈りあげた男性用ヘアスタイルをミセス風のセミロング・アップに変更し、全体に微調整をほどこしてから、画像をできるだけ拡大してみる。

えられた結果は僕の予想をうらぎらなかった。

似ている。

雲井翠とはたった一度、アオイが興英セミナーに入学したときチラリと会っただけだけれど、アオイそっくりの整った目鼻立ちだった。丸いひたい、細く高い鼻筋、二重まぶたの空虚なひとみ。とりすました知的装飾のしたにある残酷な浅薄さは隠せない。いま、その画像が僕の目の前にある。

グラスは男でなく、女だったのだ。雲井翠という女が、ベルデであり、グラスであり、そして「X」そのものなのだ。

ブログは分散していても、実体としての基点はこの肉体ひとつ。

僕はモーフィングをほどこした画像をじっとながめる。そしてその唇が、「もう、日本の男性って、どうしてこうダメなのかしら」という下品な文句を発する様子を、くりかえし思いえがいてみる。

さらに、その骨張った指が、触手のようにサイコの胴体にからみつく様子を思いえがいてみる。触手が白衣の袖口からにゅっとのびて、きらめくメスをにぎっている様子を思いえがいてみる。そしてさらに、そのメスが、不安げによわよわしく鳴いているサイコの無防備な頭へと……。

——こいつがサイコを殺したんだ。

なぜ？　直接の目的はよくわからない。

ともかく、めずらしい高級なシャム猫が、Qリサーチもしくはペットライフ・アソーシエイトのビジネスにとって利用価値があることはたしかだ。

この女は外科手術をするんだろうか？　だいたい僕は、メスをもった女医くらい嫌いなものはないんだ。むかつくどころか吐き気がするぜ。

そう、たぶんまちがいない。

だっていったい他のだれが、わざわざ時間と手間をかけてどこかのペットに手術などするだろうか。僕にサイコを売りつけた校長と親しいっていうのも怪しい。

こいつが、サイコの脳の一部にメスをいれて実験したんだ。サイコの視覚世界でも調べたのかもしれない。電極をさしこんで、さまざまな波長の色にたいして脳のどの部分が反応するか、照応マップをつくったのかもしれない。

いや、異物を挿入するかわりに、脳の一部をえぐりとったのだろうか。これのほうがもっと無惨だ。ある部分を損傷するとどういう行動をするのか、分析したのかもしれない。たとえば性欲が異常に高まるとか。これはブリーダーにとっては重要な情報だからな。

目の前に、四肢を拘束されたまま頭蓋骨をきりさかれ、血を流してぐったりしているサイコの姿がうかびあがる。むりやり人工的に性欲を刺激され、かなしく腰をくねらせているサイコの様子がうかびあがる。

さんざん実験したあとで、用済みの腹から卵巣をとりさった。クローン作成の材料にするため？　用途はそれだけじゃない。未受精卵は遺伝子操作実験の材料としていろいろ役にたつ。ともかく、目的はいっそう「すばらしいペット」をつくりだすこと、奴らが君臨する「みどりの楽園」を地球上に実現することなんだ。

そう、「みどりの楽園」ではすべてがペットライフ・アソーシエイトの収益にむすびつく。サイコの体からむしりとられた肉片のＤＮＡ遺伝情報から「ふっくらしたシャム猫」の子孫が製作され、高額なペットとして売れるだろう。そして中の一匹が死んだときには、飼い主をなぐさめるためのバーチャル映像という商品がちゃんと用意されているんだ。

ゆるすわけにはいかない。

な、そうだろナイチンゲール。

この女は、単なる〝個人〟じゃないんだ。ネットのなかで増殖し、ブログを通じて分身をふやしていく、いわばウイルスみたいな存在。放置しておけばたいへんなことになる。雲井翠という肉体をもった女は氷山の一角にすぎない。ベルデもそう。グラスもそう。つぎつぎに突然変異をくりかえして、その分身のコトバが、画像が、世界を汚染していく。

ベルデのブログにはコメントが二つついていた。

同じ母親としてちょっとだけアドバイスさせてください。
その男性教師なんて、気にしないほうがいいですよ。放っておいてももうすぐ居なくなるっていう気がします。あんまり憤慨しないほうがいいですよ。クラスのお友だちが娘さんを批判したそうですが、それはあんな男まともに相手したって損だって教えたかったからじゃないかしら。原因は英語能力についてのジェラシーで、娘さんが正しいとしても、抗議したりすると何されるかわからない。暗くておとなしそうな若い男ほど裏では過激で、ホームページに正義派ぶって悪口書きまくったりするそうですから。

名無しママ

＊

そういうこと。あいつのことはおまかせ。知らぬは本人ばかりなり、ってね。

X

どういうことだろうか……。

この「X」っていうのは、PLAXの「X」のことか？　へーえ。全部お見通しなのか。奴らは大規模なネットワークをつくって連絡しあっているんだろうか。雲井アオイと同じクラスの受講生のうち、誰かがそのネットワークに入っている可能性もある。

アオイは「Your cat shall DIE!」とまちがいなく言った。

こちらが気づかなかっただけで、向こうは多々納蔵人がナイチンゲールで、その飼い猫がサイコであると、とっくに知っていたのかもしれない。ちがうだろうか。だったら僕はなんてトロいんだ。

サイコのつぎはこの僕、多々納蔵人を直接ねらってくるかもしれない。

「もうすぐ居なくなる」、か……。僕の肉体なんて屑みたいなものだけど、切り刻めば眼球も臓器もけっこう高く売れるんだろうし。

いやまあ……そんなリスクは小さいとしても……ともかく、こうしてはいられないな。胸が動悸でガンガン鳴っている。

えっ、証拠がないだろうって？

たしかにそうだ。

さっきのブログにしても、ベルデの娘が興英セミナーに通っている雲井アオイだなんて、一言も書いてあるわけじゃない。グラスの画像をいくらモーフィングしたって、あれだけから雲井翠と断定することはちょっと無理だ。情報量がすくなすぎる。

匿名のブログやコメントなんて、日本全国、いったいどこのどんな人が書いているのかわからない。そんなのから「敵」の実体を見抜いたと思いこむのは軽率すぎる。――そう言われたら反論は難しいだろうな。

でも、僕には確信がある。ウェブ空間にうごめいている奴らのさまざまなコトバや画像は、もとをたどればすべて雲井翠という悪魔的な女の肉体を基地として発信されているのだ、と。あの女の欲望がサイコを殺したのだ、と。そしてその欲望は、放っておけばペット・ビジネスを通じてどこまでも不気味に拡大していくのだ、と。

不完全な情報からでも確信はうまれる。

けっきょく「世界」なんてそういうものじゃないのか。僕が住んでいるこの世界は、膨大な数の情報の断片からなりたっている。そして、僕はその断片から世界のありようを推測する。いや、実はそれが僕にとっての唯一のかけがえのない「世界」なんだ。

心理学者は、人間のいろんな錯覚を研究して、人間の感覚がいかにいい加減で不正確なものか教えてくれる。

人間は誤解する存在。まちがえる存在。でもそれは僕たちの宿命なんだ。人間が完全に、客観的に、世界を知ることなんて絶対できはしない。

だから「X」こと雲井翠が言うように、「あらゆるものは情報でできている」わけだし、たしかに「生物のいきるリアル空間とコンピュータが動作するサイバー空間をあわせたものが、人間のいきている情報空間」なんだろう。いやそれどころか、リアル空間とサイバー空間の境目なんてよくわからない。もしそうだとすれば、僕のうちにうまれたこのつよい確信にもとづいて行動をおこしてもいいはずだ。

……さて、と。

どう戦うかな。

いったんは、もう二度と興英セミナーになんか行くもんかと思ったけれど、そうはいかなくなってきた。

ふしぎなことにさっきとちがって、体のなかにはこれまでにないような、気味の悪いエネルギーがぐつぐつと沸きかえっている。どうやら僕の内部にナイチンゲールがエネルギーを注入したらしい。そう、僕が負け犬だとしてもナイチンゲールはちがう。彼女と一体なら、僕だってたやすくは負けないぞ。

外出の用意をして、僕は町にでた。


ずっと晴天がつづいていたのだが、今日は曇っているせいか、かなり寒い。夕方になって、何となく小雪がちらついてくるような気配だ。

けれども夕方の町は、クリスマスを前にして活気にあふれている。今年もあと十日あまりで終わり。こんなうらさびた感じの商店街も、歳末商戦にいそがしいのだろう。あちこちの呼び込みの声が、スピーカーから流れるジングルベルに重なって鋭角的にひびいてくる。スーパーの袋をさげて急ぎ足の主婦たち。お構いなしにつっこんでくる自転車の中学生。帽子をかぶってそろそろ歩いている老夫婦。父親に手を引かれた子どもがぐずって泣き声をあげている。

だれもみな、行動している。どの顔も、師走のつめたい熱気のなかで、三〇分後のためにせかせかと現在の瞬間を食いつぶしている。街全体がまるで大きな生きもののように、あてもなく盲目的に前進している。

……僕という人間はいったいこれまで、何をして来たんだろう？

多々納蔵人は、これまでなるべく行動せずに生きてきた。こういう喧噪からできるだけ身をひいて、最小限のことをしながら、ただひっそりと時間の流れに消極的に身をまかせてきた。

積極的な行動派の奴らはうっとおしい。

奴らはポジティブに前進することが善だと、正義だと信じこんでいる。雲井翠だけじゃなく、平先生もそうだけれど、自分の行動が世界を悪くするとはぜんぜん考えない。能天気なオバサンたちだ。治しようのないアホだ。ところが僕はまったく逆。自分が積極的に行動すればするほど、世界が悪くなるような予感がしてしまう。だから何もしないんだ。

アオイは僕のことを「暗くて冴えない感じの人」と言ったそうだな。そう言われても仕方がない。でも、アオイの母親のような「明るくて冴えた感じの人」が世界を決定的に悪くしたということはないのだろうか。もしそうだとすれば、雲井翠みたいな行動派的存在に抵抗する行動は、正当化されることになる。抵抗こそ、僕のできるたった一つの「積極的な行動」ではないのだろうか。

ではどうやって？

ナイチンゲールのブログで発言する――それは一つの方法。でもつまりは、ゴマメの歯ぎしり、何の実効性もない。「X」のブログのほうが、ネットのなかでずっと人気があるし、影響力は大きいだろう。

ナイチンゲールのブログはおもちゃのピストルみたいな空砲だ。もし空砲を撃つだけで、このまま何の行動もしなければ、どうなるのか？

たしかなのは、僕がもう一つ悪夢を背負いこむということ。中学生のときから長いあいだネネの悪夢に悩まされてきたけれど、さらにもう一つ、もっと辛いサイコの悪夢が僕の脳のなかに寄生虫のように住みつくことになるのだ。

体をあちこちメスで切り裂かれ、悲鳴をあげるサイコ。血まみれのまま、ゴミのように浄水場跡に捨てられるサイコ。その悪夢はすでにすこしずつ、僕の脳のなかで増殖をはじめている。

たとえ奴らの魔手から逃れたとしても、僕はこれからさき何十年も、たった独りきりで、ネネやサイコの悪夢と一緒に生きて行かなくてはならないのか。

これを断ち切るものはどこにあるんだ？　教えてくれ、ナイチンゲール。

……首すじがヒヤッとした。上をみあげる。

雪。そう、雪がふってきた。

灰色の陰気な空から、無数のつめたい粒が落ちてくる。目をとじて口をあけ、雪のほこりっぽい味を感じながら、歩く。

ふと視線を街路にもどすと、目の前に「岩崎刃物店」と古い木の看板がかかっている。五〇年前から開業しているような、ごく小さな店構えだ。年とった店主がガラス戸の後ろにうずくまっている。一度もはいったことはないが、場所はわかっていた。

ここに来ることを、いつ決心したのだろうか。それとも偶然たどりついたのだろうか。

僕はガラス戸をあけた。

「いらっしゃい」

意外にわかわかしい声がした。

分厚いカーディガンを着こみ、残りすくない半白の髪をバーコードのように頭にへばりつかせた店主が、老眼鏡をずらして上目づかいにこちらを見ている。僕はだまって、店内の陳列商品に目をやった。

ぞくぞくするような光を発する刃物がならんで、じっとこちらをにらんでいる。丈夫そうなのは幅広の出刃包丁。でも長さがすこしたりない。細身で長く、いかにも鋭利そうなのは柳刃包丁。でもこれは刺身用だから、骨にあたると折れそうだ。先がとがっていない菜切り包丁は問題外。

「何にお使いですか」

「え、いや、ただ全般に」

僕は仕方なくこたえた。

「万能ということなら、三徳包丁あたり。何にでも使えますよ」

店主はそばにやってくると、同じ三徳包丁でも安物のステンレス一枚成型ものは減りが早くて切れない、こちらはちょっと値が張るが、モリブデン鋼とステンレスの複合材だからさびにくくて切れ味もよいなどと、しきりに説明をはじめた。

適当にうなずきながら、僕は店内をあちこち見まわして、もうすこし大きくて頑丈なのはないかと何気なくたずねた。すると店主はふと押し黙って、どこか疑わしそうな目でこちらをながめる。僕はあわてて言った。

「つまり……わりと肉料理が好きなんで、骨付き肉を切り分けたりするんですよ。冷凍食品を割くこともあるし」

「だったら、これなんかどうです」

ひとまず納得した顔つきになった店主が指さしたのは、刃渡り三〇センチ近くある両刃の牛刀。刃先も鋭くとがっている。

「素材はおなじモリブデン鋼とステンレスの複合材でね、腰が強いし、刃も欠けにくい。何でも切れる。プロも使ってますよ」

代金一万二千九百円を払って、僕はその牛刀を買い求めた。

べつに、こんなものを急いで使うつもりはない。ともかく持ってさえいれば、これで悪夢を断ち、未来への道を切りひらくことができるんじゃないだろうか。よわい僕でも戦えるんじゃないだろうか。そのための単なるお守りだ。

興英セミナーにつき、目立たないようにまっすぐ教室に向かう。だが廊下で校長と鉢合わせしてしまった。おどろいたことに相手はにこにこしている。

「いや、今日すぐに出てきてくれるとは思わなかった。もう体調はいいの？」

無言のまま突ったっている僕を、サアサアと機嫌よく校長室にまねきいれる。だが、二人だけでソファに差し向かいにすわると、校長はふいに真剣な顔つきになった。

「このあいだ授業をやめて、急に早退したのはどうしたわけですか」

単刀直入に切りだしてくる。

「………」

「まあ、雲井アオイ君と何があったのか、あまり詳しいことは知らないし、聞きたくもないんだが」

いったん言葉を切ってから、いつものようにドスをきかせた低音をしぼりだす。

「問題はこれからだ。雲井君のお母さんはなかなか有力者でね、顔もひろい。うちとしても大事な生徒さんなんだよ。帰国子女で英語力はほかの生徒さんとちがうし、君も教えにくいとは思うけど、そこは大人としてうまくまとめてくれないかな」

つづけて校長は、もし僕がきちんとアオイにあやまれば、あとは自分がうまく丸くおさめてやる、それに、今回の早退と欠勤の分は有給休暇あつかいで給料から差し引かない、すべて水に流してやろう、と言った。

もちろん、納得したわけではない。だがほとんど機械的に僕は小さくうなずいていた。こんな相手に話なんかしても、通じっこないわけだし。

校長はたちまち相好をくずした。声音がかわる。

「はっは。わかってくれてありがとう。今日、君が来てくれてほんとうによかった。というのはね、いまお母さんが見えてるんだ。心配して授業を参観したいとおっしゃってね。君が大人しくて内気な性格だと、私からも言っておく。だから教室にいったら、お母さんにぜひ一言、すみませんと謝っておいてください。それで万事解決だ」

……雲井翠がここに来ている。

僕は呆然とした。

運命が背中を押している。それはたしかなことだ。その瞬間、「何か」がぐいっと僕の体内に入りこみ、脳神経系を乱暴にゆさぶったような気がした。

耳元で凛とした声がひびく。――やりなさい。運命なのよ。今、「行動」しさえすれば、すっぱり悪夢を断ち切ることができる。さあ、やりなさい。チャンスは今日しかない。もう後戻りはできないのよ、と。

いったん教員ルームにもどった。デイパックのなかに牛刀がはいっている。甲斐妙乃が心配そうな顔で、何か話しかけたそうなそぶりをした。くわえタバコの茂手木勝が「体調大丈夫か、おい。校長、だいぶボルテージあがってたぜ」とせせら嗤《わら》いながら近づいてきた。

すべて無視し、デイパックをもって教員ルームをでる。

トイレに入り、デイパックから牛刀をとりだした。タオルで何重にも刃をおおってから、目立たないようにジャケットのしたに隠す。

教室にはいったとき、とくに違和感はなかった。

いつものように、神奈石舞が最前列、久保田慶子がその後ろ、真ん中あたりに乾翔一、そして後列に雲井アオイと立花朋絵がならんで座っている。

何も変わった様子はない。

目立たないように、僕はさっと最後列に視線をとばした。参観している雲井翠がそこに座っているはず――だが、だれもいない。

心臓の鼓動を感じながら、テキストのこのあいだ中断したページをあけた。

授業の歯車がゆっくり回転をはじめる。例によって、舞がとくいそうに解答し、翔一がまとはずれの頓狂なジョークをとばした。アオイはうつむいて黙っている。けれど、隣席の朋絵とはときどき顔を見合わせて、何か楽しそうにささやきあっている様子。

すべて何事もなかったように進む。

けれども、牛刀は動くたびに腰骨にごつごつとぶつかった。運命からお前はのがれられないぞ、とでも言うように。

……ドアが開いた。

モスグリーンのワンピースに身をつつんだ雲井翠が教室にはいってくる。背筋をのばしてすっすっと歩き、こちらに目もくれることなく最後列に腰をおろした。手にミンクらしい毛皮のコートを持っている。このあいだとちがって髪をアップにせず肩までおろしているが、金縁のメガネをかけている。

メガネの顔はやっぱりグラスだ。

受講生に順番にテキストを読ませながら、僕はゆっくりと教室のなかを巡回しはじめる。朋絵がまちがえたのでみんな笑った。いつもは平気なくせに、参観者がいるせいか朋絵の頬があかくなる。

つぎはアオイ。

立ちあがったアオイは、よどみなくテキストの文章をよみ下すと、くるりと後ろをふりかえった。翠にVサインをおくる。

この娘は母親がくると、なぜたちまち元気になるのだろうか。声は力にあふれているし、発音も申し分ない。サーバ・マシンから情報供給されているクライアント・マシンみたいなもの。いわゆる一心同体の親子だから、二人一緒になるとパワーが倍加するんだ。

いやいや。こんな親子に負けるものか。

気持ちを落ちつかせるために、僕は二度、咳ばらいした。

「ええと、このあいだの時間に、雲井君とペットの話をしました。みなさん、覚えているかな」

ざわめいていた教室中がしずまりかえった。

数刻して、静寂をやぶる。

「My pet was killed. I'm sure you have something to do with that.」

アオイの顔にさっと翳がさし、目に険ができた。だまって首をふる。

「とぼけるんじゃない。僕の猫なんて死んじまえと言っただろ、きみは」

と、僕がどなるのと同時に、はげしく椅子がなった。

最後列で翠が立ちあがり、すごい目つきでこちらをにらんでいる。僕はゆっくり最後列まで歩いていき、だまってその前に立った。

相手はヒールをはいているせいか、僕より背がたかい。猛禽類のように肩をいからせて、こちらを見下ろしている。

「雲井君のお母さんですね。というか……」

すこし語尾がふるえている。

「雲井翠さんこと生物研究家ベルデさんことペットライフ・アソーシエイト社長グラスさんこと合成人格Xさんですね。まちがいありませんね」

「………」

「僕の飼っていたシャム猫が死にました。心当たりありませんか」

「ママ、そんな奴、相手にしなくていいよ」

背後でアオイが叫んだ。

こちらに来ようとするアオイを、手で制してから、

「どういうことでしょうか」

と、ひくい声で相手がいった。憎悪にみちた、落ち着きはらった声。平先生そっくりの目。

僕はすばやく牛刀をとりだした。タオルが床におちる。

……一歩わきに踏みだそうとする翠に、牛刀ごと体当たりする。プシューッと、へんな音がした。

たん、たん、たんと二、三歩後ろによろめいてから、相手はぐらっとかたむき、床に倒れた。罠にかかった吸血コウモリのように顔をしかめながら、翠は腹に刺さった牛刀を両手で抜きとろうとしている。

僕はだまってその姿を見下ろした。

そうだ、これがあんたのいう「自然」なんだ。あんたを殺すという僕の行動は、人為淘汰じゃなくて、自然淘汰なんだ。ペットの実験も同じだろう。僕はただ、自然の生きものとして行動しているんだからな、ちがうか。

教室のあちこちから悲鳴があがった。受講生たちがいっせいにドアから逃げだしていく。

なかなか牛刀は抜けない。足下に横たわっているモスグリーンのワンピースに黒っぽい染みができ、みるみる大きくなっていく。翠はヒューヒューと荒い息をしながら、包丁の柄をにぎり、血走った目でこちらをにらんだまま。

そのとき、一つの影が苦悶している翠に駆けよった。アオイだ。しゃがんで一気に牛刀を引き抜くと、弾かれたようにこちらを向き直った。右手にもった血だらけの牛刀がふるえている。全身から発散している殺意。

そうだ、悪魔は雲井翠だけじゃない。この娘は母親の化身《アバター》だ。母親の子宮と臍の緒で、いや通信回線で直結してるんだ。親も子も、ネットのなかで増殖するＰＬＡＸブログ「私＝Ｘ」の一要素。これはヤバイぞ。地球を汚染していく新種の怪物ウィルスだ。関連データは徹底的に削除《デリート》しなくちゃいけない。

ニワトリのような叫び声をあげてとびかかってくるアオイから身をかわし、牛刀をうばいとると、僕はその顔に切りつけた。アッと叫んで両手がうえにあがり、無防備になった腹を、つづけて力いっぱい横に払う。アオイはがくんと腰を折ると、紙細工の人形のようにくたくたっと床にくずおれた。

ぎゃあっと悲鳴があがる。アオイでなく翠だった。床に転がったまま、片手で腹を押さえ、もう一方の手で娘ににじりよろうとしている。親子の体からシャワーのように鮮血がふきだしてきた。

お前らの体からでてくるのは何だ？　生きものの赤い血なのか？　黒い数値データなのか？　お前らの言う通りなら、二人とも機械と同じなんだろ。サイバー空間のなかに住んでるんだったら、死ぬんじゃなく、壊れるだけだろ。オレは殺したんじゃなくて、情報空間から〝削除〟したんだ。殺人罪なんてありゃしない。せいぜい器物破損罪があるだけだ。だってお前らは故障した機械だ。暴走する「X」の機械部品だ。だからブッ壊さなくちゃいけない。

お前ら――いや「お前ら」じゃなくて「お前」だ。お前「X」の本質は、ウェブのなかで循環しながら自己増殖するあのPLAXブログなんだ。お前にもようやくわかったか？　自分がまちがっていると。生きものは利用可能な機械じゃないんだと。

……牛刀を床に投げ捨てた。

二つのからっぽの肉体が血まみれになってしずかに倒れている。フロアのうえに赤黒い大きな池ができた。教室にはほかにだれもいない。ジャケットも返り血で汚れている。僕は最後列の椅子に腰をおろした。

ともかく僕は行動した。身を護っただけじゃなく、義勇兵のように雄々しく戦ったんだ。「X」みたいな化け物をこれ以上のさばらせるわけにはいかない。

突然、流れていく時間がギシギシといやな軋み音をたてた。

あたりの様子がみょうに変わり、すべてが地震みたいにぐらりと揺らいで、それからゆっくり元にもどってくる。

数秒、いや数十秒、僕は意識をうしなっていたのかもしれない。自分に乗りうつっていたものが、スウッと離脱していくのがわかった。ナースキャップをかぶった後ろ姿に、僕は声をかけた。――「君はいったい誰なんだ、ナイチンゲール？」

そのとき、去っていく後ろ姿が急にくしゃっとつぶれて、スクリーン画像のようにズレながら回転すると、ナースキャップが花びらみたいにめくれて、なかから不意に二筋の光線が飛びだしてきた。

あ、あれは平先生の縁なしメガネ……。

「そうだったのか。やっぱりナイチンゲールのふりをして、僕の遺伝子のなかに隠れていたんだな。……でも、いったいなぜ僕にこんなことをさせたんだ？　実の息子の僕に」

答はなく、まぼろしはすぐ消えた。

窓の外では灰色のみぞれが降っている。

黙々と降っている。

窓をあけようか。そうすれば吹きこんでくる冷気が、暖房のききすぎた教室の、この生臭い瘴気《しょうき》を浄化してくれるかもしれない。だが血をすったスニーカーは床にはりつき、わずかな意思力の行使さえ拒んでいる。

ただただ、愚劣で悲惨だった。ここにあるのは、吐き気がするほどみにくく、むごたらしい光景でしかない。

急にパワーの抜け落ちた体中の細胞すべてを、やりきれない疲労感が鬱々とひたしていた。

さっきこの教室で起きたこと――いやたぶん、この「僕」が起こしたこと――それが何だったのか、理由も脈絡もよくわからない。頭を整理するには長い時間がかかるだろう。

なぜこんな運命が自分にやってきたのか。

いまこの瞬間に、ぜんぜん別の場所で、たとえば明るい小児科病棟のようなところで、子どもたちと冗談を言いあっている多々納蔵人の姿はありえないのだろうか。

これでネネとサイコの悪夢は断ち切れるだろう。けれど同時に、僕の一生も絶たれるだろう。

それにしても、僕の死後、世界はつづいていくのだろうか。いったいどんな風に？

この世界をながめている僕という存在は、完全に消滅するのだろうか？「無」になってしまうのなら、いったいどこから「有」はあらわれるの？ それとも僕の意思にかかわりなく、DNAやRNAみたいな情報システムが作動して、なにか別のものが代わりに継続発生していくのだろうか？ 人間の脳にはたぶん、それを知る能力がそなわっていない。

……乱暴にドアがあいた。

ヘルメットをかぶり、拳銃をかまえた男たちがどっと教室になだれこんできた。

それから起きたことは、べつに記すまでもない。僕はその場で現行犯逮捕され、留置所に収容された。

数日たって、接見の弁護士が頼んでおいた新聞の切り抜きを持ってきた。

「塾教師、生徒親子を惨殺」「当日、計画的に凶器を購入」「動機なき殺人をうんだ心の闇」と大見出しがおどろおどろしい。「多々納蔵人容疑者は内向的で大人しい性格だが、生徒の評判は悪くなかった。動機については、可愛がっていた猫を殺されたなどと意味不明なことを供述しており、警察では精神的に問題がなかったかどうか、容疑者を今後詳しく調べていく予定」とのこと。

いくつか「識者」による的はずれのコメントが並んでいるとなりに、興英セミナーの校長のつぎの談話がのっていた。

「このような事態をひきおこし、塾の責任者として申し訳なく思っている。多々納君はまじめな英語教師で、これまで大きな問題を起こしたことはない。生徒の雲井アオイさんは帰国子女で他の生徒よりかなり英語能力が高かったので、勉強法をめぐってすこしトラブルがあったという噂はきいている。ただ目撃者の話では、最初に犠牲になったのはお母さんの雲井翠さんだというが、二人のあいだにほとんど面識はなかったはず。どうしてこんなことになったのか、まったく理解できない。ともかくお二人の冥福を祈るばかりだ」。

相変わらず、つける薬のない奴だ。偽善者のウソつきだ。

第十一章　エピローグ

近ごろ少し事情がありまして、なかなかウェブにアクセスできなかったのです。このブログもしばらくお休みしてしまいました。ごめんなさい。

さて、今日は、世間を騒がせた「塾教師による生徒親子殺害事件」に関して書いてみたいと思います。というのは、わたしナイチンゲールは容疑者である多々納蔵人さんとたいへん親しい間柄だからです。

あの事件をめぐってウェブのなかではたくさんの意見や憶測が乱れとびました。わたしもがんばって読んでみたのですが、ここまで誤解が広まっているのかと思うと、ちょっと絶望的な気分になってしまいます。だいたいの人たちは、マスコミの報道をうのみにして憤慨したり同情したりしているのですね。

マスコミの報道がすべて誤りだとはもちろん言えませんし、個々の断片的な事実は報道された通りでしょう。ただ、犯罪事件の分析については、マスコミは事大主義というのかしら、今回にかぎらずどんな犯罪事件もてばやく分類して、いつもステレオタイプの論評をくわえるだけなのです。あえて率直に言ってしまいますと、マスコミ報道があの事件の真相をただしく認識しているとはわたしにはとても思えません。それでわたしは、ぜひ事件の真相をあきらかにしたいのです。

まず言えるのは、これが精神異常者のアブノーマルな性欲や被害妄想から発した犯罪では絶対にないということです。わたしは看護学を勉強している学生で精神科医ではないけれど、そのことだけははっきりわかります。容疑者がとった行動は、理性をうしなった異常な人間の行動ではなく、ごくふつうの正常な人間の行動なのです。だから容疑者をイージーに心神喪失とか心神耗弱というカテゴリーに押し込んで、ことをすませてしまってはいけないでしょう。

そしてまた、これは衝動的な犯罪でもないということです。つまりたとえば、教師としてのプライドを傷つけられたからカッとなって激情を暴発させた、といった犯罪でもないということです。そう位置づけるほうが弁護の立場からは有利なのでしょうが、明らかに的を射ていません。

またいつものことですが、評論家たちの手あかのついた分析にも困ったものです。彼らは定石にしたがって、容疑者の育った家庭環境のせいにしたり、雇用不安と経済格差のせいにしたり、バーチャルなセックス・イメージの氾濫のせいにしたりします。これらの凡庸な意見は単に、ありふれたマスコミ報道を補強するものでしかありません。

ではいったいなぜこの事件は起こったのでしょうか。

実は告白すると、わたし自身、いったいなぜこういう無惨な結果になってしまったのか、一〇〇パーセント理解しているとはとても言えないのですが、多々納さんとのコミュニケーションを通じて、それが思想的・哲学的な問題をふくむことだけはわかってきました。

それは、二〇世紀末から世界中にひろがったインターネット技術が「人間」をいかに変えてしまうか、ということです。ネット愛好家でもある多々納さんは、どうやらこの問題でずいぶん深く悩んでいたようです。そして、人間をいわば〝サイバーペット〟にしてしまう風潮にたいする抵抗として、確信犯的にあの事件を起こしたと思うのです。

もうすこし具体的に説明しましょう。これまで人間とは〝自立した個人〟であり、社会は自立した個人が集まってつくるものだと考えられてきました。すくなくとも近代はそうです。自立した個人には自由と権利があたえられるべきであり、そういう個人がモラルをもって主体的にものごとを判断し、行動し、責任をとるべきだというわけです。

ところが、インターネット時代にはそんな個人など分解されてしまい、人間はいわばコンピュータめいた存在に近づいていきます。なぜならウェブ空間では、個人も、社会も、自然も、すべてが情報のダイナミックな超巨大運動体のなかに回収されてしまうからです。

人間の思考はばらばらな単位となって、人工知能をもちいた検索ソフトなどにより別の思考と自動的にむすびつけられ、組み合わされた新たな思考が、ウェブのなかでつぎつぎとダイナミックに出現します。そこではもはや、昔ながらの古典的人間観など通用しないのではないでしょうか。そこで相変わらず〝自立した個人〟なんて信じこんでいても、無意味なのではないでしょうか。

とりわけウェブのなかには、電子的なコンピュータ情報だけでなく、生命的な遺伝情報もふくまれてくることを忘れてはなりません。この二つはともにデジタル情報なので、生物と機械と人間とをすべて共通に一種の情報処理システムとみなす思考がうまれてきます。「生物イコール機械」であり、「自然イコール人工」というわけです。

こういう考え方をわたしは全面的には支持できないのですが、多々納さんはかなり信じこんでいたようです。すくなくとも、生物と機械のあいだや、自然と人工のあいだにはっきりした境界線をひくことは難しいと考えていたことはたしかです。

さて、仮にこのような情報一元論をみとめることにし、二一世紀の人間が生物と機械の混在した「情報環境」に住むことになるとしても、そこで人間や生物の価値がどう定められるのかというのは、またべつの問題のはずです。しかし困ったことにここで、人間をふくめた生物の価値を「市場」できめてよいと考える人たちが出てくるのです。

とりわけ、コンピュータ・シミュレーションとバイオ・エンジニアリングという手段を用いて、そういうビジネスでもうけようという人たちはすくなくありません。農作物の改良ならともかく、遺伝子を操作して高く売れるペットをつくりだすというビジネスは、はたしてゆるされるものなのでしょうか。

多々納さんはこういうビジネスにたいして、つよい違和感をもっていたのです。マスコミでは多々納さんが飼っていた猫の死のことが取り上げられていましたが、それだけでなく、人間が自分に都合のいい観点から動植物の値打ちを特権的にきめて、その命を操作していいのか、という根本的な疑問を発していました。

動植物をペットとみなし、その値打ち(客観的価値)を市場できめるという思考を延長していくと、人間までもペットとみなす思考があらわれます。

たとえば、遺伝情報を操作・選択して親の好みの「値打ちのある人間」をつくりだすデザイナーベビーとは、そういうものではないでしょうか。これを多々納さんは〝人間のペット化〟だと考えたのです。そこには、価値付けし売買する側からの視点があるだけで、価値付けされペットとして扱われる生きものの側からの視点がまったく欠落しているのです。多々納さんは価値付けされる側の一メンバーとして、はげしい不快感をもっていました。

人間のペット化といわれても実感がわかないかもしれませんが、お仕着せのファストフードをたべ、お仕着せの娯楽作品で興奮し、お仕着せの医療器具に囲まれて死んでいく人間はどこかペットに似ていないでしょうか。人間は他の動植物をペット化しますが、それはみずからをペット化することにつながるのです。

そして、被害者であるQリサーチの代表取締役雲井翠さんのことを、多々納さんはそういうペット・ビジネスのパイオニア兼リーダーの一人とみなしていたようです。もう一人の被害者である娘さんの雲井アオイさんは、たまたまそのトバッチリをうけて巻き込まれてしまったにすぎません。

ところで正直にいいますが、勝手に他の人間（生物）を評価し、それが客観的評価だと信じこむ特権的態度にたいする嫌悪感を、多々納さんと同じくわたしも共有しています。

さらに、そういう考え方は人間（生物）の生存上もひじょうに危険だと考えられます。「理想の人間（生物）」をつくりだすデザイナーベビー的な発想がはびこると、とかく同じような遺伝的形質をもつ人間（生物）のみが増えていき、遺伝的多様性がそこなわれるのです。たとえば、デザイナーベビーは全員、同じような「すぐれた」容姿、知能、運動能力をもつようになるかもしれません。これは生物として、環境変化に耐える能力をうしなうことを意味します。

環境変化をかんがえると、遺伝的な短所は長所ともなりえます。一つだけ例をあげましょう。かなり多くのアフリカ人は鎌状赤血球というヘモグロビンの異常をもっています。この遺伝子を両親から受けついで二つもつ人は、慢性の貧血になり、脳障害、心臓病、骨格異常など、さまざまな病気でくるしむことになります。ただし、片親から受けついで一つだけもっている人には、症状はでません。そして、鎌状赤血球をもつひとはマラリアにかかりにくいのです。このことは、マラリアで多くの人が死んでいくアフリカにおいて、鎌状赤血球をつくる遺伝子が必ずしも短所ではなく、長所でもあることを意味しています。

ですから、人間を選択して遺伝的短所をもつ人を排除し、「理想の人間」だけにするという「市場原理にもとづく人為進化」は、機会均等による自由競争を実現する方法のようでいて、じつは致命的な浅知恵ではないかとわたしは思うのです。画期的テクノロジーがもたらす危険な罠なのです。いわゆる障害者というのは、もしかしたら、知られざる長所を隠しもっており、多くの健常者をいかすために辛い受難の一生をおくっているヒーローやヒロインなのかもしれません。

さて、本題にはいりましょう。仮に雲井翠さんが有害なペット・ビジネスにたずさわっており、その思想が危険であるとしても、はたして彼女を殺害することはゆるされるのでしょうか。単に激情を暴発させたのでないとすると、それなりの理由づけがあるはずです。これに関して、多々納さんはつぎのような奇妙な自己正当化をおこなっています。

ふつう、人間は自分のモラルにしたがって、あることをすべきだ（すべきでない）と、主体的に判断しますね。そういう「べき論（当為論）」は、あることはこれこれである、といった「である論（事実論）」とはべつの次元にあると、昔は考えられてきました。自然についての科学的な議論は「である論」のほうですから、モラルには関与しないことになります。モラルは自然の外部（または自然を超えた上部）にあるのです。つまり、わたしたち人間は、自然科学的なルールにしたがって自動的・機械的に行動しているのではなく、自分の意思にしたがって主体的に判断しながら行動しており、それゆえ悪いことをすれば責任をとらねばなりません。

ところが、もし人間が、他の動植物と同じく、さらに機械と同じく、いわゆる「情報的な存在」

であるとすれば、どうでしょうか。このとき、モラルは自然の内部にうつり、いわば自然科学的な「である論」のなかに「べき論」も含まれてしまうことになります。実際、人間のモラルというのは、生物進化史のなかで形成されてきたという議論もあるそうです。そこではモラルはもはや絶対的・超越的な位置づけをうしない、たかだか遺伝子が生き残る戦略としての有効性をみとめられるだけなのです。さらにまた、モラルを支えるのは〝自立した個人〟ですから、ウェブのなかにそんなものは存在しないとなると、「べき論」の根拠はますます怪しくなっていきます。

そういうなかで、殺人という行動もあらためて位置づけられることになる、と多々納さんは主張するのです。殺人が絶対悪ではなく、むしろ人間は「遺伝子が生き残る」という自然科学的なルールにしたがう存在だとすれば、自分の生き残りのために殺人をおかすことがゆるされる場合もあるだろう、というのです。そして、無価値な人間だと判断された自分のような存在が、その価値判断を「客観的」なものだとしてゴリゴリ押しつけてくる権力者を殺す行動は、「自然」な抵抗として、責任など取らなくてもゆるされるのではないか、というわけなのです。

さらに多々納さんは、人間がサイバー空間のなかの機械と本質的に同じであるなら、それを破壊することは単に器物破損でしかないとも主張します。恐ろしい議論ですが、人間機械論からは論理的にそういう結論がみちびけるかもしれません。

わたし、ナイチンゲールは、こういう多々納さんの自己正当化にたいして正面から反論しました。

人間が単純な生物から四〇億年もかけて進化してきた産物である以上、モラルも進化の過程であらわれたことは事実でしょう。生存戦略の一環としてモラルを合理的に説明できるのかもしれません。たしかに人間は自然のなかの存在です。しかし、そのことは、人間の個別の行動において、

「べき論」がなくなってもいいということ、つまりモラルを放棄していいということとはぜんぜんちがいます。むしろそれは、わたしたち人間にとってモラルは必須のものであり、モラルをもった人間の行動を、ただ自然科学的にうまく説明できるということだけなのです。

それに、具体的な場面でいかに行動すべきかを判断するとき、一般的・規範的なモラルが必ずしもつねに頼りになるとは限らないでしょう。なぜなら、個々のケースはすべて異なるからです。人間は修羅場のなかで迷いながら、悩みながら、模索しながら行動しているわけで、それがまさしく「生きる」ということではありませんか。わたしはそこが人間(生物)と機械の本質的なちがいだと考えています。機械はルールにしたがってきまった行動をするだけで、「生きて」いないのです。

誤解の大本は、「情報」という存在を、生命的な一回性のあるものではなく、機械的なくりかえし可能なものととらえている世間一般の常識的見解にあるのではないでしょうか。

逆にいうと真のモラルとは、ある行動の是非を機械的にしめす規範ルールブックのようなものではなく、まさに個別のある場面で、一瞬一瞬に何をなすべきか悩みつつ迷うこと、行動をえらびとる苦しみに耐えること、それ自体のなかにあると、わたしは思うのです。

いちばん怖いのは、人間が「自分は情報処理機械でいいんだ、ペットにされてもいいんだ、それは自然なことなんだから、なにも感じなくていいんだ」と思ってしまう社会的な風潮です。だからこそ、いますごい速さでひろがりつつあるそういう社会的風潮に抵抗するためには、人間機械論を盾に取ってはいけない。わたしは繰りかえし、多々納さんにそう言いました。

インターネット時代には、たしかに〝自立した個人〟など信じることは難しくなっていくでしょう。それはわたしもみとめます。昔のように、個人はモラルをもって主体的にものごとを判断し、行動し、責任をとるべきだなどと、天下りで主張することはできません。

しかし、だからといってモラルを放棄してよいかどうかは別の問題です。たとえ自立した個人など虚構であり、存在するのは情報的な断片だけだとしても、そういう虚構をささえる努力こそが社会を持続させるのです。地獄から人間を救うのです。だからこそ、殺人というおそろしい行動の責任をとり、自らの命をもって罪をつぐなわなくてはいけないと、説得をこころみました。

すると多々納さんは言いました。――よくわからない。ナイチンゲールのいう通りかもしれない。善かれ悪しかれ、あの二人の未来を奪いとったことは事実だ。二人も殺したのだから、判決はたぶん死刑だろう。もっと悪いのは、僕を精神異常あつかいにし、心神喪失とか心神耗弱とかいった理由をつけて、死刑にせず監禁して「治療」したりすること。完全に狂っているのは、むしろ世の中のほうなのだから。でも、どちらになるかを決める権限は僕にはない。いずれにしても、国家権力によって長いあいだ監禁されたり、処刑されたりするのは絶対に嫌だ。それなら、とる方法は一つしかないだろう、と。

わたしが黙っていると多々納さんは静かにつづけました。――僕は弱い人間で、君みたいに主体的に生き方をえらびとっていくような力はない。君の言葉にしたがうことにする。僕の一生とはいったい何だったのだろう。宇宙のなかで人間の観測できる星はほんのわずかで、ほとんどは誰にも知られず、完璧に情報空間から消えた存在なのだそうだ。僕はキラキラ輝いたりせず、そんな風に生きたかったのだが、もう遅い。ただ、殺人をおかした人間は、万一生まれかわったらどうなるのだろうか。それが心配でたまらない、と。

わたしはもう胸に複雑な思いがあふれかえって、何も言えませんでした。あの人の望みは他の生きものをなるべく傷つけず、ひっそり生きることだけだったのに。わたしはたった一言、万一生まれかわっても、以前のことはすっかり記憶から消えているので悩まなくてもいいでしょう、どうか死を恐れないでください、とだけ答えたのです。

（終）

「付記」

以上は二〇XX年八月九日に東京拘置所内で自殺した、雲井翠・雲井アオイ殺害事件の被告人多々納蔵人氏の遺した手記をまとめたものである。

とくに最終章は、いわゆる「遺書」というべきもので、故多々納氏は、この遺書を本名ではなく以前からのペンネーム「ナイチンゲール」のブログという形式でインターネットのウェブ上に公開することを強く希望し、その旨を本弁護人に別便で託した(遺書はもともと数日にわたるブログの形式になっていたが、読みやすくするため本弁護人の文責で最小限の編集処理をくわえて統合してある。その他は、誤記の訂正以外、手記の原文にたいする加筆訂正はおこなっていない)。

遺書に典型的であるが、明らかにこの手記からは、多重人格的・自己分裂的な症状が見てとれる。手記を読んだある精神科医によれば、「ナイチンゲール」には故多々納氏の幼少期の体験にもとづく「願望と現実の混ざった母親像」が強く投影されているという。その当否はともかくとして、問題は、果たしてこういう手記を遺した故多々納氏に殺人事件の犯人としての責任能力を問えるのか、ということである。

私見では、本事件の異常さは単に家族関係がもたらしたものではない。ネット文化の特質と不可分ではなかろうか。故多々納氏自身、ウェブ内にひそむ罠に足をとられた犠牲者なのだ。自分のつくりだしたナイチンゲールによって殺人を犯し自殺にまで追いこまれたのだから。

ちなみに、殺害された雲井翠さんが遺伝子組み換えペットに関係するビジネスを手がけていたことは事実だが、その違法性は法制度の未整備もあってまだ立証されていない。

いずれにしても、社会に大きな衝撃を与えたこの殺人事件が、十分にその内容を解明されることなく、被告人の自殺によって幕を閉じてしまうのはきわめて残念である。幾分でも事件の真相を明らかにするための貴重な資料であるという判断にもとづき、ご遺族の了承のもとにあえて手記公開に踏み切ったものである。

弁護人　卜部栄一

第Ⅱ部　ウェブ生命情報論

――――解説にかえて

1 機械化する生命体

生命力 情報の話から始めよう。本書の一貫したテーマはまさに“情報(information)”の基底を洞察することにほかならないからだ。

手垢にまみれた「情報社会」という言葉が示すように、すでに情報という概念自体は古臭い。千変万化するデジタルIT(情報技術)の話題にのめりこめば、議論が肝心な点からとめどなく逸れていってしまう。ここで原点に回帰しなくてはならない。

情報とはいったい何か？ ——それは生命力に作用し、意味や価値をもたらすもののことだ。

凝視すべき対象は“生命力”である。フロイトが主張したリビドーは、生命力のもつ多様な側面のうちの一つを表す概念にすぎない。

40億年前に発芽した生命力が、今この瞬間にも、地上に幾多の生命体と、それらを結ぶ天文学的な数の出来事とをもたらし続けている。仮に一本の樹木にたとえるなら、ヒトすなわちホモ・サピエンスという生物種は巨大な生命樹の一つの枝であり、われわれ一人一人は小さな個々の葉っぱのようなものだと言える。

大切なのは、生命力のもつエネルギーをまるごと直覚する感性である。頭の中で論理的に理解するだけでは不十分なのだ。というのも、生命力とは、つねに合理的な解釈を乗りこえていく存在だからである。

その証拠たりうる小さなエピソードを紹介しよう。

ほんの数年前のことである。カザフスタンの幼い少年のお腹が異常にふくれてきた。このままでは命が危ない。開腹手術をしてみると、死んだ赤ん坊が出てきた。小さいけれど髪もあり、歯も爪もある。赤ん坊は少年の一卵性の兄弟だった。

一卵性双生児で二つの胚の大きさが不揃いの場合には、時々こういうことがあるらしい。つまり、小さい胚が大きい胚にくるみこまれ、兄弟につながったへその緒から栄養をもらって生きのびようとするのである。

ここには、生命力のもつ、盲目的で無計画的なエネルギーが異様なかた

ちで噴出している。兄弟に寄生している以上、その胚が正常に成長し、やがて子孫をもつことなど、決してできない。にもかかわらず、小さな生命は必死で生きようともがき、現実に数年間にわたって生き続けたのだ。

このように、生命力は非合理的な暗い謎をはらみ、運命的な偶然性にみちている。それは暴力的で情け容赦なく、しばしば身を裂くような悲劇さえもたらす。

われわれ人間は、合理的な思考と科学技術を駆使してその秘密をさぐり、何とかして生命力のもたらす悲劇を克服しようとしてきた。実際、かなり成功を収めてきたと言ってよいだろう。100年も前なら、少年の命は助からなかっただろうし、場合によっては母親ともども化け物扱いされたかもしれない。幸い現在、カザフスタンの少年はすっかり快復し、元気に走り回っている。

とはいえ、まさにこの合理的思考と科学技術そのものが、今や、逆に問題を引き起こしているのだ。なんと皮肉なことではないか。

生命力がうみだす生態系の内部に、現代科学技術に由来する奇妙な軋みとグロテスクな不整合が生じ始めている。ぞっとするような災厄の前兆さえ、かすかに見えてきた。こういう矛盾に、繊細な感受性をもつ知性はすでに気づいている。

いや、事態はまったく逆だと、楽天的進歩主義を信奉する遺伝子工学者やコンピュータ技術者は反論するかもしれない。むしろ、われわれ人間はようやく生命力の凶暴なまでの支配から脱しつつあるのだ、と。自由意志にもとづいて合理的に生態系を改変し制御し、人間生活を向上させる手段を入手しつつあるのだ、と。

両者の論争こそが、本書の核心をなしている。

結論めいたことを述べる前に、準備として以下、基礎的な概念を整理しておかなくてはいけない。まず、生命力と情報との関係について明らかにしておこう。

充満する生命力が、個々の生命体のうちに「生の意味、生の価値」を創りだす。換言すると、生命体は周囲環境と相互活動をおこなうのだが、これは生命体にとって「意味のある活動」「価値のある活動」に他ならない。

そこに“情報”が出現するのである。

たとえば、生命体は生きるために栄養物を採取するが、そのとき栄養物に関するパターンはその生命体にとって“情報”なのである。

このように、情報とは生命体にとって根源的存在といえる。宇宙は物質とエネルギーという二つの根源的存在からできていると、19世紀の物理学者たちは考えた。しかし、生命の発生とともに、第三の根源的存在として情報が出現したのである。

端的には、「生命体にとって意味のあるパターン」こそ、情報に他ならない。これが「生命情報(life information)」であり、情報学ではもっとも広義の情報と位置づけられる。

生命情報はヒトの出現以前からむろん存在した。生命体の原始的な形態は細胞であって、40億年の生命の歴史のなかで、バクテリアのような単細胞生物だけの時代が随分長く続いてきた。本格的な多細胞生物が出現してから10億年もたっていない。単細胞生物の時代にも無数の生命情報が交換されていたのである。

とはいえ、太古の時代の生命情報は、われわれヒトに直接認知されたわけではないから、狭い意味では情報とは言えない。情報というのは、あくまで「誰かにとって意味をもつ」もの、つまり関係概念であり、自立した実体ではないのだ。

生命情報のうちで、「われわれヒトが認知し、(言語的に)記述するもの」だけが狭義の“情報”となる。これは人間社会で通用する情報だから、情報学では「社会情報(social information)」と呼ばれている。

たとえば、われわれの体内ではつねに栄養消化にかかわる代謝情報が流れているが、通常それらは意識されない。何らかの原因で体調不良になると、「お腹が痛い」といった症状の記述とともに、それらは意識され、医者は患者の記述をさらに精密な医学用語で表現する。ここで生命情報から社会情報への、記号を用いた転換がおこなわれているのだ。

生命情報は生命体にとっての意味/価値そのものと直結しているが、社会情報は記号と意味内容がワンセットになったものだ。この転換操作において「観察記述者」が出現することになる。観察記述者とは、言語をはじ

めとするメディアによって社会的に通用する記述をおこなう存在、つまり人間である。当然ながら、社会情報は生命情報とちがって、生物進化上、ヒトとともに誕生したことになる。

生命情報は個々の生命体が周囲環境とのあいだに結ぶ関係であり、したがって原理的にそのまま他者に伝達することなど不可能である。われわれは自分の腹痛の詳細を正確に他者に伝えることはできない。しかし言語というのは、もともと個人をこえた社会的・共同体的な存在であるから、そこでは記号を使った意味内容の伝達が仮定されることになる。ただしこれはあくまで擬似的な伝達にとどまり、意味内容の伝達の精度を高めるためには、メディアとしての種々の工夫が必要になる。

すなわち、社会情報は一般に「小包のように伝達される」と信じられているが、これは誤りだ。誤解は、記号のあらわす意味内容が文脈によってゆらぐから生じるのではない。逆に、本来伝達されないものが、いかにして擬似的にせよ伝達されるのか、そのメカニズムを問わなくてはならないのである。

ネットのなかを飛び交っているデジタルな情報は、情報学では「機械情報(mechanical information)」と呼ばれる。これは、社会情報の記号から意味内容をいったん切り離し、記号だけを独立させたものだ。情報学的には最狭義の情報として位置づけられる。たとえば電子メールで文章を送るとき、サーバーではアスキーコードの記号列だけが処理対象であり、記号列が何を意味しているかは問題にならない。むろん、機械情報は最終的には人間によって意味を解釈される。したがって厳密には、社会情報の中で、意味が潜在化しているものが機械情報ということになる。

どこから眺めるかによって、情報は姿を変える。個々の生命体の視点から周りを見回すと「生命情報(価値)」が、そして、無数の生命体がうごめく世界を上から見下ろすと「機械情報(記号メカニズム)」が浮かびあがる。

なお、機械情報にはデジタルなものばかりではなく、アナログなものもある。たとえば、文字で書かれた文章は、最初の本格的な機械情報だといえる。ITというのは本来、機械情報を効率的に複製/蓄積/伝達するための技術だが、これが飛躍的に進歩発展したために、機械情報が氾濫してさ

まざまな問題を起こしているのが現代なのである。

機械情報はもともと生命情報から社会情報を経由して派生したものだった。ところが機械情報が今や逆に、社会情報、さらには生命情報のありかたにさえ、強大な影響を与え始めている。この結果として、生命力の衰退ないし歪曲が起こってはいないだろうか——この問いが本書の主題につながってくる。

残念ながらこの問題を考えるために、従来の古典的なシャノンの情報コミュニケーション理論はまったく役に立たない。シャノンの理論は単に機械情報の効率的伝送に関わるだけだ。

現代は情報社会と言われるが、そこで“情報”という用語は、生命情報と社会情報と機械情報との区別が無く、あいまいに使われている。さらにシャノンの理論が通俗的に誤解され、あたかも情報についての普遍理論のように広まったため、議論がすっかり混乱してしまった。

今や、もつれた糸をほどいていかなくてはならない。

時　間　二つの境界線がある。第一は、ヒトとそのほかの生物とを分かつものだ。第二は、生物と機械とを分かつものだ。これらの境界線を曖昧なままにしておくと、生命と機械をめぐる問題は明確になってこない。

第一の境界線はかつて非常に強固なものと考えられていた。これは、キリスト教思想に支えられてきた西洋思想において顕著である。人間は神に似た姿をしており、ほかの動植物と違って理性をもつ存在であり、より神に近いという意味ではっきり区別されるべきだというのがキリスト教の考え方である。

近代になって神の存在が希薄化しても、人間を特権化するこの価値観は容易には崩れなかった。デカルトは、松果体《しょうかたい》、すなわち脳の真ん中の豆粒ほどの大きさの内分泌器官が霊魂つまり理性の座であり、筋肉や骨など人体のそのほかの部分は機械のようなものだと考えた。理性をもたない動植物は機械的な存在ということになる。

したがって、デカルトの思考のもとでは、第二の境界線は消滅する。正

確に言えば、第二の境界線はヒトをふくめた生物と機械とを分かつものなのだが、この境界線自体が無意味となって、意味を持つのはただ、ヒトとそれ以外という区分だけになってしまう。

だがすでに、こういう古典的な近代主義は過去のものとなった。

ヒトに理性なるものがあるとしても、それは松果体にあるではなく、大脳を中心とした脳神経系、さらには身体全体に関連している。理性が顕現するのは言語活動だが、原型的な言語活動は類人猿や鳥類にも見られる。動物行動学は、動物の行動が決して機械的な固定したものではないこと、とくに群れをつくる社会的動物では多様なコミュニケーションがおこなわれており、一種の文化伝承さえみとめられること、などを明らかにした。

さらに分子生物学は、DNA遺伝情報を分析することによって、ヒトとそのほかの動植物との強固な類縁関係を立証した。ヒトとチンパンジーとのゲノム(個体を成り立たせるDNA遺伝情報の総体)の差は二パーセントにも満たない。ネズミどころかヒドラや苔類のような縁遠い外見をした生物さえ、ヒトと同じ遺伝子をたくさん持っているのである。こうしてヒトとその他の動植物の連続性が強調される今、キリスト教の伝統が強く残る国々をべつにすれば、第一の境界線はおぼろげなものとなりつつあると言ってよいだろう。

では第二の境界線はどうだろうか。

これも同様に曖昧になってきた、という声があがるかもしれない。コンピュータ工学の発達ともに、人工知能(artificial intelligence)とか人工生命(artificial life)といった分野が盛んに研究され、第二の境界線に攻撃を加えている。にもかかわらず、まさにこの境界線を見極めることが、本書の主題と関わってくる。そこで注目されるのが“時間”なのだ。

時間というと、われわれはいったいいかなる存在を思い浮かべるだろうか。

ニュートンは、全宇宙に共通の、絶対的な時間の流れを仮定した。この古典力学的な時間概念は、「時間とは永遠の顕在化したものだ」という西洋の古代・中世的な時間概念を受け継いでいる。永遠とは神の属性なのだ。ニュートンの時間は空間と切り離され、静かに星のあいだを流れてい

る。運動方程式において時間軸を逆向きにしてもよいことから、時間は対称で、宇宙は可逆であり非歴史的だという見方もできるだろう。

独立していた時間と空間とを結びつけたのはアインシュタインである。ただし、その相対性理論は徹底的に幾何学的であり、ある意味では、ニュートンの宇宙観をより精緻化したものと見なすことができる。端的には、時間が空間化されて、非歴史的な神的秩序のなかに組み込まれたともいえるのだ。

しかし、現在の科学者たちの多くは、時間とは対称ではなく、一方向的な流れであり、それゆえ“歴史”を考慮しなければわれわれの宇宙観は正確にはならないと考えている。アインシュタインの意図をよそに、相対性理論は宇宙から永遠を追放し、140億年前のビッグバンを示唆してしまったのだ。

実はそれ以前、古典力学の中にはすでに、熱力学という鬼っ子が紛れ込んでいた。熱湯と冷水を混ぜればぬるい湯ができるが、逆の現象は起こらない。それぞれの水分子は可逆な運動方程式にしたがうとしても、水分子が大量に集まって示す統計的挙動は非可逆なのである。

このように、宇宙のエントロピー(無秩序さの度合い)は時間とともに増大し、秩序は徐々に崩壊していく。歴史とともに宇宙が無秩序になっていき、やがて「熱死」にいたるだろうという物理学者のメッセージは、20世紀のある一時期、一種の終末論的世界観を描きだした。

だが幸い、20世紀後半には早くも、これを克服する新たな学説が広まったのである。それはカオスを始めとするいわゆる非平衡開放系に関する理論で、今では「複雑系科学」という一般的名称で呼ばれることが多い。エネルギーや物質の出入りのない、孤立した系では確かにエントロピーは増大し続ける。しかし、エネルギーや物質がたえず流入／流出する非平衡開放系では、むしろエントロピーが減少し、秩序が生成されることがありうるのだ。たとえ宇宙全体としては無秩序になっていくにせよ、宇宙は途方もなく広い。局所的に秩序が形成されるなら、それほど心配することもないというわけだ。

肝心なのは、生物の体、つまり生体の空間的秩序がそのようにして組み

立てられているということである。非平衡開放系においては、ミクロなゆらぎがマクロな形態パターンをつくるが、こういった現象はわれわれの体のいたるところで見受けられる。

さらに非平衡開放系では、初期条件のごく微小な差異が時間経過とともに影響力を増していき、やがて巨大な相違にまで発展していく。したがって、生物は本質的に、歴史的な非可逆な時間と関係が深い。われわれも含めて生物はみな、ニュートン的な可逆的時間ではなく、一方向的な時間の流れの中にいわば投げこまれているのである。

それだけではない。生物と時間の関係を考えるとき、それぞれの生命体は特有の「主観的時間」の中で生きているのである。

1992年に生物学者の本川達雄が、「動物の時間は体重の四分の一乗に比例する」という説を唱えて評判になった。たとえば、ゾウの寿命はネズミよりはるかに長いが、実はゾウもネズミもともに心臓を20億回拍動して寿命が切れる点では変わらないのである。つまり、ゾウとネズミは違った時間の中で生物は生きており、主観的な寿命としてはだいたい同じ程度だ、ということだろう。

われわれにしても、熟睡しているときは時間の経過をほとんど感じられない。蝉にとっては、幼虫として地中ですごす数年間より、羽化した後の数日のほうが長く感じられるだろう。それぞれの生物にとって、時間の流れは決して一様ではなく、無数の水脈のように多様で相対的な「主観的時間」の中で生物は生きているのだ。

ところで、機械のなかの時間はどうだろうか。

結論から言えば、よほどの例外をのぞいて、あらゆる機械はニュートン的な時間のなかに投げ込まれていると考えて間違いない。機械とは、時計で計測できる均質な「客観的時間」のなかの存在なのである。機械にとって、今日の一時間は半年後の一時間に等しいと言える。

とりわけコンピュータは典型的だ。コンピュータというのはプログラムで指定された命令を一つずつ逐次的に実行していく機械であり、その動作は埋め込まれた基本クロックが刻む時間と同期しているのである。

大切な点は、コンピュータをはじめ、あらゆる機械は「反復」動作を前

提として作られるということだ。ここにはニュートン的時間の永遠性・回帰性という性質が現れている。およそ機械は予測された反復的な動作をするからこそ「機械」なのであり、これは学習機能をそなえた機械でも例外ではない。逆に言えば、同一の入力に対してまったく予測できない出力を返すならば、それはすでに「機械」ではなく故障した廃物なのである。

要するに、生物と機械とは、本質的に異なる時間のうちにあるのだ。

生物は流れ去っていく多様な主観的時間のなかの存在であり、そこで起きる出来事は繰り返せない一回性をもつのにたいし、機械は循環的で一様な客観的時間のなかの存在であり、そこで起きる出来事は基本的に反復されるのである。

生物と機械を分かつ第二の境界線はこのことと深く関わっている。

世界　世界が時間と空間とから組み立てられているとしたら、空間に関しても同じようなことが言えるだろうか。

機械がニュートン的な客観的空間、つまりデカルト座標で与えられる普遍的な三次元空間のなかで動作するというのは、直感的にうなずけることである。では、生物はどうかというと、少なくとも19世紀までは、あらゆる生物は機械と同じように客観的空間のなかで生存していると考えられていたようだ。理性をもたない動物は機械的存在というわけである。そうなると犬の行動はロボット犬の機能と同様な方法論で分析できるような気がしてくるだろう。

認識論的な革命を起こしたのは、20世紀初めに「環世界(Umwelt)」という発想を提示した、エストニア生まれの動物学者ヤーコプ・フォン・ユクスキュルである。ユクスキュルによれば、動物は普遍的な客観的世界のなかで生きているのではなく、それぞれ別々の環世界の住民だということになる。

環世界とは何かというと、端的には「主観的世界」のことだ。厳密には、「動物が周囲環境に主体的に意味を与え、自分で構築した世界」である。ここでいう“意味”とは、まさに前述の生命情報がもたらすものに他ならない。逆にいうと、ある動物にとって意味のあるもの、価値のあるも

ののみが、“情報”として周囲環境から浮かび上がってくるのである。

たとえば、ヒトにくらべて視覚が弱く嗅覚が鋭い犬は、電信柱の尿のにおいによって周囲で何が起きているかを知り、自分がいかなる行動をとるかを決めるだろう。それはわれわれとはまったく異なる世界認知の方法である。つまり、犬は嗅覚をベースに環世界を構築しているのである。

ユクスキュルの方法論は動物の知覚器官からその環世界を類推するもので、主観的時間も扱っているが、おもに動物の主観的空間に関する記述が多い。ユクスキュルは、生物個体の主観的空間を、作用空間、触空間、視空間の三つが重なったものとしてのべている。ここで作用空間とは、自分の運動によって知覚される空間のことだ。目を閉じて宙に字を書いてみたり、歩き回ったりするとき、そこに“空間”を感じることができるが、これが作用空間である。これは内耳にある三半規管と関係している。触空間は指先などで対象に触れることで感じとる空間だ。視空間はいうまでもなく目で見て感知される空間で、これがわれわれヒトにはもっとも馴染んだものである。

一人の人間のなかでさえもこれら三種の空間が複雑に組み合わさって主観的空間を構築するのだが、異種の生物の場合、知覚器官の特性によって実に多様な主観的空間ができあがることは明かだろう。たとえば魚類の三半規管は、三次元空間で移動した距離を空間軸ごとに記録する測定器のような機能をもつとユクスキュルは言う。この作用空間形成によって、水中で動き回った後、視覚にたよらず正確に帰巣することが可能になる。

また、ネズミや猫など触毛が発達した動物は、たとえ目が見えなくなっても、触空間が形成されるので運動に支障がないという。視空間については、それぞれの生物の目の構造によってまったく違うものが形成される。ヒトより視力のすぐれた鳥はわれわれには同様に見える山岳風景の微妙な相違を認知するだろうし、貝類などの軟体動物では周囲はぼんやりした明暗のまだらにすぎない。

環世界論の詳細に立ち入ると際限がないので控えよう。要するに大切なのは、生物はそれぞれの主観的空間のなかで生きている、ということである。機械と異なり、生物は一様均質な客観的世界のなかに在るわけでは決

してないのだ。

ところで、この一様均質な客観的世界とは、もしかしたらわれわれが住んでいる世界、つまり「ヒトの環世界」なのだろうか。

どうやらユクスキュルの考えはこれに近いように推測される。ユクスキュルは、動物が唯一の世界に詰めこまれているというわれわれの信念は幻想だと批判している。この唯一の世界つまり環境(environment)とは要するに「ヒトの環世界」のことだ。

知覚器官のレベル、したがって第一次近似としては確かにそうかもしれない。だがさらによく考えてみると、ヒトの環世界というのは、いっそう複雑な様相をしている。環世界はその生物にとって「意味のあるもの」から構築されるが、ヒトの場合には食物や敵などだけでなく文化的な要素も当然含まれ、それゆえに多様に分岐した複数の環世界が生まれてくるからだ。そして機械が投げ込まれている近代的時空間、すなわち一様均質な「客観的世界」とは、その一つに他ならないのである。(ちなみに、文化的要素もふくむヒトの環世界についてのきわめて精緻な考察は、20世紀前半に、フッサールの現象学をふまえたハイデガーの実存哲学において展開された。だがそれはヒト特有の言語論にもとづくので、生物と機械を分かつ境界線の探索には有効ではない。)

「生物と機械が宿る世界の相違」という問題にたいして、現在もっとも本質的な光を投げかける議論は、オートポイエーシス理論である。

これはチリの神経生理学者・生物哲学者であるウンベルト・マトゥラーナとフランシスコ・ヴァレラにより、1970〜80年代に提案された。マトゥラーナは、カエルの視神経に同一波長の光による刺激を与えても様々な興奮パターンが得られることから、この理論を着想したと言われている。

機械ならば同一の光刺激(入力)にたいして基本的に同一の興奮パターン(出力)が得られるはずだ。生物であるカエルはそうではなく、その個体特有の複雑な反応を示した。したがって、カエルはある波長の光という「入力」を得たのではなく、単にそれによって「撹乱」されただけだ、とマトゥラーナは考えたのである。

換言すると、カエルとは、入力も出力もなく内部も外部もない閉鎖系で

あり、みずからの過去（遺伝的特質と個体的体験）にもとづいて自律的に動作しつづける存在に他ならない、ということだ。そしてカエルにかぎらず、一般に生物とはそういう“オートポイエティック・システム”だというのである。

オートは「自己」、ポイエーシスは「創ること」をそれぞれ意味するから、「オートポイエーシス」は「自己創出」と訳されることもある。生物とは自分で自分を創りつづける存在なのだ。これに対して、機械は“アロポイエティック・システム”と呼ばれる。アロは「異物」を意味するから、この命名は、機械が他者（具体的にはわれわれ人間）によって創られたシステムだということを表している。生物は生命力の発露によって自然に増殖を続けていくが、機械とはわれわれが所与の機能を果たすように設計し製作したものである。オートポイエティック・システムのなかには、歴史的時間が累積されているが、アロポイエティック・システムは非歴史的な存在である。だから、この命名はそれなりに納得がいく。

とはいえ、生命システムが「閉鎖系」だというのは常識に反する主張である。

常識では、生命システムとは、撹乱されても自己の状態を保ち続ける平衡開放系であるとか、動的に秩序を形成し続ける非平衡開放系であるとかいった見方が一般的な見解だ。そこには生物が周囲環境とのあいだで物質やエネルギーをやりとりしているという大前提がある（日本におけるオートポイエーシス理論の紹介者である科学哲学者の河本英夫は、平衡開放系、非平衡開放系、オートポイエティック・システムをそれぞれ、第一、第二、第三世代生命システム・モデルと位置づけている）。

いったい、内部も外部もなく、入力も出力もない閉鎖系とはいかなることを意味しているのだろうか。

この疑問は、世界を眺める“視点”を生命システムの内部に移動することによって氷解する。

たとえば、今この本を読んでいる読者は、いったい自分が読書をしているのか、夢を見ているのか、永遠に自分では判別することができない。それができるのは読者以外の人々である。われわれに限らず、あらゆる生物

は自分の認知する世界の外部に立つことは不可能なのである。つまり世界は閉じているのだ。

本来、生物が主観的世界（主観的時空間）に住んでいるとは、そういうことに他ならない。

一般にオートポイエーシス理論は難解だと言われる。オートポイエティック・システムは「構成素が構成素を産出するという、産出プロセスのネットワーク」として定義される。自己循環的性質をあらわしているこの定義にもとづいて、直感的に生命の本質を理解することは、それほど容易い業ではない。

むしろ、オートポイエーシスとは「世界の観察／記述に関する理論」としてとらえるべきなのだ。とりわけ、情報学の立場からはそう断言できる。世界がどう観察（認知）され、いかに記述されるのか、というのが問題なのである。

この本を読んでいる読者は、その内容を各自の知識や体験にもとづいて解釈する。そして感想を書くときもある。それは誤解かもしれないが、コンピュータのように入力されたテクストをプログラムにしたがって処理変換して出力しているわけではない。感想を読んで「誤解だ」と見なすのは第三者であって、読者本人ではないのである。読者本人を閉じこめている閉鎖性が、オートポイエーシスの閉鎖性なのだ。

意識がおこなうシミュレーション　あえて粗っぽく図式的に整理すれば、主観的世界と客観的世界は、それぞれ生命情報と機械情報に対応している。そして、二つの世界の交差点に、解かれるべき問題が存するのだ。

まず、ここで問うてみなくてはならない。いったい、これらの世界は、いつ、いかにして成立したのか。

主観的世界の成立については述べるまでもないだろう。どれほど原始的な生物でも、それなりに世界を認知し観察している。単細胞生物でも、ごく単純な作用空間と触空間の原形のようなものの中で動作している。言いかえると、動作そのものが環世界をつくりあげるのだ。だから主観的世界の発生は、地球上に生命が誕生した40億年前にまでさかのぼる。

一方、客観的世界についてはどうだろうか。――断っておくが、ここでは科学史における厳密な意味での古典力学的世界観の誕生について語るつもりはない。ビッグバンによる宇宙誕生について議論するつもりもない。生物進化史上で、客観的世界を出現させた基本的な条件を整理しようというのである。

キーワードは“意識(consciousness)”である。ごく粗っぽくいえば、高度な意識をもった生物であるヒト、つまり現生人類《ホモ・サピエンス》の誕生とともに客観的世界の原型が出現した。十数万年前のことである。客観的世界とはヒトの環世界の一種である以上、これは当然ともいえるのだが。

原始的な意識をもつのはいかなる生物か、というのは微妙な問題である。だが少なくとも、鳥類や哺乳類は持っていると考えてよいだろう。ここで意識とは、いわゆる“心(mind)”の中核で、時間経過とともに推移していく空間的な心象イメージの連続体であり、志向性をもつものだ。ただしそこには、現時点だけでなく過去の記憶の要素が統合されている。

ヒトの意識はその中でどういう特徴を持っているのだろうか。すでに述べたようにヒトとそれ以外の生物との境界線は揺らいでいるが、少なくとも発達した文法体系をそなえた言語を持つのはヒトだけだと言ってよいだろう。言語によってヒトは、認知観察能力に加えて記述能力を持つのだが、それだけにとどまらない。ヒトはさらに、「自分の意識活動を意識する」こと、すなわち二次観察能力をもつのである。これらの能力をもつ存在が、ここでいう「高度な意識」なのである。

意識というのは一種のプロセスであって、物理的実体ではない。意識を生じさせている物理的実体は、「脳(より広くは身体)」である。ヒトの脳は他の生物と比較すると相対的に皮質部分が発達しているので、われわれは高度な意識を持つことができるというわけだ。

意識と脳の関係は、哲学的には「心身問題」の一部をなす。心と身体の関係というのは、昔から哲学者を悩ませた難問だったが、現在では脳科学のほうから盛んに研究がなされている。

脳科学者ジェラルド・エーデルマンのダイナミック・コア仮説によれば、現在進行中の知覚と過去の記憶とのダイナミックな相互作用によって

意識が生起するという。これを物理的に実現するのは、知覚の概念化をおこなう脳皮質領域と、価値つまり記憶の概念化を担当する脳皮質領域とのあいだの強固な再入力結合である。

生命情報は生物にとっての「意味／価値」をもたらし、その価値概念がオートポイエーシスによって歴史的に引き継がれていくわけだが、ヒトの場合、記憶をつかさどる脳皮質がその枢要部分を物理的に支えている。

今この瞬間に、われわれの知覚器官には多様な刺激が加えられている。いったんそれが概念化されると、記憶系（価値系）との再結合によって、その概念自身が記憶系の一部に組み込まれる。そこへまた新たな知覚器官の刺激が加えられ……といった具合で、フィードバック・サイクルがつぎつぎに繰り返される。このプロセスは数百ミリ秒くらいの時間幅で安定するのだが、こういう脳内過程がまさに“意識”のイメージを形成するというのだ。

現時点ぴったりの知覚信号だけから意識が構成されていないことはすぐわかる。眩暈がして倒れたときなど、一瞬記憶が飛んで、自分がどこにいるのか分からなくなるものだ。意識というのは、自分がある場所でどういう行動をしているか、という自覚的な記憶によって支えられているのである。

さて、高度な意識は、ヒトが生存していく上で、いかなる機能を果たしてきたのだろうか。その効用はいろいろあるはずだが、もっとも重要なものの一つは、過去の体験にもとづく予測、つまりシミュレーション能力である。

たとえば、水辺の獣の足跡から、獲物が昨夜水を飲みにおとずれたことがわかる。おそらく獲物は今夜もまた来るだろう。皆で周囲からこっそり取り囲み、いきなり襲いかかればたぶん獲物は驚いて逃げだすだろう、その逃げ道に罠を仕掛けておけばいい。――などといった一連の予測がシミュレーションである。

これは狩猟民の例だが、農耕民にもシミュレーションはきわめて大切である。たとえば空に異常な雲が発生した。半日もすれば大雨になり、川があふれて大洪水になるだろう。このシミュレーションにもとづいて、洪水

が来る前の数時間のうちに皆で大急ぎで作物を取り入れてしまう、といった決断がなされる。

こういったシミュレーションは時空シーンのつながりから構成されるが、そこにおける時間や空間は、主観的な時空間ではない。一種の客観性をもった、反復可能な時空間に他ならない。個々の人間が生きている主観的な世界(時空間)は反復不能なものであり、偶然性にみちているが、意識がおこなうシミュレーション世界はそれらとは独立しており、論理的な必然性をもとに組み立てられているのだ。

しかも、それは共に行動する人々のあいだで共通する時空間である。したがって、客観性をもっている。ここで、客観的世界を成立させると考えられる二つの基本要素をのべておこう。

第一は、天体の動きにもとづく共通の時空間である。主観的な時間の流れは個人ごとに異なるにしても、人々が共同作業をおこなうためには太陽や月、星など、天体の動きが基準となったはずだ。これが時計や暦の原形である。それを洗練させていくと、ニュートンの古典力学的な時空間にいきつく。

第二は複雑な文法をもつ言語である。群れをつくる哺乳類や鳥類は、それなりにコミュニケーションをおこなっており、それを原始的な言語とみなすことはできる。しかし、それらは敵が来たことを知らせるなど、「今ここ」という時空間を前提とするもので、仮定の時空間を前提とするコミュニケーションではない。

一方、ヒトの言語は、否定辞をそなえ、時空間の限定機能を持っている。つまりそれは「今ここ」の時空間のみならず、抽象的な仮構の時空間での出来事を記述する機能をそなえている。たとえば、「もし明日の晩、水辺にやってきた獲物が西側に逃げようとしたら、取り囲んで脅しつけろ、もし獲物が東側に逃げ出したら、脅すな、放っておけ(東側には罠が仕掛けてある)」といった具合だ。

つまりシミュレーションというのは、天体の動きにもとづく時空間を前提にした共通イメージであり、それを人々に共有化するのは文法をそなえた論理的な言語のはたらきなのである。

いわゆる客観的世界とは、以上のように、高度な意識をもったヒトという生物の共同生活のなかで出現したと考えられる。本来はヒトの主観的時間も個人ごとに異なるのだが、そうすると共同作業に都合が悪いので共同体のなかで統一されていったのである。

このように客観的世界は、われわれヒトにとって「有用性」をもっている。それは有用性を求めてわれわれヒトが創りあげた世界である、と言ってよいだろう。

こう断言すれば、ニュートンを始めとする古典力学の信奉者たちは驚いて抗議するかもしれない。彼らにとって客観的世界とは「宇宙的な真理」である。そこに神の意志をみとめたとしても、われわれにとって有用か否かなどは無関係だと主張するはずだ。

しかし、生命情報から出発し、生物進化史から眺めていく情報学においては、この議論が成立するのである。

自然と人工 現代、あらゆる分野でおこなわれているコンピュータ・シミュレーションは、まるで万能のように信じられているが、以上のべたような客観的世界での論理操作を単に大規模かつ精密にしたものに他ならない。

これは単に効率の問題である。生命情報は言語で表現されると、人間社会で通用する社会情報に転化し、論理操作の対象となる。たとえば、太古の狩猟民たちも、「獲物は歯向かってくるか、それとも逃げるか、逃げるとすればどちらの方角に逃げるか、もし二手に分かれて逃げた場合は……」などと、いろいろな仮構の筋書きをつくって予測をおこなったことだろう。

だがこれはなかなか面倒な仕事である。状況が複雑大規模になると仮構の筋書きも膨大となり、予測作業は手に負えなくなっていく。そこで、社会情報から記号だけを切り離して機械情報とし、自動的な記号操作をおこなって効率的な予測をすれば便利なはずだ。コンピュータとはつまりは、言語的論理にもとづく記号操作を超高速でおこなう自動機械であり、それ以上でも以下でもないのである。

実際、製品の開発戦略をねったり、投資効果を予測したり、多様な予測のために、コンピュータ・シミュレーションは日夜おこなわれている。これはヒトの意識的活動の延長であって、なかなか便利なものであることは間違いない。

ただし、そこには落とし穴もある。もともと生命情報から社会情報への転換、つまり記号化のプロセスにおいて、抽象的な客観的世界への強引な還元は免れがたい。とくに現代消費社会では、社会学者のジャン・ボードリヤールが喝破したように、記号が織りなす意味の世界がいわば自立して、次々と実体なきシミュラークル（模擬像）を産出していく。シミュレーションは繰り返され、産出されるシミュラークルは不遜にも「真なる実体世界」を僭称しはじめるのだ。

こういう危険は、機械情報が論理的かつメカニックに組み合わされるコンピュータ・シミュレーションにおいて、見えにくくはなっても消えるわけではない。意味から切り離され、人間の目の及ばないところで、機械情報の記号群が高速処理され、次々に新たな記号群と、それらに対応するシミュラークルを自動産出する。シミュレーションの循環的プロセスのなかで、実体とか真実とかいう概念そのものが不明瞭になっていくのだ。

べつにコンピュータ・シミュレーションすべてを否定するなどという暴論を吐くつもりはない。だがとりわけ生物進化シミュレーションの場合、顕著な危険が生じがちなのは確かである。というのは、そこに組み込まれている生物同士の捕食行動や生殖行動は本来、客観的で機械的なルールにしたがうものではなく、あくまで主観的でオートポイエティックなものだからだ。

ユクスキュルが批判したように、われわれ人間はとかく、自分の意識が創りだした「客観的世界」を唯一至上のものと見なし、まったく異なる主観的世界に住んでいる諸生物を一緒くたにその客観的世界に押し込めてしまう。そして、人間社会での価値観にもとづいて生物の行動（とくにコミュニケーション）を判断し、あげくのはては、一方的に自分たちに役立つように生物を操作しようとする。

生物を機械的存在に還元するとは、そういう人間中心主義的行為なので

ある。これは、情報学的観点からすれば批判の対象とならざるを得ない。

もっとも、そういう行為は、コンピュータ・シミュレーションに限らず、ヒトという生物が太古からやって来たことではないか、という反論も出てくるだろう。

人間は大昔から、多様な植物が繁茂していた原野を開墾して田畑を作り、そこに米や麦やトウモロコシなど、有用な植物だけを植えつけてきた。また、牧場で牛、馬、羊などを殖やし、食用にしたり、耕作に使役したりしてきた。

要するに、そういう行為が「自然」に手をくわえる「人工」と呼ばれるものなのである。本来は別の価値基準でなされるはずの動植物の生命活動を、人間の価値基準にあわせてねじ曲げてきたのが農耕牧畜というものなのだ。

農耕牧畜に従事している人々は、今でもその葛藤に苦しんでいるだろう。畜産農家の少女が、赤ん坊から苦心して育て上げた子牛を肉牛市場に売りに出すときに流した涙を、テレビの報道番組で見たことがある。これを見逃してはならない。「牛にとっての幸福」とはいったい何か、少女は悩まずにいられなかったはずだ。

諸生物との共生を主張するエコロジストの活動目的は、単に稀少種の保護だけだろうか。動植物の個別の生の苦悩に寄り添い、生命力のもたらす巨大な相克まで視野に入れなければ、真のエコロジー思想とは言えまい。

人工、すなわち動植物のつくる自然環境に手を加えることこそ、ヒトという生物の生存戦略にほかならないのだが、これは必然的に、動植物の愛育と虐待という深い矛盾を引き起こす。

この矛盾をあざやかに象徴するのが“ペット”という存在なのだ。

草食獣が草木を食み、その草食獣を肉食獣が喰らうように、生きるために不可欠の殺戮行為はやむをえない。食用動植物の人為淘汰はその延長上にある。だが、われわれが自分の楽しみのために、望みもしない性交をさせて「血統書つきのペット」を産ませたり、逆に無理やり避妊手術をしたりすることは、犬や猫たちを苦しめ、彼らの「幸福」を奪う行為ではないのだろうか。

いつだったか、ある作家が新聞のエッセーで自分の子猫殺しを告白し、大きな話題になったことがあった。

この作家はなかなか面白い小説を書く人物である。邦人女性だがタヒチに住んでいて、雌猫を飼っている。一時は作家も避妊手術をしようかと思ったが、そういう処置は、セックスをして子どもを産むという猫の自然な生のありかたを否定することだと考えるにいたった。とはいえ、親猫だけでなく生まれた子猫までも育てる余裕はない。そこで子猫たちを殺すことにしたというのである。

このエッセーに対して、子猫殺しとは何と残酷な、という非難の声が一斉にわき起こった。だが、作家としては、子猫殺しが残酷なら、避妊手術で子種を絶つのは残酷ではないのか、と反論としたかったのではないか。

――あなたたちは平然と子種を絶ち、生きものを縫いぐるみめいた愛玩物と思いこんでいる。だが、自分は少なくとも、子猫殺しという悲しみと痛みを味わっているのだ。

作家はそう言いたいに違いない。その毒をふくんだ言葉のなかには、生きものを愛玩物として飼うことの罪深さに対する、一種の自責の響きも感じられる。

とはいえ、作家の言い分も勝手なものだ。親猫は少なくとも暫くのあいだ、いなくなった子猫たちを狂ったように探し回っただろう。そして何より、殺されると予感した子猫たちは驚き、怯え、弱々しくとも必死で抵抗したことだろう。猫たちの苦痛が、子猫殺しをおこなった作家の苦痛より小さいとはいえないはずだ。

ペットにたいするわれわれの一面的な見方に対して、このエッセーは衝撃的な一石を投じた。だが作家の視点は、猫のオートポイエティックな主観的世界に寄り添うものではなく、あくまで人間側にとどまっている。

市場価値　ペットについて、一つ大切なことを述べておこう。

われわれが生きるための必要から食用などの生物に手を加えるのはやむをえないが、娯楽愛玩用のペットに手を加えるのは怪しからんという議論

は、残念ながら現代では急速に論拠を失いつつある、ということだ。

なぜならペットというのは、すでに一大産業を形成しているからである。ペット販売業者だけではない、ブリーダー、輸出入業者、獣医、トレーナー、美容整形業者など、ペットに関連したビジネスで生活している人々は無数にいる。

犬と猫の数だけをとっても、ここ数年、日本のペットの総数はうなぎ登りである。ストレスの多い不安の時代に「いやし効果」があると、マスコミは説明する。アニマルセラピーといって、ペットとの交流によってメンタルな病気で苦しむ患者が快方に向かうことも少なからずあるらしい。

およそ、必要と娯楽の境界はそう明確ではないのである。赤身の挽肉は生きるための必要品だが霜降りのステーキは贅沢品だと切り捨てることなど、簡単にはできないだろう。ペット産業はプロスポーツ産業と同じく、昔は無くて済んだかもしれないが、今や現代社会の不可欠な要素に他ならない。ゆえに「優れたペット」を創りだす行為は、稲の品種改良と同じように肯定されるはずだ、という理屈も出てきそうだ。

しかしながら、ここで一つ問題が生じる。そもそも、「優れた」とはどういう意味なのだろうか。

稲の場合は、収穫量が多いとか冷害に強いとかいった性質がひとまず評価の対象となる。だが、こと愛玩用という目的になると、どういう動植物が優れているのかは好みの問題だ。いったい何を基準に決めればよいのだろうか。

悩むことはない、価値基準をあたえるのは“市場”である——そういう声があがるだろう。

われわれ消費者の自由な選択が市場をつくり、それがあらゆるものに正札を貼りつける。それが資本主義社会の大原則だ。とすれば端的には、より高値で売れるペットがより優れたペットということになるのである。

ここに、われわれヒトが創ってきた客観的世界の新たな様相があらわれている。かつて宗教的感情が社会を支配していた時代には、動植物は、たとえそれらの主観的世界は無視され機械的存在と見なされていたにせよ、神の秩序によってそれぞれの価値を定められていた。しかし、今や、客観

的世界のなかに「市場で決まる客観的価値」が新たな秩序として導入されたのである。

市場経済というのは、周知のように、さまざまな数学的モデルで表現されるメカニカルな性格を持っている。だから、市場価値の導入は、生物を機械的操作にゆだねるという方向性をさらに一段階強化することになるのだ。

「遺伝子組み換えペット」の問題は、こうした背景のもとに理解しなくてはいけない。

人為淘汰とくに半強制的な交配による品種改良は、たしかに大昔からおこなわれてきた。脚の速い雄馬と雌馬とを掛け合わせて競走馬をつくる、といったことである。しかしこれは自然な生殖行為のいわば誘導であって、遺伝子操作とは雲泥のひらきがある。猪から豚がうまれたのは確かに人工(不自然)とも言えるが、これに類したことは自然な進化でもひんぱんに起きつづけてきた。生物種の境界はつねにゆらいでいる。

しかし、遺伝子組み換えというのは、生命的なDNA遺伝情報の直接操作である。絶対に子どもなどできない異種の生物同士の遺伝子を、いわばジャンプさせて無理やり融合させてしまうのだ。

こんなことが可能なのは、そもそも地球上のあらゆる生物はもとをたどれば親戚同士であるためである。10億年くらい前までは、みな同じような単細胞生物として蠢いていた。多細胞の動植物に分化した今ではまったく異なる外見をしているが、DNA遺伝情報の重複はかなり大きいのである。たとえば、ショウジョウバエの60パーセント、バナナの25パーセントの遺伝子がヒトの遺伝子と同じだと言われている。

だからこそ、発光クラゲの遺伝子を埋め込んで燐光をはなつウサギをつくったり、哺乳類の成長ホルモンを使って養殖魚を巨大化させたりできるのだ。

むろん、これには危惧する声があがっている。野放しにしておくと、とんでもない生物ができあがって生態系全体が狂ってしまうと警告する環境学者も少なくない。カルタヘナ議定書というのは、そういう懸念から制定された国際的取り決めである。

とはいえ、病虫害に強いトウモロコシとか、農薬に耐性をもつ益虫(害虫の天敵)とか、伝染病にかかりにくい養殖魚、といった実利のある遺伝子操作はどうだろうか。これらを、「生態系の狂い」という理由だけで行政当局が禁止することは難しい。さらに、たとえどこかの政府が禁止したところで、解禁された国の生産物が安値で輸入されてくるだろう。「市場」が後押しするのだ。

すでに、食用の生産物にたいする遺伝子工学の応用研究はすさまじい勢いでおこなわれている。マグロの精子と卵子をもつサバをつくりあげ、交配させてサバにマグロを産ませる、という夢のような話さえ現実になりつつある。サバはマグロよりはるかに小さいから、養殖業者にとってマグロの稚魚を殖やすにはサバを養殖するほうがはるかに効率的なのである。

おそらく、今の調子で遺伝子操作技術が進展していけば、遺伝子組み換えペットが流行する日は遠くないのではないだろうか。

繰りかえしになるが、必要(実用)と娯楽のあいだの明確な線引きは難しい。ペットなどの愛玩物は遺伝子工学の応用対象からはずすという論理は、ペット市場の膨張とともにぐんぐん旗色が悪くなっていくだろう。

遺伝子組み換えペットという存在は、われわれヒトがいかに人間中心主義であるか——つまり、いかに動植物の主観的世界を無視し、自分以外の生物をまるで機械部品のように見なしているか——の象徴なのである。

しかし、問題はもっと根が深い。遺伝子工学はやがてその市場の対象を、身近なペットからわれわれヒト自身に移していくのではないだろうか。

端的には遺伝子操作によって「優れた人間」をつくりだす試みである。

……そう言えば、鳥肌がたつ読者も少なくないだろう。ナチスがやったユダヤ民族の抹殺や、知的障害者の断種といった、優生学が遺した残酷な傷跡が思い出されるからだ。

だが、これにはすぐ反論が現れる。——その心配はない、国家や軍隊が手をくだしたことが罪悪なのであり、われわれが自ら自由意志で決断するなら話はまったく別だ、と。

どんな夫婦でもわが子の幸福を願っている。もし、産まれる赤ん坊に潜

在的な遺伝病にかかる可能性があって、しかもそれを防止する医療技術があるとすれば、その可能性を予め取り除きたいという切ない希望を非難することは誰にもできない。

病気というものは千差万別で、多くは遺伝的原因よりむしろ生活環境に左右される。だが中には、たった一種類の遺伝子の異常のために運命的に発症する恐ろしい病気もある。嚢胞性線維症、筋ジストロフィー、ハンチントン舞踏病、鎌状赤血球性貧血症、フェニルケトン尿症などだ。

われわれは皆、父親と母親からそれぞれもらった遺伝子群をすべて一対で保持しているが、このうち一方だけに異常があるならば発症することはない。二つとも異常のときに病気が顕在化するのである。だから、夫婦が健常者ではあるがともに一個の遺伝子異常をもっている場合、約四分の一の確率で病気の子どもが生まれることになる。

この危険を防ぐためには、着床前遺伝子診断と胚選択をおこなえばよい。父親の精子と母親の卵子を体外受精させる。数十個の胚ができたら、それぞれの胚について遺伝子を調べる。問題となる病気を発生させる一対の遺伝子がともに正常（もしくは一方のみ異常）である胚を一個選び出し、それを母親の子宮に戻して妊娠させればよいのだ。

こういう胚選択は、医療行為として米国の幾つかの州ではすでに実験的におこなわれている。そして遺伝病をもつ家系の人々にはなかなか評判がよいという。

問題なのは、こういう胚選択が、純粋な医療行為の枠をこえて広がっていくことだ。「優れた人間」をつくりだす人間改良につながっていくことだ。

わが子がただ健康であるだけでなく、豊かな才能や美しい容姿をもってほしいと願うのは、親のごく当たり前の感情である。むろん、学業にせよスポーツにせよ、才能の開花は後天的環境にもよるし、着床前遺伝子診断でわかるほど単純なものではない。だが、身長、肥満度、心肺機能、肌の色といった基本的形質が、遺伝子の診断によってある程度推察できる日は、それほど遠くないのではないだろうか。それなら、なぜ両親が自らの自由意志でそれらの形質を選択することが許されないのか、というわけ

だ。

さらに、胚選択だけでなく、遺伝子組み換えという技術がここで登場する。既製品のなかからえらぶのでなく、新製品をつくろうというもくろみである。

異常な遺伝子を正常な遺伝子で置換する「医療行為」の域をこえて、「望ましい遺伝子」の導入が自由にできるようになれば、まさに「設計されたヒト(デザイナーベビー)」が誕生することになる。

もしかしたら、ゴリラの腕力をもつプロボクサーや、チータの脚力をもつ100メートル・ランナーなどが出てくるかもしれない。基本的には、「遺伝子組み換えペット」と同じことだ。そういう子どもたちは市場価値の高い存在であり、競技会で優勝して莫大な収入を獲得し、親に恩返しすることになる。

このグロテスクな構図を、愚かなSFだと笑い飛ばすことはたやすい。医療行為としての胚選択でさえ、禁止されている国もある。遺伝子組み換え操作にはヒト胚のクローニングが重要だが、医療目的ですら、その研究に慎重な意見は多い。

だが、近々おそらく市場の圧力が、慎重派の抵抗を吹き飛ばしていくのではないか。すでに述べたように、いったん技術が解禁されれば、必要な医療行為と快楽追求行為とを分かつ境界など、市場が消し去っていくだろう。

すでに米国では、ウェブで卵子や精子が売り買いされている。美しいモデルの卵子やノーベル賞受賞者の精子は高い値がつくのである。人種、学歴、容姿などで分類され、正札をつけられた、商品としての受精卵。われわれもこうしてペットと化していくのだ。

ダーウィンの悪夢 遺伝情報操作に代表される人為淘汰と市場経済は、21世紀の生態系にいったい何をもたらすのだろうか。

それは確かに、生物進化における一つの革命である。オプティミストなら、われわれはついに自然の気まぐれから逃れ、自らの自由意志でよりすぐれた人類へと進歩する手段を手に入れたのだ、と言うだろう。実際、

DNA二重らせんモデルの提唱者として名高いジェームズ・ワトソンをはじめ、そう考える有力な生物学者は少なくない。

だが、「優れた人間」たちが楽しく暮らす近未来の天国を思い浮かべる前に、アフリカですでに実現された地獄図絵を思い出しておくのも悪くないだろう。

東アフリカのタンザニアは、経済の安定成長と財政健全化で「アフリカの優等生」とよばれている。規制緩和による国営企業の民営化が成功し、2006年の成長率は7パーセント近くに達して、グローバル機関投資家の注目を集めているという。まさに、市場主義をうまく取り入れた、代表的な開発途上国の一つと言えるかもしれない。

とはいえ、この明るくみえる国にも、奇妙にゆがんだ暗部がひそんでいるのだ。

舞台はタンザニアとウガンダの境にあるヴィクトリア湖である。淡水湖としては世界第二位の大きさをもつ巨大湖だが、ここで恐るべき生態系の破壊がおこなわれ、また住民生活の急速な零落が起きつつあるという。グローバルな市場経済がもたらした負の側面として、今、世界中の注目を集めているのである。

というのは、その実態を描いたドキュメンタリー映画「ダーウィンの悪夢」が、2004年のベネチア国際映画祭での受賞を皮切りに、世界中の映画祭で賞を総なめにするほどの大評判をとったからだ。フーベルト・ザウパー監督のこの作品は日本でも公開され、かなりの観客を集めた。

「ダーウィンの悪夢」は、美しい芸術作品ではない。ひたすらリアルで、残酷で、悲しい。観ていると気が滅入ってくる。だがそこからは、生命力と市場経済とがはげしく交錯したときに発する、するどく異様な不協和音が轟いてくるのである。

もともと、タンザニアはアフリカ諸国のなかではそれほど貧しい国ではない。天然資源にはあまり恵まれてはいないが、食料を自給するくらいなら十分できる。ヴィクトリア湖周辺の住民たちも、畑を耕したり、小魚を採ったりして、貧しいながら安定した生活をおくっていた。

さらに、このヴィクトリア湖は、かつて生物学者に「ダーウィンの箱

庭」とよばれ、かけがえなく貴重な学術調査の場所とされていたのである。

主役はシクリッドというカワスズメ科の魚だ。ごく最近まで、ヴィクトリア湖には何と500種類以上のシクリッドが生息していた。ヴィクトリア湖は水深が浅く、1万2500年前には干上がっていたから、1万年あまりのあいだに500もの新種が出現したことになる。とすれば、この魚が新種を生む進化速度はあらゆる脊椎動物のなかで最大ということになる。

いったいなぜ短時間で新種が誕生するのだろうか。

その秘密がすべて解明されたわけではない。だがどうやら、雌が雄をえらぶ性選択が主な役割を果たしたのではないかと言われている。

シクリッドの性選択で決め手となるのは体色だ。雌がそれぞれ、決まった色彩の雄をえらぶなら、やがて体色の異なる雄はそれぞれ、自分を好む雌とともに新種を形成するという。

確かに魚類はすぐれた色彩識別能力をもっている。けれども、色彩と新種との関係を探っても謎は半分しかとけない。そもそもいったいなぜ、シクリッドの雌たちは、ある体色や模様をもつ雄を「好む」のだろうか。青い雄は赤い雄より目立たず、敵に捕食されにくい、だから青い雄をえらぶ、といった功利的説明ですべて片がつくとは思えない。では「美しい」からだろうか……。

このように、ヴィクトリア湖は新種がぞくぞく誕生する進化の実験室だった。近ごろ研究が進んできたとはいえ、生物進化とはまだ謎だらけの迷宮である。伴侶をえらぶという魚の主観的世界にそっと立ち入り、迷宮の内奥に一歩踏み込むことができるのではないかと、生物学者たちは興奮した。

ところがそこへ事件が起きたのである。

およそ半世紀前、漁獲高を増やすために、役人たちが一群のナイルパーチをヴィクトリア湖に実験的に放流した。ナイルパーチというのは、スズキの一種で、大きいものは全長2メートル、100キロにもおよぶ巨大な淡水魚である。この肉食魚が片端から、シクリッドなどの在来種の魚たちを食い尽くしていった。この結果、500種以上あったシクリッドの大半が、

あっというまに絶滅してしまったのである。

生物学者たちは恐るべき環境破壊だと非難した。しかし逆に、ナイルパーチの大繁殖を喜ぶ人たちも決して少なくなかった。というのは、ナイルパーチは美味しい白身魚だからである。いったん網を打てば、そこには肉のたっぷりついた巨大な白身魚がぎっしりつまっているというわけだ。

目を付けた多国籍企業は湖岸に加工工場を建設し、現地人を雇い入れた。輸出先は欧州と日本である。多国籍企業には安い賃金でも、住民たちには大きな現金収入となる。国中から男たちが、畑をたがやす鍬を捨て、ヴィクトリア湖周辺にやってきた。加工工場に雇ってもらえなくても、漁師になって稼げばいい。

住民のなかには、大金をもうける企業家も出現した。だがそれはごく一部にすぎない。住民の大半は貧しいままである。彼らには、自分たちがとらえたナイルパーチを食べるための収入さえもない。女たちは生活のために売春婦になり、漁師を相手に体を売る。エイズが蔓延し、男も女も死んでいく。家庭崩壊によってストリート・チルドレンになった子どもたちが町をうろつき、捨てられたナイルパーチの腐りかけたアラにかぶりつく……。

そう、これが市場経済がもたらした結果なのだ。

市場とテクノロジーはかならず生物進化に革命をもたらすと、オプティミストは胸をはる。しかし、ヴィクトリア湖においてはどうだっただろうか。

それらは、飽食の国々の食卓を多少にぎやかにしただけで、代償として住民の伝統的な生活をむざんに破壊した。地上で最高の貴重な進化実験室をつぶし、多くの種を絶滅させ、謎にせまろうとした学者たちの希望を永遠に断ち切った。

市場はきわめて有用ではあっても、万能ではない。市場が「優れた生物」を定める基準を提供するというなら、このエピソードは一つの黙示録ではないのだろうか。

合成人格 テクノロジーの話に戻ろう。コンピュータと生物

進化との関連は、進化シミュレーションにかぎったものではない。さまざまな生物のゲノム解析をはじめ、生命科学は今やコンピュータ工学と密接なつながりを持ち始めている。遺伝子がどういう病気とかかわるのか、といった研究もコンピュータの助けを借りないと効率よく進展しない。

そのなかで、コンピュータとヒトの脳を直接むすぶ、という企てはもっとも野心的で先鋭なものと言っていいだろう。機械情報はもともと生命情報から抽出されたものだが、ここで逆に、機械情報がダイレクトに生命情報に接続されるという事態が本格的に生じることになるのだ。

もっとも、ヒトの生命情報は物理的には高分子タンパク質で表現されるし、脳のニューロン（神経細胞）の発火は生化学的な反応である。一方、コンピュータのデジタル情報はシリコンチップに貯蔵されていて、電子的に伝達される。ハードウェアの基本的な仕組みはまったく異なるから、両者の結合が容易でないことはすぐ分かるだろう。

だが、パイオニアとなるのは、やはり医療技術である。

われわれの神経と電子回路の接合について、聴覚障害者に対する人工的な神経装具が以前から広く知られている。この研究は20世紀中葉からおこなわれてきたが、まずは成功例といってよい。

現在、すでに何万人もの聴覚障害者が、内耳に電子的な人工装具を埋め込んでいる。代表的な人工装具は、マイクと20本あまりの電極からできていて、それぞれの電極が相異なる周波数の音に反応するようになっている。電極が反応すると、周囲の聴覚神経は電気的な刺激をうける。この結果、重度の難聴者でもあるていど会話をすることができるようになるのだ。

聴覚回復だけではない。実験的ではあるが、視覚の回復に用いられたケースも数年前から、マスコミを通じて比較的よく知られている。

この場合の電子的神経システムは、聴覚用装具とくらべてはるかに大規模だ。視覚障害者の脳には人工装具が埋め込まれており、さらに特殊なメガネをかける。このメガネにはビデオカメラが内蔵されていて、そこからコンピュータに映像信号がおくられる。コンピュータはこれを解析し、電気的信号に変換して視覚障害者の脳（一次視覚野）に埋め込まれた人工装具

に送信する。すると、人工装具の電極が一次視覚野のニューロンを刺激し、視覚障害者は、ビデオカメラに対応した映像を「見える」というのである……。

ビデオ映像信号をいかにして人工装具への送信信号に変換するのか、訓練はどの程度必要なのか、視力はどの程度まで回復するのか、などと興味はつきないが、詳細はあまり知られていない。実験をおこなったウィリアム・ドーベルという米国の研究者が、ほとんど論文を書かずに2004年に死亡してしまったためである。だが、マスコミによれば、まったく視力を失っていたはずの人物が、この人工装具を埋め込んで自動車を運転したり、ピアノを演奏したりしたと言われる。

頭に電子回路を埋め込み、脳内のニューロンを刺激することによって、聴覚イメージや視覚イメージを生みだす、というのは一見すると荒唐無稽に思える。だが必ずしもそうではない。脳というのは驚くほど可塑性に富んでいる。たとえ電気的に刺激されたにせよ、ある種のニューロンの発火パターンをある種のイメージに対応させ、訓練によって自分で意味のある情報を創りあげていくことができる。それがオートポイエティック・システムの特徴なのだ。頭に人工装具を埋め込むには手術が必要だが、電気信号の授受を無線でおこなえば、電線が頭蓋骨から外に突き出ることもない。

電子回路と脳神経とがいったん結ばれれば、さまざまな応用が考えられるだろう。

頭のなかで思考しただけで、ロボットやパソコンを操作できるとしたら、便利ではないだろうか。手足が麻痺している障害者にとっては夢のような話である。

米国では国家が資金を援助し、大学や研究機関でさかんにそういう研究がおこなわれていると聞く。これも原理的には不可能とは言えない。「ロボットを動かそうと思考する」ときの脳の発火パターンがうまくロボットアームの動きと結びつくように学習できればよいのである。

もちろん、現実的な応用には困難が大きいだろう。だが、大切なのは、外部のコンピュータと脳との「インターフェイス」がとれる、ということ

だ。われわれがまるで手を動かすように、外部のコンピュータをいわば体の一部として操れる、ということである。

ここで、障害者の支援にとどまらず、「ヒトの能力増強」という野心が再び顔をだしてくる。必要と娯楽の境界が無いとすれば、あとは市場経済と人々の自由意志にまかせておけば物事はすべてうまく行くはず、というわけだ。

わき上がってくる批判の声を呑みこんで、まずは楽天的なシナリオを描き出してみよう。

コンピュータは適切な入力を与えれば放って置いても仕事をし、出力を返してくる。たとえば、大規模な計算だ。計算力にかけてコンピュータに勝てる者はいない。それなら、入力する数字を「思考」すれば、接続されたコンピュータが作動し、すぐさま計算結果の数字が「頭に浮かぶ」ようになると便利ではないだろうか……。

こうして人間と機械との複合系であるサイボーグの夢が広がっていく。

いや、機械との接続だけではない。同様な「インターフェイス」を用いて、他人の脳と直接コミュニケーションをとることはできないだろうか。

前述の視覚障害者の脳に送り込まれるのは、自分のメガネに内蔵されたビデオカメラ映像だった。だが、もしそれが1000キロ離れた海辺の映像だったらどうだろう。動作メカニズムとしては同じではないかという気がしてくる。となると、視覚障害者は、あたかも1000キロ離れた海辺にいるような視覚イメージをもてるはずだ。

それなら、二人の人間が、ともに頭に人工装具を埋め込み、視覚イメージや聴覚イメージを交換しあうことはできないだろうか。遠く離れた恋人同士が、電話で愛を語るかわりに、触覚イメージを共有して仮想セックスを楽しむことはできないだろうか。

夢はさらにひろがる。

もし、コンピュータと思考作業の分担ができるなら、他人とも分担できるはずだ。詩的才能のある者が音楽的才能のある者と直接イメージを交換できれば、つぎつぎにヒット作品を生みだせるだろう。数学嫌いも、数学者の脳とダイレクトにつながればたちまち大秀才になることができる。も

はや試験など無意味になってしまうだろう。個人同士の脳をへだてる壁が溶け、“合成人格”が誕生するのだ。

さらに進めば、何が起きるだろうか。

われわれは皆、ウェブを介して、全世界のデータベース、全世界の人々と脳コミュニケーションで直接つながり、広大な知識と体験とをわがものにすることができる。これこそ、ヒトの進化の極致ではないだろうか……。

新たな情報学 以上のべたようなことは、コンピュータ・エンジニアの美しい夢想かもしれない。しかし残念ながら、理論的に反駁される幾つかの点をふくんでいる。

まず大切なのは、電子的な人工装具を介する介さないによらず、われわれは外部情報をそっくり受けとるのではなく、自分の体験つまり過去の歴史にもとづいて意味解釈をおこなう、ということだ。これがオートポイエーシス理論の教えるところである。

視覚障害者の脳に埋め込まれた人工装具をつうじて映像イメージを送り込んでも、視覚障害者が「見ている」のは、ビデオカメラの映像そのものではない。訓練を通じて視覚障害者は、映像信号と自分の行動(たとえば障害物をさけることなど)とをうまく協調させるように脳を変化・発達させただけなのだ。

つまり、人工装具を埋め込んだ二人の人間がそっくり小包のように視覚/聴覚イメージを交換できる、などということは絶対にないのである。

さらに、視覚や聴覚といった具体物よりさらに抽象的な思考内容となれば、話はいっそう複雑になる。「ある思考内容が二人の人間の脳の同じ発火パターンに対応する」という保証はまったくない。思考内容は小包とは異なる。そこが生物と機械の本質的相違なのだ。

とはいえ、この問題はさらに根が深い。

未来の人間像を暗示する何かがそこにある。

両者のあいだに相違はあっても、互いに人工装具とコンピュータを介して電気信号をやりとりしていけば、そこに一種不思議な、同調的関係がで

きあがることは事実だろう。これは確かに“合成人格”と言える何かかもしれない。

いや、頭に人工装具を埋め込もうと埋め込むまいと、われわれはウェブを介して、すでにその方向に突進していると言えないだろうか。

たとえば今でも、特定のハンドルネームのブログを毎日のように熟読する人は多い。引用されている音楽を聴き、映像をながめる。自分でも毎日のように関連記事を書き、トラックバックする。実名は知らないが、そこに喩えようもなく親密な関係が織り上げられていく。

だが、女性だと思っている相手はもしかしたら男性かもしれない。年齢も実はずっと上かもしれない。いや、もともと、相手が一人ではなく、二人で交互に書いている可能性さえあるだろう。

こちらもそうだ。複数のハンドルネームを使い分け、まるきり別人をよそおう。ウェブで公開する写真や映像など幾らでも合成できる。仕事、趣味、経歴だけでなく、こまかな今日の出来事の記述と感想にいたるまで、虚と実がかぎりなく入り交じっていく。

ところで、男性が女性をよそおうとは、「嘘をついている」ことだろうか。われわれは母親と父親からそれぞれゲノムをもらっている。男が自分のうちにある女性性、女が自分のうちにある男性性に気づかないほうが、自分に正直でないのではないだろうか。

すでに匿名のウェブ空間では、人格分裂と人格融合がめくるめくように起こりつつある。今後、この傾向はますます肥大していくだろう。合成人格は夢物語ではないのである。

このこと自体は必ずしも悲観すべきではない。ある種の豊かな可能性を予感させる面もある。だが、そのとき何が起きるのだろうか。

市場経済というものが、本来、かけがえのない独立した“個人(individual)”の自由意志をベースにして成立することを思い出しておこう。個人は決して分割できず、アイデンティティをもった不可侵の存在でなければならない。ここで決定的相克が生じるのだ。

やがて着床前の胚選択がごく普通におこなわれるようになり、夫婦は病気の子どもを避けるだけでなく、「優れた子ども」を産めるようになると

オプティミストは言う。セックスによる妊娠はあまりに不確実すぎる。もはや寝室でのセックスには快楽追求の意味しか残っていない。今後は寝室でなく研究室で子どもをつくるのが当たり前になる、というわけだ。

だが、その選択をする「主体」とはいったい誰なのか。あるいは、生まれてくる子どもは、自由選択をする能力をもつように育つのか。

個人のアイデンティティが失われ、人格が合成／分解されるとき、「優れた人間」を定める市場の基本メカニズム自体が崩壊してしまう。このことは、世界を眺める観察記述者は、自らの観察行為の盲点を認知できないという事実を連想させる。やがて「優れた人間」の基準自体があいまいになり、混乱し、細かい差異をめぐって敵意だけがふくれあがっていくだろう。

市場経済とテクノロジーが楽園をつくるというオプティミストの仮説は、このように致命的な内部矛盾をかかえているのだ。

能力増強とか、人間改良といったスローガンは勇ましい。しかしそれは、ウロボロスの蛇のように自分自身をむさぼっていくのである。

市場経済をいたずらに非難するつもりはない。計画経済は官僚的独裁国家をうんで破綻した。だが、かつて世界中に広がっていた王権をいただく身分制社会が不完全だったように、市場経済にもとづく民主制社会にも欠点はある。市場で「優れた人間」の基準をきめることは、生まれつき身分の上下を定めるのと同じくらい残酷なことだ。

手始めとして、テクノロジーが生命情報をあつかう場合、必要不可欠な行為と快楽追求行為とのあいだの境界線をもう一度見直してみることは大切だろう。もし市場任せにしておくとその境界線が消えるというなら、むしろそれは、個人を経済主体とする市場というものの限界を示しているのではないか。

遺伝病にくるしむ子どもを産まないためであれば、着床前遺伝子診断による胚選択は容認されるだろう。だが、治療の域をこえて、能力増強のために胚選択をおこなうという行為には、市場の名を借りた人間の尊厳毀損の禍々しさがつきまとう。それはわれわれヒトにとって、長期的には自殺行為なのである。

同様なことが、脳に埋め込まれる人工神経装具についても言える。もともと、脳はきわめてデリケートな器官だ。手術で頭蓋骨を切開し、電子回路を脳に埋め込む危険は大きい。かろうじてこれが許されるのは、視聴覚障害者や四肢麻痺患者の治療目的だけだろう。障害者たちには、それだけの危険を冒す理由がある。

幸い、よほどの技術革新がない限り、たとえ市場に任せておいても、能力増強のために脳を手術する者はごく僅かだろう。これは、スポーツ選手が治療のために筋肉を手術しても、筋力アップのために手術などしないことと通じている。

以上のような主張に対しては、一部のオプティミストたちから猛然と反論が来るかもしれない。それは頑迷な守旧主義であり、反進歩主義だというわけだ。

だが、では「進歩主義」とはいったい何なのか。

進歩主義を奉じる近代の西洋知は、生命的なものを機械的なものに還元することによって成立した。生物を機械とみなすデカルトの思想はその象徴である。本来は主観的世界で生きている生物を客観的世界内の存在とみなし、まるで機械部品のように扱ってきた。「客観的世界」とはヒトが創った人工物なのにもかかわらず、である。

しかし、近代の「生命を機械とみる眼差し」が、動植物だけでなく、ついにヒト自身の心や生殖にまでおよんだとき、そこに一つの矛盾が生じ、大議論がわきおこった。というのは、キリスト教の伝統をもつ国々では「ヒトとその他の存在を分かつ境界線」がきわめて強固だからである。人間だけは神からさずかった霊魂(soul)を持っている特別な存在なのだ。

胚選択やヒト・クローンなどの遺伝情報操作テクノロジーをめぐって現在、欧米ではげしい論争が起きているが、主な理由は宗教的伝統からくる感情的反発である。これは近代的進歩主義の見直しにもつながるものだ。

一方、日本ではどうだろうか。

この国では、こういった原理的問題は(脳死問題など一部の例外を除いて)ほとんど顧みられることはない。「生命を機械とみる眼差し」の正当性さえ真剣に論じられることなく、ひたすらテクノロジーの細部の専門的研究だ

けが奨励されている。情報といえば機械情報だけを指すとされ、生命情報との違いを問う者も少ない。

だが、昔からそうだったわけではなかった。

生命力とはわれわれを育むものだが、同時にわれわれの想像力をこえた不思議な魅惑と魔力をもっている。近代西洋知が抹殺したそれらの側面を、かつてほとんどの民族が直感的に理解し、畏敬の念をもって崇拝していた。日本列島に住んでいた人々もまた例外ではない。

もしこの列島から新たな「情報の知」が誕生するとすれば、それは、単にテクノロジーの進歩改良に資するだけのものではない。それは、個人を絶対の経済主体とする近代的市場主義を相対化しつつ、「生物と機械とを分かつ境界線」と格闘し、生命力の深奥に錘鉛を下ろすものでなくてはならないだろう。

2 聖なるもの

私にとっての蔵人 多々納蔵人には恋人がいない。そればかりか友人もまったくいない。

だからといって、「孤独でマニアックなパソコン・オタク」といった、既存の鋳型にはめこむのは禁物である。ゲーム好きでもアニメファンでもパソコンマニアでもない蔵人は、いわゆるオタクとは別種の醒めた都会人なのである。

その目は酷薄な社会の諸問題の深みを見抜くし、その耳は世界の多様なざわめきの中から軋みや不協和音を敏感に聞きとることができる。ただ、この怜悧な若者は、周囲の人々からつとめてある程度の距離をとろうとする。内奥を開陳せずに外皮を固めて防衛する。それで下手をすると、およそ何をしでかしても罪悪感を覚えない、クールで自己中心的な「今どきの若者」のような印象さえ与えてしまうのである。

ふだんこの人物は、自分から目立った行動を起こそうとは決してしない。ホットな直接コミュニケーションをするりと回避し、あたかも人畜無害な日和見主義者のように振る舞う。もろもろの快楽の追求からはさりげなく目をそらす。他の人々が自分を見る眼差しがなるべく粘着力を失うように、自分の存在感がかぎりなく希薄になっていくように、自らの凡庸な様子が完璧に仕上がるようにと、たくみに工夫をこらす。

つまり、蔵人は、あたかも大都会のどこにでもある、少しくすんだ空気のようになりたいのだ。引きこもりだの、孤独者だの、鬱病だの、ノイローゼだのといった、大文字のレッテルは蔵人には似合わない。友人がいないからといってことさら寂しいなどと言うことはないし、大げさに「癒し」などを要求することもない。

そしてただ、東京の片隅の小さなマンションの一室で、ときおりウェブを眺めたり、猫を相手にしたりしながら、淡々と暮らしている。歳は若いが、現代の枯れた仙人のように静かな日々をおくっているのである。

こういう主人公に戸惑う読者もいるだろう。通俗小説に慣れている人な

ら、魅力のとぼしい、あるいは非現実的な主人公のように思うかもしれない。

とはいえ、私にとって、まさに蔵人とはそういう人物だからこそ、愛すべき、語るにたる人物となるのである。

蔵人に惹かれる理由は、彼が“生命力”の妖しい秘密とつながっているためだ。さらに言えば、“聖なるもの”の存在を直覚しているためだ。

さて、聖なるものとはいったい何なのか……。

聖なるものは、生命力の噴出からうまれる。

生命力が創りだすものが「意味」であり「情報(生命情報)」なのだが、それが過剰な激しさをもって私たち人間の前に立ち現れるとき、それはかならず、聖なるものの後光をおびるのである。

生命情報とは、生物が生きる上で不可欠なものだから、具体的には食物、異性、敵などのパターンが生命情報を形づくる。多くの場合、生物はそれを習慣にしたがって適切に処理することができる。

だが生物にとって生命情報の処理は本質的に、機械的な反復処理ではない。むしろ、運命的な生と死の境界にまたがる、暴力と不安と危険にみちた一回性的行為なのである。たとえば多くの生物にとって生殖行為とは、快楽というより、生死にかかわる重大事であることは言うまでもないだろう。

これはすべて「生命力」という恐るべきもののなせる業である。

人間にとっても、事態は基本的には変わらない。生命力は人間にもろもろの生きる喜びをあたえるが、一方で天変地異、飢餓、敵の来襲などによる根こそぎの死の悲嘆をももたらす。

要するに、過剰な生命力とはいわば、肥沃な大地をもたらす一方で何もかも押し流してしまう大洪水のような、荒れ狂う奔流の力なのだ。過剰な生命力は人間の予測能力や統御能力、つまり合理性の枠組を軽々と乗り越えていく。だからこそ、“聖なるもの”と呼べるのである。

聖なるものは謎にみちている。人間を慈しむかと思えば、残酷に突き放す。不可解で、壮大で、不気味で、驚異的なエネルギーを持っている。

そういうものを「自然」だと思いこんでいる者も多い。だが本当は、自

然とはただ「自ずからかくある」だけの中立な存在なのだ。天変地異にしても、それが生命力の発露に思いがけない抑圧を加えるからこそ脅威となるのである。根源は生命力に他ならない。

むろん、人間はこの聖なるものを手なずけようとし、合理性の領域に取り込もうとしてきた。それが科学技術というものである。

科学技術の知のなかでは、生物さえも、繰りかえしのきかない出来事に翻弄される一回性的な存在ではない。機械的・反復的な時空間のなかの存在と化してしまう。生物が合理性の枠のなかにおさめられるとともに、生命力も制御可能なもののように見えてくる。

とはいえ、聖なるものを完全に屈服させることは、実は不可能なのである。それはたとえば生態系の狂いや、エイズ、狂牛病などの難病といった形で顕現する。このことに、本能的に気づいている者は少なくない。無理やり屈服させようとすれば、それに倍加する恐ろしいしっぺ返しが襲来するのではないかと、彼らは直感にもとづいて懸念する。そして蔵人はそういう人物のなかの一人なのだ。

恐怖から逃れるために、蔵人はあえて自分をデジタルな機械的存在になぞらえてみせる。ウェブのなかの存在は不死性をもつからだ。あるいは、輪廻転生という物語にすがろうとする。周知の通り、輪廻転生とは有限の生命が別の次元で不死性をもつという精緻な概念装置であり、聖性と反復的時間を奇妙な回路でむすびつけることができる。

知的で聡明ではあっても、蔵人は弱い男である。それゆえ、死んだ愛猫に再会したいという想いがつのって、バーチャル空間内のトリックだと知りながらも、「X」の幻覚商品にさえ救いをもとめていく。だがその弱さを誰が責められるだろうか。

私にとってのナイチンゲール　聖なるものを直覚しているにもかかわらず、蔵人はそれに明確な形をあたえて表現することができない。

つまり聖なるものを「言葉《ロゴス》」で論理的に表現することができないのだ。しかしこのことは、かならずしも蔵人の臆病さのためばかりではない。

言葉で表現するとは、生命情報を社会情報に転化させることだ。つま

り、個別一回性的なものを人間社会で通用する普遍的なものに還元してしまうことだ。とくに聖なるものの場合、これは危険な作業である。至高の恍惚体験も、地獄のような忌まわしい記憶も、平板なお仕着せの意味づけを施され、ただの相対的な文章テクストと化していく。

現代の「情報社会」ではとくにそうだ。

どんなものも、今やうっかり陳腐な言葉で表現すれば、たちまち合理化され、規格化され、いわば市場で売られる商品のようになってしまう。ウェブの検索エンジンでパソコン画面に瞬時にリストアップされるような「データ」と化してしまうだろう。

ウェブ空間では、無数のずるがしこい連中が獲物を狙っている。違法すれすれのウェブ・ビジネス、インチキ宗教団体、怪しげな三流政治団体などの類はむろんのこと、まともな企業や慈善団体までもが、お人好しの庶民をしゃぶりつくすために巧妙な罠を仕掛けている。環境保護だの福祉向上だの弱者救済だのといったうるわしい名目のもと、巨利を獲得しようと目をギラつかせている。そういう連中にかぎって、「愛」や「正義」を声高に語るのである。

甘い誘いにのって下手に行動など始めれば、連中に利用され、しゃぶられるだけの話だ。蔵人はだから沈黙を守るのである。

にもかかわらず、そういう連中の仲間である「X」が聖なるものを毀損し、生命を合理的に利殖の道具にしていく有様を目の当たりにして、蔵人は沈黙を守りきることができなくなっていく。それは正義感というより、生命力への畏怖ゆえであると言ったほうがいいかもしれない。

うまい仕掛けをつくれば、行動を起こす道もないわけではない。そこでウェブ空間のなかに変装人格としてナイチンゲールが登場するのだ。

生命力への畏怖は、直感的なものである。もともと生命体とは合理的で明確なものではなく、混沌としてあいまいで、半身を闇の空間に浸している存在である。たとえば、つめたい土管の底でかたまって蠢いている軟体動物の群れだの、静まりかえったドロドロの海底を触角をうごめかしながら這い回っている甲殻類の姿だのを思い浮かべれば、その不気味さは誰にも十分わかるはずだ。

不気味さに辟易し目をそむける一方で、私たち人間は、それらの死骸を皿に盛りつけ、美しく飾りたて、エスカルゴ料理だの海老料理だのの名のもとに舌鼓を打つ。

これは確かにトリックであり、生命情報から社会情報への転換の一種であるのだが、このトリックなしに私たちは生きていけない。ただ、大切なのはそのトリックに気づくことなのだ。

そしてこの転換はまた、「蔵人からナイチンゲールへ」の転換と似ている。つまりナイチンゲールは、闇にうごめく不定形で生命的な畏怖に形をあたえ、決然として明るい陽光の世界に引きずり出すのである。彼女は聖なるものを守るという自分の意志を、明示的に「言葉《ロゴス》」で表現しようとする人物なのだ。

「X」つまりベルデやグラスから見れば、ナイチンゲールという人物は論理明晰ではあっても、昔ながらのモラルにとらわれた守旧派ということになる。「X」は生きものを徹底的に機械的・反復的・合理的な存在に還元してしまう。「X」によれば、人間社会のモラルさえも、科学的・動物行動学的に説明でき、生物進化における功利的な生存戦略として位置づけられることになる。

しかし、仮にモラルの発生が動物行動学的に説明できるとしても、だからといって、私たちの日常生活で、モラルよりも利潤や快楽の追求が優先されるべきだという理屈には決してならない。当然のことだが、モラルの遵守自体がヒトの生存戦略の一部なのだ。

「X」のご都合主義的な論理的飛躍をつく鋭さをナイチンゲールはもっている。守旧派というレッテルを貼るだけで相手を屈服させることはできない。

さて、もしナイチンゲールが蔵人の単なる操り人形であり、ペンネームに過ぎないのなら、これ以上とくに語るべきこともないだろう。

ところが問題はもっと深いのである。

やがて、ナイチンゲールは隠棲している蔵人にかわり、ウェブを通じて確固たる存在感を顕しはじめる。それどころか、少しずつ蔵人を支配し始めるのだ。

普段は大人しい人間が、ウェブのなかでは雄弁になったり、時には攻撃的になったりすることは、それほど珍しいことではない。しかし、蔵人＝ナイチンゲールの場合はそういった次元ではなく、創りあげた架空の人格が、いわばもとの人格を「乗っ取って」しまうのである。

蔵人は無気力で行動しないことが売り物のはずである。ところが、「ナイチンゲールならこうするだろう」という自分の想像にもとづいて、一歩一歩、深みへとはまっていく。殺人という奈落へと、少しずつ誘い出されていくのである。

いったいなぜこういうことになったのか。

一つの原因は、聖なるものを擁護するとき、ナイチンゲールが科学的な言葉で語るからである。生命力の過剰がうむ聖なるものは、私たちのうちに非理性的・情動的な虞《おそ》れを引き起こす。そういう虞れからの反発であるにもかかわらず、蔵人は、いやナイチンゲールは、詩的なイメージや芸術的衝迫力に訴えようとはしない。冷静に、客観的な論理にもとづいて「X」を批判しようとする。そういう語り口が往々にして、周囲を押さえつける権威主義的な色彩をおびることは確かだろう。

しかし、それだけではない。さらに大きな、深い原因があるのだ。

いったい、それは何なのか？

――この正体については、後述することにしよう。

いずれにせよ、蔵人が自殺しても、ウェブ空間のなかにナイチンゲールは残るのだ。

奇妙な矛盾をはらんだナイチンゲールという人物は、私にとってなかなか面妖な存在なのである。

私にとっての「X」　「X」は生物と機械のあいだの境界線を否定する。いずれも原理的には同じ「情報処理システム」だというわけである。

新たな情報学では、こういった主張は誤りだ。生物のなかに機械的側面が無いとは言えないにせよ、全面的に両者を同一視するのは、あまりに粗雑な議論として斥けられる。機械情報は生命情報のごく一部をなすにすぎない。

にもかかわらず、ヒトをふくめて生物をコンピュータのような情報処理システムとして解釈する思考は、一般の人々のあいだで根強い人気を保っている。

鉄腕アトムをはじめとして、ヒトが創ったロボットがヒトのような知性をもつ、あるいはヒトをしのぐ知性をもつ、といった物語は数え切れない。さらに、ヒトの肉体の一部を機械によって増強したサイボーグの物語も山のようにある。そして人々は、こういう夢想を、性急に現在の人工知能研究や遺伝子工学研究や脳研究などに重ね合わせようとする。

さらに近ごろは、インターネットのウェブ空間のなかに知性が出現する、と騒々しく述べ立てる主張も現れた。世界中のコンピュータを結んだ巨大なデータベースは、個人の記憶をはるかにしのぐだろう、という単純な計算と期待である。こういった、ヒトの脳とコンピュータとのあいだの原理的構造の相違さえわきまえない浅薄な楽観論さえ、かなりの同調者を得ているのだ。

ここでは理論的な議論には立ち入らないことにしよう。

私が興味を持つのは、そういう人々の期待に乗じてビジネスをたくらむ欲望と、一方、生命力のもたらす脅威にたいする人々の虞れの感情とのあいだの関係なのだ。

いったい人々はなぜ、「X」のプロパガンダに惹きつけられるのだろうか。「X」にたいする人々の期待を、無知ゆえのオプティミズムと黙殺してしまうのは賢明とは言えない。というのは、彼らの期待は実は、聖なるものに対する畏怖の裏返しでもあるからだ。

聖なるものをもたらす荒々しい暴力は、しばしば人々を偶然的な不幸のなかにたたき込む。その不幸はたとえば、病気、事故、天災といった形をとる。

だが、このような不幸を予測と計算によって手なずける合理性をヒトの脳は持っている。その合理性を具体化したものこそ、コンピュータを始めとする機械にほかならない。あいまいさを残した「意味(生命情報)」は明確な「記号(機械情報)」に置き換えられ、すべては自動的な記号操作にゆだねられることになる。

こうしてものごとは、人々が生きている主観的な時空間から、機械的な客観的時空間に移行することになる。そこで人々は安心立命をえることができるのだ。なぜなら、もはや繰り返せない一瞬一瞬のなかで偶然の暴力と対決するかわりに、計算できる反復処理をおこなえば済むからである。

そして「X」が約束するのはまさに、そういうユートピアに他ならない。ユートピアのなかでは愛する生き物との死別もない。市場価値の高い生き物が永遠に繁栄を続けていくのである。

むろん蔵人もナイチンゲールも、「X」の鼓吹するユートピアなど認めはしない。そこはデジタル情報と生命情報とが緊密に織りなす空間のように見えるが、実は、生き物がうごめいている主観的な世界を機械的時空間のなかに投影し還元したものにすぎない。そこでは生の不安や死がただ隠蔽されているだけだ。生命力は機械的な論理のすきまに容赦なく入りこみ、さまざまな思いがけない問題を巻き起こして、ヒトの予測計算能力を嘲笑する。聖なるものを忘れるな、とでも言うように。

不安や死を安易に棚上げにすれば、その代償として、人々は根源的自由を奪われてしまう。いわば機械仕掛けの奴隷と化してしまうのである。

実際私は、東京の雑踏のなかを歩いているとき、次々に周囲を行き過ぎていく忙しそうな人々から、ほとんど生気を感じとることができない。彼らはニセの人間であり、電子機械部品を体内あちこちに埋め込まれたサイボーグではないかという疑いさえわいてくるのだ。

そして「X」とは、ペットのみならず、やがてはサイボーグ人間も売買する現代の奴隷商人なのである。甘ったるい楽天的饒舌の裏から、冷酷な奸計がちらちらのぞいている。

とはいえ、私にとって「X」が興味深いのは、狡猾さのためだけではない。その「集合的人格性」のためなのだ。

「X」は、いわゆる客観的世界、つまり反復可能な機械的時空間こそが唯一のリアリティであり、そのなかの万物は市場によって価値を定められると信じている。いやさらに、単に信じているだけではなく、まさにそういう世界の「住人」なのだ。

「X」の住む世界は、ウェブに代表されるインターネットのデジタル情報

空間である。それは生き物が住む多元的な主観的世界を投影したものなのだが、「X」によればそうではなく、デジタル情報空間によって逆に生物の世界が規定され秩序づけられていく、という転倒した論理になる。シミュラークルが先行し、リアリティの重心はウェブ空間に移るのだ。ウェブのなかで高く評価されるペットたちは、企業によって保護育成され、いやさらには遺伝子工学によって「創作」されることになる。

いったいブログを書いているベルデやグラスは、生身の肉体をもった人間なのだろうか。蔵人もはじめはそう信じこんでいた。だが実は彼らは、ウェブ空間のなかの、デジタル情報から形成される“人格”なのである。そして「X」とは、ベルデやグラスを連結した存在のように見えるが、実はベルデでもグラスでもなく、より精確には、抽象的な次元に存在する複合的な合成人格に他ならないのだ。

そもそも“人格”とは何だろうか。

人格とは、過去の記憶によって支えられ、論理的一貫性のある行為をおこなうと期待される主体、と言えばひとまず解答となるかもしれない。

とすれば当然、一つの脳に一つの人格が宿るとは限らないだろう。酒に酔っぱらえば、誰でもいつもとは違った人格になる。ジキルとハイドのような二重人格者もいるし、三つ以上の人格をもつ多重人格者も実在する。

人間の「心」を探究する近年の認知科学研究は、「自己」すなわち認知主体というものが、実は断片化されており統一されていない、と報告している。「首尾一貫した自分」という通俗観念は誤りだというわけだ。

一つの脳に複数の人格が宿るとすれば、つまり記憶のダイナミックな組み合わせによって人格が出現するとすれば、ウェブのなかの記憶群(サーバーに蓄積されたテクストやイメージ)を巧みにコンピュータで連携し、編集することによってそこに“ネット人格”が出現する、と考えたくなってくる。そして、「X」とはまさにそういう抽象的人格なのだ。

実はこれはそう簡単な問題ではない。コンピュータの記憶とヒトの記憶とは構造が全く異なるからだ。しかし、ここで大切なのは、今や人々がそういう抽象的人格を信じ始めている、という点である。そして蔵人もその一人なのである。

殺人者 抽象的人格を殺すことはできない。
「X」にたいしてブログで論理的に反駁することはできるだろう。だが、具体的な肉体をもたない相手を憎悪することは不可能なのだ。なぜなら、怒りや憎悪は、生身の存在である相手に苦痛を与え、破壊的打撃をあたえることを渇望するからだ。正義を守るためにやむをえず、というのは口実にすぎない。

むろん、蔵人をつき動かす衝動の理由を幾つかあげることはできるだろう。惨殺されたサイコの仇討ちとか、自分をつけ狙っている相手にたいし先手を打つとか、あるいはより一般的に、生命への畏敬を忘れた連中の薄汚いビジネス・プロジェクトをたたきつぶすとか……。とはいえ、「X」という抽象的人格にたいする義憤だけでは、ふだん慎重な蔵人にのっぴきならない一線を越えさせることはできないのである。

広大なウェブ空間に分散している「X」がいわば受肉し、雲井翠という人物の具体的な肉体に収斂した瞬間、蔵人のなかに猛烈な憎しみが燃え上がる。突如、殺意がわきあがってくるのだ。

しかし、よく考えてみれば、不思議ではないだろうか。
「X」が雲井翠であるという確証はどこにもない。ベルデの娘が帰国子女の中学生で、塾に通っていて、英語教師とトラブルがあったといっても、日本全国を見渡せば、そういうケースはとくに珍しいわけでもないだろう。ベルデは、娘と英語教師とがペットをめぐって言い争ったなどと、一言もブログに書いているわけではないのである。

蔵人はグラスの写真を修正編集して、グラスは実は女性で、翠が変装しているのだと思いこむ。だが、これも誤りかもしれない。ウェブ・ページに掲載された小さな画像のなかには、似たようなものなど、幾らでも見つかるではないか。

さらに、決定的に問題なのは、翠がサイコをとらえて生体実験をする積極的な理由がはっきりわからず、また生体実験をしたという証拠もないことだ。

そして、この疑問に、蔵人自身、気づいているのである。

つまり蔵人は、「X」の正体が雲井翠であり、さらにこの人物がサイコ

を惨殺した張本人である、という自分のなかに芽生えた確信が、単なる自分の主観的な推量にすぎないことを十分理解しているのだ。

にもかかわらず、いったん芽生えた確信と殺意をあえて否定しようとはしない。そして、奈落の底へと転落していくのである。

いったいなぜなのか。

蔵人は、もっともらしい理屈をつける。自分のおこなったことは「殺人」ではなく、デジタル情報空間からの「削除」という予防措置にすぎないのだ、と。機械部品を殺すことはできない、ただ破壊することしかできないのだ、と。

むろん、これは強弁にすぎないのである。たとえ翠やアオイのなかにどこか機械的な、サイボーグめいたところがあるにせよ、蔵人は彼女たちのそういう非人間的な特性を嫌悪しているだけで、あくまでその肉体性を完全に否定し切っているわけではない。

さらに、相手が機械部品だから殺人ではなく破壊にすぎないなどというのは、ナイチンゲールの批判の根拠、つまり生物の機械化に反対する論理をみずから否定することになってしまうだろう。

要するに、蔵人の翠殺し、アオイ殺しに正当性など全然ありはしないのである。およそ理屈にあわない、不条理な憎悪と怒りによって、少女と母親を惨殺してしまうのである。

目立った行動をさけてきた慎重派の蔵人が、いったいなぜ、そういう暴挙に走ったのか？　もっとも自分に似つかわしくない「殺人者」になってしまったのか？

——そこに“聖なるもの”が顕現しているためだ。

繰りかえしになるが、聖なるものは過剰な生命力の噴出からうまれる。それは合理性の枠を越えていく荒れ狂う何かである。聖なるものとは、私たちに恍惚とした喜びをもたらすとともに、絶望的な悲嘆をももたらす両義的存在だ。

蔵人のなかで奔流のように渦巻いていたもの——それは、愛猫を殺されたことへの復讐心だけではない。生命蔑視にたいする義憤でもない。言うまでもなく、自分が狙われているという恐怖心でもない。

それは真っ赤に燃えたぎる純粋な激情である。いったい誰が、そんな激情の火付け人なのだろうか？

——平先生である。

蔵人を産んだ実の母親、そして蔵人がもっとも敬遠し、嫌悪し、ひそかに恐れている平崇子という不逞な人物が、ここでぬっと顔を出すのだ。

蔵人自身が気づかないうちに、ナイチンゲールの科学的でやや権柄づくの口調のなかには、すでに平崇子の口調がまぎれこんでいた。ある意味では当然のことだろう、蔵人の周りで、科学的に説得力ある論理を展開できる人物は他にいなかったのだから。

むろん、ナイチンゲールは蔵人の理想の女性であり、したがってもっとも平崇子から遠いはずの人物に違いない。にもかかわらず、ナイチンゲールはいつのまにか、否応なく母親の影をおびてしまう。言いかえれば、平崇子がナイチンゲールの姿をかりて蔵人を支配し、殺人を犯させるのである。

これはDNA遺伝情報のせいではないか。突きつめれば、生命力のせいではないか。

意識など持たず、先天的に与えられた遺伝的本能にしたがって生きている生物はたくさんいる。後天的体験にもとづいて行動選択をする広い自由度をもつのは、哺乳類や鳥類など、ごく一部だけだ。数からいえば、おもに遺伝的本能で生きている生物のほうがはるかに多いのである。

ヒトも生物である以上、すべての行動を自由意志にもとづいて意識的におこなうことなど、できるはずもない。

ただ私たちは、そこに何らかの理屈をつける。合理性の枠内で行動しているのだと自分を納得させようとするのだ。しかし、敏感な者なら、自分を強く突き動かしている何かを感じるはずだろう。

それが聖なるものなのだ。

とすれば、蔵人は犯罪者であるにもかかわらず、殉教者でもあるのではないか。もし、蔵人が推量したように、「X」が雲井親子であり、彼女たちが聖なるものを冒瀆しようとしていたのであれば……。

3 読書案内

以下に紹介するのは、私が本書を書きおろす際に参考にさせていただいた書物だが、それだけではない。本書のテーマについて、より深く議論を進めるための関連書物を選んでみた。ただし読者の便宜を考え、外国語文献やあまりに専門的な文献はのぞいてある。

◎ウンベルト・マトゥラーナ＋フランシスコ・ヴァレラ『オートポイエーシス』、河本英夫訳、国文社、1991年

生命、機械、情報といった問題を扱う上で現代のもっとも枢要なアイデアを提示した、二人の理論生物学者による記念碑的な論文集。記述は難解だが読み応えは十分だ。オートポイエーシスすなわち自己創出とは、システム論による生物の定義とも言える。

◎ウンベルト・マトゥラーナ＋フランシスコ・バレーラ『知恵の樹』、管啓次郎訳、ちくま学芸文庫、1997年

オートポイエーシスという概念はあまりに独創的すぎて分かりにくい。だが、この本によれば、直感的なイメージを持つことができるだろう。何より、オートポイエーシスとは、生物による世界認知と行動に関わるのである。

◎河本英夫『オートポイエーシス』、青土社、1995年

オートポイエーシス理論を日本に紹介した科学哲学者による概説書。原論文の邦訳より分かりやすく、また学問的厳密さも保たれている。著者は現在、独自にオートポイエーシス理論の発展をこころみている。

◎フランシスコ・ヴァレラ＋エヴァン・トンプソン＋エレノア・ロッシュ『身体化された心』、田中靖夫訳、工作舎、2001年

マトゥラーナとともにオートポイエーシス理論を提唱したヴァレラは、その後ひきつづき考察を深め、仏教思想の影響のもとに、新たに独自な「エナクティブ認知科学」を提唱した。そこではあらためて倫理が問い直される。

◎清水博『生命を捉えなおす（増補版）』、中公新書、1990年

複雑系科学の中核をなす非線形振動論にもとづいて、生命現象と情報生成とを独創的な角度から捉えた興味深い書物。著者はその後、理論生物学者から生命思想家に転じていく。

◎ヤーコプ・フォン・ユクスキュル＋ゲオルク・クリサート『生物から見た世界』、日高敏隆＋羽田節子訳、岩波文庫、2005年

動物の見方を根本的に変えてしまった20世紀初頭の大生物学者によるすぐれた啓蒙書。ユクスキュルの理論は動物行動学の先駆けとも言われる。本書は日本の動物行動学の権威による新訳である。

◎石川幹人『心と認知の情報学』、勁草書房、2006年

ヒトの「心」とは、「知能」とは、いったい何だろうか。この大問題は、人工知能、認知心理学、ロボット工学などの研究者を悩ませてきた。情報学の専門家が、過去の議論をきちんと位置づけながら肝心の論点を整理した書物。

◎ジェラルド・M・エーデルマン『脳は空より広いか』、冬樹純子訳、豊嶋良一監修、草思社、2006年

ノーベル医学・生理学賞の受賞者による、独特な「意識の科学」の啓蒙書。脳の神経回路網は自然選択によって形成され、その発火によって時々刻々出現する「ダイナミック・コア」が意識の正体だという議論はなかなか説得力にとむ。

◎マイケル・S・ガザニガ『脳のなかの倫理』、梶山あゆみ訳、紀伊國屋書店、2006年

医学的な脳の強化や治療は是か非か。現在、欧米では「脳(神経)倫理学」という新分野の検討が始められている。この問題に、認知神経科学の権威である著者がとりくんだ。人間の脳には生得的に倫理感が宿るという。

◎内井惣七『進化論と倫理』、世界思想社、1996年

人間のモラルはいかに発生したのか、科学で倫理を説明できるか、といった問題を、ダーウィンやスペンサーなどの進化論的議論を精密に読み解きながら考察していく。進化論と倫理の関連を本格的に学ぶ人々には必読の一冊。

◎長谷川眞理子『生き物をめぐる4つの「なぜ」』、集英社新書、2002年

進化史における人間のモラルの発生について述べられている。きわめて平易かつ簡潔に書かれているので、専門的議論を敬遠する人々にもおすすめしたい。著者は日本の代表的な動物行動学者であり、モラル以外のトピックも面白い。

◎ゲーザ・サモシ『時間と空間の誕生(新装版)』、松浦俊輔訳、青土社、1997年

著者は理論物理学者だが、時間や空間を天下りに定義せず、哺乳類とくにヒトにとって時間や空間がいかに立ち現れるかを巨視的に語っている。やや古典的だが、生物学、物理学、哲学、歴史学など学際的な目配りはみごと。

◎中村桂子『自己創出する生命』、哲学書房、1993年

著者は分子生物学の研究者だが、生物を単に機械的にとらえるのではなく、むしろ一回性をもつ歴史的観点からトータルにとらえる「生命誌」という新分野を提唱している。情報学の議論としてもきわめて興味深い書物。

◎福岡伸一『生物と無生物のあいだ』、講談社現代新書、2007年

生物と機械とを分かつ境界線を、分子生物学者の観点から述べた書物。個別の生命体のなかには繰りかえし得ない時間の流れが折り畳まれているという命題を、ノックアウト・マウス実験の失敗をもとに語るエピソードは美しい。

◎鈴木貞美『生命観の探究』、作品社、2007年

厖大な文献を渉猟して著された労作である。古今東西の生命観を比較検討しながら、生命なるものの本質に迫っていく。とりわけ著者が注目するのは、20世紀前半の日本で出現した「大正生命主義」。本書を通じて、自らの思考の根幹に

あるものにふれ、感動する人も多いだろう。

◎スティーヴ・ジョーンズ『遺伝子＝生／老／病／死の設計図』、河田学訳、白揚社、1999年

博覧強記の生物学者が、遺伝情報学をベースに人類史を語った啓蒙書。まるで推理小説家のような書きぶりで、内容は古代史から近未来の遺伝子治療にまで及ぶ。読み物としても面白い。

◎フランシス・フクヤマ『人間の終わり』、鈴木淑美訳、ダイヤモンド社、2002年

ヒトのクローン制作をはじめ遺伝子を操作するバイオ・テクノロジーに関し、米国ではその倫理的側面について激しい論戦がおこなわれている。古典にも通じた有名な政治学者である著者は、人文主義的な立場からバイオ・テクノロジーに強く警鐘をならす。

◎柳澤桂子『遺伝子医療への警鐘』、岩波書店、1996年

遺伝子医療や遺伝子産業は、いかなる危険をはらんでいるのか。かつて第一線の分子生物学者であり、病に倒れたのちは科学啓蒙家として知られる著者が、深い専門知識をふまえて説きあかす。

◎リー・M・シルヴァー『複製されるヒト』、東江一紀＋真喜志順子＋渡会圭子訳、翔泳社、1998年

着床前遺伝子診断と胚選択はすでに身近なものとなりつつある。生物学者である著者はさらに、バイオ・テクノロジーによって人体を改造した「ジーン・リッチ」とそうでない「ナチュラル」の二つの種（階級）にヒトが分化していくだろうと不気味な予測をしてみせる。

◎グレゴリー・ストック『それでもヒトは人体を改変する』、垂水雄二訳、早川書房、2003年

著者はバイオ・テクノロジー推進派として名高い米国の生物学者。科学技術は常にタブーを乗り越えてきたのであり、倫理的配慮から規制するよりも、むしろ市場にまかせてオープンに積極的活用を進めるべきだと主張する。

◎ラメズ・ナム『超人類へ！』、西尾香苗訳、インターシフト、2006年

バイオ・テクノロジー推進派のストックさえも反対する「人体への電子機器の埋め込み」によって、人類のいっそう輝かしい未来が拓けると予測する書物。著者は、インターネット・エクスプローラやアウトルックなどの開発に携わり、今は検索ソフト開発に取り組むマイクロソフト社のエンジニアだが、遺伝子工学にも造詣が深いとのこと。

◎ティス・ゴールドシュミット『ダーウィンの箱庭　ヴィクトリア湖』、丸武志訳、草思社、1999年

東アフリカのタンザニアとウガンダにまたがるヴィクトリア湖は、驚くべき速さで新種のシクリッド（カワスズメ科の魚）が誕生する進化の実験場として名高かった。これを調査し、やがてシクリッドの絶滅を見届けた動物学者のいきいきした体験レポート。

◎西谷修（編）『グローバル化と奈落の夢』、せりか書房、2006年

経済発展という名のもとで、シクリッドを絶滅させ、タンザニアの人々に不幸をもたらしたものは何か。評判のドキュメント映画『ダーウィンの悪夢』を中心に、グローバルな市場主義を批判する。

◎ジョン・バッテル『ザ・サーチ』、中谷和男訳、日経BP社、2005年

ウェブ2.0を礼賛する声は日本でも高いが、その源流とも言うべき楽天的主張がのべられている。著者は「ワイアード」誌の共同創刊者であり、米国で影響力のあるジャーナリスト。やがてウェブ検索エンジンが「知能」を持つと大胆にも予測する。

◎浅枝大志『ウェブ仮想社会「セカンドライフ」』、アスキー新書、2007年

セカンドライフとは、インターネット上の三次元仮想サービス・システムのこと。利用者は仮想空間内でビジネスをしたり、恋愛をしたり、要するに「生活」することができる。そこでの通貨「リンデン・ドル」は本物のドルに兌換できるのだ。ウェブ2.0礼賛論のなかでは、なかなか興味をひかれる本。

◎シェリー・タークル『接続された心』、日暮雅通訳、早川書房、1998年

1980〜90年代、セカンドライフが登場するはるか以前に、MUD（Multi-User Dungeon）という仮想空間内のロールプレイング・ゲームが大流行した。そこに出現する「第二の自己」を臨床心理学者が分析したのが本書。今読んでも啓発される。

◎小川浩＋後藤康成『Web2.0 BOOK』、インプレスジャパン、2006年

わかりやすくウェブ2.0関連技術の内容をときあかす優れた啓蒙書。ウェブ2.0についてはビジネスの話題が先行しているが、浮かれて礼賛する前に、まず技術的本質を理解することが大切。

◎ステュアート・シム『リオタールと非人間的なもの』、加藤匠訳、岩波書店、2005年

現代思想において、ヒトと機械との境界線はどうなるのか。バイオ・テクノロジーやウェブ検索技術を「ポストモダン」と見なし肯定する思想家もいる。しかし、ポストモダン思想の旗手とされるリオタールは、むしろ新たなヒューマニズムを主張するのである。

◎ジョルジュ・バタイユ『呪われた部分　有用性の限界』、中山元訳、ちくま学芸文庫、2003年

異端の思想家とされる著者は、すでに半世紀前、人間の活動がすべて市場によって合理的に統御される未来を見抜いていたのではないだろうか。生命の本質に非合理的な部分があり、それが「聖なるもの」につながるという著者の洞察は、今こそ読み直されるべきだろう。

◎アブラアム・A・モール＋エリザベト・ロメル『生きものの迷路』、古田幸男訳、法政大学出版局、1992年

社会心理学者である著者によれば、「聖なるもの」は現代でも生きているとい

う。それは通常の合理的な判断を越えた存在であり、神秘的で、計り知れないエネルギーを持っている。では、現代科学技術のなかに聖なるものは見つかるのだろうか。

◎西垣通『基礎情報学』、NTT出版、2004年

最後に、現在私が研究している新たな情報学についてまとめた書物を紹介させていただきたい。この基礎情報学はオートポイエーシス理論に多くを負っているが、めざすところは単なる抽象理論構築ではなく、混乱した情報現象を整理し、生命力を問い直すことにある。

◎西垣通『ウェブ社会をどう生きるか』、岩波新書、2007年

前掲書は理論中心なので、読みにくいと感じる読者もいるだろう。本書では、ウェブ検索ビジネスという具体的な問題について、基礎情報学からいかなる分析ができるかを、なるべく平易にのべてみた。

以上のほかに、執筆に際し参考にさせていただいた書物は次の通りである。松原謙一＋中村桂子『生命のストラテジー』、岩波書店、1990年。科学シミュレーション研究会『パソコンで見る生物進化』、講談社、2000年。竹内久美子『アタマはスローな方がいい』、文藝春秋、2005年。岩崎るりは『猫のなるほど不思議学』、講談社、2006年。日高敏隆『ネコたちをめぐる世界』、小学館、1993年。宮本美智子『わたしは英語が大好きだった』、文春文庫、1996年。本川達雄『ゾウの時間　ネズミの時間』、中公新書、1992年。ジャン・ボードリヤール『シミュラークルとシミュレーション』、竹原あき子訳、法政大学出版局、1984年。酒井健『バタイユ　聖性の探究者』、人文書院、2001年。湯浅博雄『バタイユ　消尽』、講談社学術文庫、2006年。

あとがき

一風変わった本ができあがった。
同一著者による小説と評論のセットというのは、私自身、あまり見たことがない。とりわけ、評論がいわゆる文芸評論ではなく、現代科学をふまえたやや理論的な内容で、しかも同時に小説の解説といった位置づけになると、たぶん類書はほとんど無いのではないだろうか。ふつう、作家は自作の解説などしないものだ。

しかし私には、どうしてもこういう奇妙な書物を出版したいという、強い動機があったのである。

もともと私は戦後の高度成長時代に青春をおくり、科学技術者をめざした人間である。工学部を卒業しメーカーのコンピュータ・エンジニアとして出発したのだが、大規模な基本ソフトウェアの先端的研究開発を体験するなかで、「情報と人間」の関わりについて根本から考えてみたくなった。言うまでもなくこのテーマは、人文科学、社会科学などと深く関わっている。

20年あまり前、大学教師に転じてからは一貫してそういうテーマと取り組んできた。現在は文理にわたる総合的・学際的な大学院で、情報現象を基本からとらえなおす“基礎情報学”という新分野を、院生たちとともに開拓している。

一つ、痛感していることがある。コンピュータ工学と遺伝子工学にまたがる情報技術がわれわれに何をもたらすのかを、真面目に考えている人は意外に少ないということだ。

情報技術の進展はすさまじく、それが人間社会にあたえる影響はとどまるところを知らない。にもかかわらず、語られる議論の大半は、あまりに薄っぺらな技術礼賛論か、畑ちがいの識者による見当はずれの嘆き節でしかない。そういうなかで、われわれは一目散にサイボーグ化への道を突進しているように思える。

とりわけ気がかりなのは、情報技術と一人一人の運命との具体的な関わりが見えにくいことだ。一般論だけではことが済まないのである。一般論としてはむろん、ウェブ社会にはプラスもあればマイナスもある。だがもっと大事なのは、いったい君にとって、あなたにとって、情報技

術とは何なのかではないか……。

だから普通名詞でなく、固有名詞で語らねばならない。

とはいえ、フィクションには限界もある。私とて、今ほとんどの読者が小説を単なるエンターテインメントとしてしか見ないことは知っている。すでに『刺客（テロリスト）の青い花』（河出書房新社）、『1492年のマリア』『アメリカの階梯』（ともに講談社）と作品を上梓してきたが、大学教師のひまつぶしと思っている人も多いだろう。

小説と情報学とのつながりを洞察してくれと言っても、この忙しいご時世では無理なことである。だが、私の場合、両方を併せないと、仕事として一貫したものとなりえないのだ。

そこで、小説と評論のセットという形式をとることにしたのである。

こういうわがままを快く受け入れてくださった上、貴重なご助言をたまわった千倉書房編集部の神谷竜介、岩澤孝の両氏に心から感謝したい。

平成19年12月

西垣 通

［著者紹介］
西垣通（にしがき・とおる）

東京大学大学院情報学環教授
1948年東京生まれ。東京大学工学部卒業。工学博士。情報学、メディア論を研究しつつ、作家活動をおこなう。
主著に『情報学的転回』（春秋社）、『基礎情報学』（NTT出版）、『アメリカの階梯』『1492年のマリア』（ともに講談社）、『刺客（テロリスト）の青い花』（河出書房新社）、『聖なるヴァーチャル・リアリティ』（岩波書店）、『ペシミスティック・サイボーグ』（青土社）などがある。1991年、『デジタル・ナルシス』（岩波書店）でサントリー学芸賞（芸術・文学部門）を受賞。

サイバーペット／ウェブ生命情報論

2008年3月1日　初版第1刷発行

著者　西垣通

発行者　千倉成示

発行所　株式会社 千倉書房
〒104-0031 東京都中央区京橋2-4-12
03-3273-3931（代表）
http://www.chikura.co.jp/

印刷・製本　信毎書籍印刷株式会社

造本装丁　米谷豪
写真　尾仲浩二

ISBN 978-4-8051-0895-6 C0030

ウェブ生命情報論

サイバーペット

NISHIGAKI Toru
Cyber-pet: Life Information in the Web

西垣通

千倉書房